クロスメディア・ヘミングウェイ

アメリカ文化の政治学

塚田幸光
by=Yukihiro Tsukada

関西学院大学研究叢書 第219編

目次

【凡例】

一．引用のページ表記は、日本語文献の場合は漢数字、英語文献の場合はアラビア数字とした。

一．英語文献の翻訳はとくに明記がない限り、著者によるもの。

一．註は各章ごとに通し番号を（　）で付し、章末にまとめてある。

一．各章の引用文献も章末に英語文献、日本語文献ごとにまとめてある。

はじめに　ヘミングウェイと文化の政治学

戦争の歴史とは、まず何より、
その知覚の場における変貌の歴史に他ならない。
ポール・ヴィリリオ『戦争と映画』

1．テクスト×コンテクスト

帝国前夜、映画は奇術として生を受ける。世紀末転換期の「列車の到着」という衝撃。初期映画がその被写体に選んだのは、運動《モーション》の代名詞「蒸気機関」であった。リュミエール兄弟が「運動の実演」と名づけた映画上映会、そして映画『ラ・シオタ駅への列車の到着』（*L'Arrivée d'un train en gare de La Ciotat*, 1895）。スクリーンに映し出されたのは、まさしく奇術に他ならない。列車が動き、人々が行き交う。今日的に見れば、何気ない列車の到着と乗降する人々を映した刹那の映像は、パニックを誘発するに十分だった。「運動」を見せる。このシンプルな試みは、やがてより複雑な営為、つまり人々の心の動きを捉えるようになる。運動《モーション》から、情動《エモーション》へ。被写体は、「列車」から、列車で抱き合う「男女」へと移行し（『トンネルでのキス』（*Kiss in the Tunnel*, 1899））、こうして奇術は、「物語／映画」となる。

映画／映像の世紀とは、アーネスト・ヘミングウェイ（Ernest Hemingway 1899-1961）が生きた時代であった。奇しくもこの世紀末転換期、米西戦争を契機とし、アメリカは「帝国」を自覚する。テクノロジーの集積、産業革命が、その覚醒を促したと考えることは可能だろう。映画の父、D・W・グリフィスの時代とは、T型フォードのモータリゼーション革命の時期にも符号するからだ。(1) 帝国、映画、自動車、そしてヘミングウェイ。この結びつきは、一種の啓示か、デジャヴか。米帝国と共に生を受けた作家は、やがて複数の戦争を見つめることになる。第一次世界大戦、ギリシア・トルコ戦争、スペイン内戦、そして第二次世界大戦。ヘミングウェイの生きた軌跡が帝国のそれと呼応し、時代と国家の欲望は、テクストとコンテクストを横断し、隠蔽《イン》／開示《アウト》するだろう。

このようなクロスメディアの好例は、ヘミングウェイとスペイン内戦を見ればいい。第二次世界大戦の前哨戦、帝国主義の行く末を占うこの内戦において、ヘミングウェイは、共産主義者のヨリス・イヴェンスと共同で映画を撮る。ドキュメンタリー映画『スペインの大地』（*The Spanish Earth*, 1937）の光景とは、ヘミングウェイが北米新聞連盟（『NANA通信』）特派員として書き続けた記事のそれと二重写しとなるのだ。フィルムとジャーナル。これらのテクストは、相補的にスペインの現実を映し出す。果たして、左翼系ドキュメンタリー映画は、二人の同時代人のナルシスティック／シネマティックな告白となるだろう。興味深いことに、戦争の地獄絵図がフィルムに収められ、内戦の現実がジャーナルで活写された後、このノンポリのサファリ・ハンター／ライターは、一転、「政治」

を語り出す。ヘミングウェイは、世界に向けて「ファシズムの嘘」を宣言し、政治的作家へと変貌を遂げるのだ。「蝶々と戦車」(“The Butterfly and the Tank”)などのスペイン短編小説群や『誰がために鐘は鳴る』(*For Whom the Bell Tolls*, 1940)は、クロスメディアの副産物《バイプロダクト》であり、その結果に他ならない。

本書では、ヘミングウェイが生きたモダニズム/ファシズムの時代を軸に、彼のテクストから見えてくるメディアの性/政治学を考察する。テクストとコンテクストは、如何に交差し、相補的に関係するのだろうか。ジャーナル、フィルム、フォトグラフ、アート、そしてノヴェル。メディアを通して見えてくるヘミングウェイのテクストとは、如何なるものなのか。(2) 従来の文学研究とは異なる視座で、ヘミングウェイのテクストを捉え、アメリカ文化の政治学を再考しようと思う。

2. 芸術《アート》と政治《ポリティクス》――クロスメディア序説

一九三〇年代におけるモダニズム/ファシズムを考える際、文学研究は、早々に「壁」に直面する。テクストは、如何にコンテクストに接続し、その文化的・政治的・歴史的な側面を伝えるのだろうか。あるいは、そのようなコンテクストのなかで、何を基準にキャノンを見つめ、作家のオリジナリティを考察すればいいのだろうか。本書が注目するのは、作家の天才でも、従来的な文学キャノンでもない。テクストが同時代のコンテクストのなかで、如何に生起し、如何なる影響を与え(受け)、流通したのかという文化生成のメカニズムに主眼を置いている。そして補助線として導入するのが、芸術と政治という視座である。たとえば、一九三〇年代、ヘミングウェイ、そして芸術と政治を考えるとき、我々は何を見るべきだろうか。クロスメディアの実践的序論として、戦争とキュビズムの関係から見ていこう。

戦争と芸術——この奇妙な結びつきに関して、ガートルード・スタインの発言は示唆に富む。戦場を通過する飛行機。上空からの眺めに対し、スタインは「ピカソの入り組んだ線」を見る。殺戮と暴力の光景とは、アートの実践なのだろうか。

実際、一九一四年から一八年の戦争の構図は、その前のどの戦争の構図とも違っていた。それは、中心に一人がいて、そのまわりを沢山の人々が取り囲むという構図ではない。始まりもなければ終わりもなく、曲がり角がみな同じくらい重要である構図。まさにキュビズムの構図だった。

(Stein 11)

戦争とキュビズムの相関性は重要である。スタインは同時代の精神を予見しながら、戦闘における構造的変化に関しても、芸術のメタファーを使い、言及しているからだ。消失点《バニッシング・ポイント》を有する遠近法がキュビズム的多視点へと移行する時代。その構造と視座の変化は、芸術というジャンルにとどまらない。それは時代を象徴する変化であり、戦争ですらも例外ではないのだ。実際、戦争形態は、平面の戦闘から立体の戦闘へと移行し、前線という概念すら無効化される。テクノロジーが視覚と空間認識を変え、戦争の概念が根本的に修正を余儀なくされるのだ。時代の精神の変化は、戦争と絵画を結びつける。スタインの慧眼はこの関係を見逃さない。

二〇世紀初頭のテクノロジーに関して、そのラディカルな変革は、戦争を変え、既存の芸術観を解体する。ここで目を引くのは、ポール・セザンヌの先見性である。キュビズムと戦争の特徴とされる「多視点」と「不均質な空間」は、セザンヌの絵画的実験の成果であるからだ。二つの視点から花瓶を描く《静物》(*Still Life*, 1883-87)に加え、《リンゴの籠のある静物》(*The Basket of Apples*, 1890-94)では、中央のリンゴが四つの視点から描かれたことを想起しよう。あるいは、一連のサント゠ヴィクトワール山を見ればいい。数多の画家がとらわれた錯覚——それは、三次元空間を平面に写し取るという幻想。セザンヌはこの錯覚、あるいは幻想に一撃を入れたのだ。同一の対象を複数の視点から見つめ、キャンバスに本来の意味での不均質な空間を描くこと。そして、視線を混在させ、欲望の対象を手前に引き寄せること。彼がこだわったのはフォルム/フレームであり、空間認識なのだ。だからこそ、彼の欲望の焦点(サント゠ヴィクトワール山)は、常に眼前に迫ってくる。時代が生みだす偶然なのだろうか。この技法は興味深いことに、写真のフォーカス、あるいは映画のクロースアップに限りなく近い。セザンヌから遅れて、映画は「クロースアップ」という技法を手に入れる。G・A・スミス監督の『おばあちゃんの拡大鏡』(*Grandma's Reading Glass*, 1900)で、映画史上初の主観ショットのクロースアップが出現するのだ。絵画と映画の空間認識の同時性は、ここで強調してもいいだろう。

当然のことながら、セザンヌからキュビズムへと継承される多視点は、ワイリー・サイファーが指摘するように、映画の視点/カメラワークに接続する(Sypher 263-77)。カメラ操作は多様な空間を演出し、編集はその複雑さを強化する。そう、空間や視点は単一である必要はないのだ。そして、この視覚の可能性を推し進めたのが、パブロ・ピカソらキュビストであったのは言うまでもない。ロベール・ドローネーの《エッフェル塔》(*Eiffel Tower*, 1910-11) やジョルジュ・ブラックの《ヴァイオリンと水差しのある静物》(*Violin and Candlestick*, 1910)。これらキュビズム絵画が、大戦前夜の緊張関係を予見していたと言えば、言い過ぎだろうか。『空間の文化史』(*The Culture of Time and Space 1880-1918*, 1983) において、スティーヴン・カーンは、戦争とキュビズムの視点について、次のように述べている――「戦略における構造的変化――縦の防衛――と、絵画における一個の消失点だけがある視点からキュビズムの多視点への移行には著しい類似がある」(カーン 二六〇)。一九一七年から開始される空爆は、空の戦争の幕開けを告げる。飛行機、高射砲、監視塔、サーチライト、サイレン。それら時代のテクノロジーが、続々と戦場に投入されるのだ。複数の視線と空間認識は、同時代の戦闘の変化と密接であり、この意味において、迷彩をキュビズムに喩えたピカソは、先のスタイン同様、時代の変化とその同時性を見ていたと言っていい。テクノロジーの飛躍的発展は人々の欲望を肥大させ、同時に従来の価値観の変更を促すのだ。戦争と絵画という一見相容れない要素は、視線と空間の捉え方において、奇妙な一致を見せる。そして、テクノロジーは、戦争と芸術を結びつけ、時代のイデオロギーを映し出すだろう。ではこの時代、映画は如何なる役割を果たし、ヘミングウェイは如何に時代と結びつくのか。

たとえば、政治とメディアの関係を探る上で、レニ・リーフェンシュタールの存在は無視できない。『意志の勝利』(*Triumph des Willens*, 1935) の催眠的フィルム・レトリック、それは芸術と政治を結びつける魔術に等しい。ナチス党大会を捉えたこのドキュメンタリーは、アドルフ・ヒトラーに収斂する視座を有し、プロパガンダとして機能する。そして、その翌年に開催されたベルリン・オリンピックも興味深い。リーフェンシュタールのレトリックを通じ、ナチスの権威とアーリア民族の優越性が、スクリーンに全開するからだ。『オリンピア』（*Olympia*, 1938）（『民族の祭典』（*Olympia 1. Teil – Fest der Völker*）と『美の祭典』（*Olympia 2. Teil – Fest der Schönheit*）の二部作）が開示する強靭な身体とは、ナチス・ドイツの国家身体《ボディ・ポリティック》に他ならない（我々は、身体に照射されたエロティックな欲望が、国家への欲望へとスライドする瞬間を見るべきだろう）。ナチスはメディアを政治利用し、全体主義をメディア化する。だが、これは歴史の皮肉なのか。ナチスとまさに同時期、大恐慌の余波に苦しむアメリカにおいても、メディアは政治に接続されるのだ。

キュビズムの風景が戦争に重なり、ファシズムがメディアを利用する。ここで重要なのは、ファシズムとモダニズムの相補的関係に他ならない。芸術の裏側に政治があり、政治は芸術を利用し、強化するからだ。この意味において、フランクリン・ローズベルトのニューディール政策は重要である。莫大な資本を公共事業に投下し、国内の雇用と需要を喚起するこの政策は、政府が経済を管理する統制政策、言い換えれば社会民主主義的政策であったことは言うまでもない（政府の経済介入とは、旧ソ連の政策と本質的に大差ない）。公共事業と統制経済という看板の裏側で、この国家プロジェクトは文化事業を包摂する。ニューディールの文化事業、それはメディア戦略と軌を一にした文化の「データベース化」だろう。「戦時情報局」（ＯＷＩ）とその下部組織「映画事務局」では、戦争映画やドキュメンタリーを収集し(3)、プロパガンダ映画を製作、「農村安定局」（ＦＳＡ）はドキュメンタリー写真、

「全米作家計画」（ＦＷＰ）は地誌編纂、そして、議会図書館のフォークロア部門は音楽収集に邁進する。つまり、これらの文化収集は、「合衆国の国民性をいわば文化のデータベースという新たなフォーマットのもとに再編する試み」と言うことができるだろう。（宮本 二〇一四）

国家が複数の文化を管理、統制する。ローズベルトのメディア戦略とは、文化の政治利用を全方位的に行なうことであった。[4] だが、官僚たちに独自の権限が与えられた結果、奇妙な芸術的成果を上げたことは明記してもいい。緩やかな管理体制が、芸術の副産物を生んだのだ。ヘイズ・オフィス体制を確立させ、映像表現のパラダイムを作ったジョセフ・ブリーンと、ＦＳＡ写真の方法論を作り上げたロイ・ストライカーが好例だろう。ブリーンの「コード」は、一九三四年から六八年までハリウッドの映像表現を支配・統制し、性や暴力描写、不倫や怠惰、売春に至る倫理表現、異人種混淆などの人種に関する表現を禁じ、ステロタイプなジャンル映画の量産を可能にした（ジャンル映画こそが、スタジオシステムの屋台骨であったことを想起しよう）。一方、ストライカーは、ドロシア・ラング、ウォーカー・エヴァンズ、ベン・シャーン等のフォトグラファーを招集し、「写真によるアメリカ生活誌のアーカイヴ」（宮本 二〇一二）構築を目指した。ストライカーはフォトグラファーらに対して、「課題」と「撮影台本」を義務付け、写真を規格化する。写真のレトリックが目指すのは、アメリカを代表《リプレゼント》／表象するアイデンティティとしての「個人」である。ラングの《移動農民の母》（*Migrant Mother*, 1936）は、その骨子を存分に伝える好例だろう。キリスト教的な母子像の構図、大恐慌という苦難を乗り越えようとする強靭な意志。これらが一枚の写真に集約され、いつしかそれがアメリカの意志となる。

奇しくも、恐慌に耐える「崇高」な農民という形象は、イヴェンスとヘミングウェイが撮った『スペインの大地』の農民たちに重なるだろう（大地と闘い、運命を切り開く農民、あるいは兵士のイメージを想起すればよい）。民主主義国家の写真プロジェクトが、共産主義／社会主義的な風景を切り取る。これは何を意味するだろうか。たとえば、この違和感は、ラングに同行したジョン・スタインベックのエピソードからも確認できるだろう。アメリカを代表する国民文学『怒りの葡萄』（*The Grapes of Wrath*, 1939、映画版 1940）。この物語が、スタインベックとラングの共同作業を通じて生み出された事実はあまり知られていない。ジュード家の旅路とは、乳と蜜の流れるカナン／カリフォルニアを目指す「出エジプト記」。ここで強調されるのは、苦難を乗り越える強靱な意志であり、家族の絆だろう。どんなに悲惨で苛烈であっても、大恐慌の現実は、聖書的ナラティヴに覆い隠され、神話化されてしまう。果たして、意志は現実を凌駕し、克服できるのだろうか。答えは否。それはニューディールのアメリカが求めた幻想ではなかったか。ラングとスタインベックの「移動農民」は、写真から文学、そして映画へと転移し、ナショナルな欲望を映し出す。ナショナリズム的共産主義、あるいはアメリカニズムとしての社会主義。ニューディールの文化思想とは、共産主義／社会主義的国家プロジェクトを偽装しながら、メディアに流通し、聖書的意味を帯びることで、右寄りのナラティヴとなる。この意味において、『怒りの葡萄』は、左翼的「右翼文学」の嚆矢と言っていい。

ここで我々は、ヘミングウェイの『誰がために鐘は鳴る』を想起すべきだろう。このテクストは、明らかに左翼文学でありながら、赤狩りをすり抜け、あろう事か国民文学となる。そして、この奇妙な立ち位置は、『怒りの葡萄』のそれに酷似するだろう。実際、『誰がために鐘は鳴る』を象徴的に捉えれば、その人物関係はひどく政治的に見える。村上東は、ロバート・ジョーダンを「民主主義の先進国アメリカ」、マリアを「民主化が期待される途上国」と措定し、次のように述べる――「ふたりの短くも熱い恋愛とは両国民の反ファシズム共闘を象徴主義によって彩るものであろう。マリアは、イエス様のご母堂と同じ名前であるから、スペイン民主化の救世主を懐胎し出産することを期待される存在である」(村上 五四)。民主主義を擁護するアメリカ人男性と、ファシズムに蹂躙されるスペイン人女性。二人の関係が照射するのは、反ファシズム共闘であり、途上国をサポートする先進国アメリカという政治的関係であり、ヒロインを救助《レスキュー》するヒーローという父権的ジェンダーのメタフォリカルな関係である。そして、この政治的人物造形は、サム・ウッド監督の映画版『誰がために鐘は鳴る』(*For Whom the Bell Tolls*, 1943)で強調され、ファシズムは有無を言わさぬ「悪」となる。ラブロマンスを偽装した政治性は、こうしてプロパガンダとなるわけだ。加えて、このメロドラマの政治学は、ジョーダンの祖父が南北戦争に従軍していたというエピソードによって加速するだろう。スペイン内戦と南北戦争――二つの「内戦」がテクスト/スクリーンで交差し、読者・観客に共感の回路を開くのだ。物語の舞台スペインは、いつしかその空間を越境し、「アメリカ」となる。メロドラマの性/政治学。恋人たちの振る舞いが表象するのは、性と政治が重なる瞬間に他ならない。このとき、左翼思想は右旋回し、ラブロマンスは民主主義を擁護し、反ファシズムのメディア装置となるだろう。

3．各章概説――クロスメディア実践

本書では、『武器よさらば』(*A Farewell to Arms*, 1929)、『日はまた昇る』(*The Sun Also Rises*, 1926)、『誰がために鐘は鳴る』など、キャノン化したヘミングウェイの長編小説を扱わない。むしろ、その周縁とされてきたテクスト、またその断片に焦点を当て、クロスメディア的視座からヘミングウェイを再考察することが狙いである。

第1章「クロスメディア・ヘミングウェイ――ニューズリール、ギリシア・トルコ戦争、『スミルナの桟橋にて』」では、第一次世界大戦の後産、ギリシア・トルコ戦争を軸に、テクストとコンテクストの交差を議論する。一九三〇年版『われらの時代に』(*In Our Time*) において、はじめて「序文」として編入された短編「スミルナの桟橋にて」は、如何なるテクストなのだろうか。ニューズリール「スミルナ炎上」("The Burning of Smyrna" 1922) を補助線としながら、二つの「スミルナ」を歴史的コンテクストに接続し、同時代の政治学を考察する。アジアのボーダーで起こったローカルな戦争の余波とは何だったのか。あるいは、ヘミングウェイはその体験を通じて、作家として如何に変貌を遂げたのか。クロスメディア的考察のキーチャプターとして、戦争とメディアの関係性を見ていきたい。

第2章「睾丸と鼻――ヘミングウェイ詩編と『老い』の身体論」では、一九二〇年代のパリを震撼させた「睾丸スキャンダル」(猿の睾丸移植手術) を軸に、ヘミングウェイの詩編、医療テクノロジー、そして身体との関係性を議論する。「モルグ街の殺人」("The Murder in the Rue Morgue," 1841)、あるいはクーパー&シェードザック監督『キング・コング』(*King Kong*, 1933) に象徴されるように、「猿」

と「性」の関係は、人種的ファクターに接続し、同時代の差別意識を顕在化させる。だが、ここに医療テクノロジーが関与するとき、如何なる身体が出現するのだろうか。ジャズ・エイジの喧噪の片隅で蠢く傷痍軍人、ロン・チャニー監督『オペラ座の怪人』（*The Phantom of the Opera*, 1925）の「怪人《ファントム》」、あるいはヘミングウェイの描くフリークス的身体。欠損した身体が表象する時代の欲望を見ていこう。

第3章「欲望のスクリーン――ターザン、帝国、ジャングル・プール」では、一九三〇年代の「恐慌」と「プール」の繋がりを軸に、ジャングルの文化論を展開する。二人のナショナル・アイコン、ヘミングウェイとターザンは、「アフリカ」を結節点として、如何に接続し、同時代のイデオロギーを体現するのだろうか。ハリウッドの「ジャングル・プール」、ターザンの「アフリカ」（W・S・ヴァン・ダイク監督『類猿人ターザン』（*Tarzan the Ape Man*, 1932））、ヘミングウェイの「サファリ」（『アフリカの緑の丘』（*Green Hills of Africa*, 1935））を考察することで、アフリカが逆照射する帝国（主義）の欲望、あるいはそこに隠蔽《イン》／開示《アウト》する人種意識と政治学を考察する。

第4章「ゲルニカ×アメリカ――イヴェンスとクロスメディア・スペイン」では、スペイン内戦とメディアの政治学に焦点を当てる。パブロ・ピカソの反戦絵画《ゲルニカ》（*Guernica*, 1937）と「シネマティック・ゲルニカ」（Waugh 19）と称されるドキュメンタリー映画『スペインの大地』（*The Spanish Earth*, 1937）。第二次世界大戦前夜の一九三七年、二つの「ゲルニカ」は、如何にスペイン内戦を映し出すのか。共産主義者ヨリス・イヴェンスとヘミングウェイが共同製作した『スペインの大地』とは、如何なる映画だったのか。そしてそれは、製作と同時進行で書かれた『NANA通信』の記事と如何に呼応するのだろうか。ジャーナル、フィルム、そしてノヴェルの交差から見えてくる「スペイン」に関して、クロスメディア的視座から、芸術と戦争の関係性を議論する。

第5章「ヘミングウェイ、戦争に行く――ジェンダー、ナショナリズム、『脱出』」では、戦争とジェンダーの関係を軸に、ヘミングウェイ原作、ハワード・ホークス監督『脱出』(*To Have and Have Not*, 1944)を考察する。フランク・キャプラやジョン・フォードなどの著名な映画監督が軍籍となり、およそ四万の映画人がプロパガンダ映画製作に邁進した時代、フランクリン・ローズベルトのメディア戦略は、如何に映画を「弾丸」として、軍事戦略の一部に組み込んでいったのだろうか。『脱出』の製作過程における迷走と『ミルドレッド・ピアース』(*Mildred Pierce*, 1945)の困難を同時に捉えることで、終戦期のジェンダーとナショナリズム、あるいは戦争とメディアの共犯関係を見ていこう。

第6章「マン・オン・ザ・ベッド――コード、ジェンダー、『殺人者』」では、ヘミングウェイ原作、ロバート・シオドマク監督の『殺人者』(*The Killers*, 1946)を中心に、ハリウッドのコアシステム「映画製作倫理規定」(ヘイズ・コード)と一九四〇年代のジェンダーの関係性を議論する。ジョン・ヒューストン監督『マルタの鷹』(*The Maltese Falcon*, 1941)からオーソン・ウェルズ監督『黒い罠』(*Touch of Evil*, 1958)に至る、一連のフィルム・ノワールが、ヘイズ・コードの時代に製作されたことは周知だろう。この検閲システムが、六八年の完全廃棄に至るまで、ハリウッドの「枷」であり続けたわけだ。ここで興味深いのは、フィルム・ノワールを特徴付ける「フラッシュバック」が、一種の「検閲」として機能した事実である。主人公の暴力性やマチズモは、如何にして「安全」に提示され、脆弱さへと変換されるのか。「ベッドと男性」というアナロジカルなショットの連続性を軸に、映像と検閲の関係を議論する。

第7章「カリブ×アメリカ――『老人と海』と文化の政治学」では、『老人と海』（*The Old Man and the Sea*, 1952）を軸に、網状のテクストとコンテクストの交点を探る。冷戦と赤狩りの一九五〇年代、反共と反米が老人の海で乱反射する。アメリカとキューバの「国民作家」、ヘミングウェイとは何者なのか。あるいは、メディア・イメージとして流通する「マッチョ・ヘミングウェイ」と大海原で苦悩する「老人」とのギャップは何を意味するのか。複数の戦争を経験し、ファシズムを告白した作家が、冷戦時代に「老人」を描く。ここには如何なるメッセージが潜むのか。「老人」が隠蔽《イン》／開示《アウト》する文化の政治学、そして政治の文化学を考察しようと思う。

第8章「ライティング・ブラインドネス――『視』の逃走／闘争」では、ヘミングウェイの最晩年、一九五七年に発表された二編の「盲目」の物語、「盲導犬としてではなく」（"Get a Seeing-Eyed Dog"）と「世慣れた男」（"A Man of the World"）に焦点を当てる。眼差しで世界に触れようとした作家が、最後の短編で「盲目」を描く。このことは何を意味するのだろうか。晩年のヘミングウェイは、神経衰弱と鬱、そして電気ショックによるダメージによって、記憶と言葉が奪われる。メディアを利用し、メディアが作り上げたマッチョな虚像は、脆弱な実像に取って代わるのだ。このとき、二編の暗闇の物語は、彼の終わりの意識を代弁するだろう。そこにはメディアに翻弄された作家の「声」が生起する。

加えて、本書の［補章］では、ヘミングウェイ映画に関するエッセイを準備した。だが、これらはヘミングウェイの原作と映画のアダプテーション論ではない。映画学的な序論として、または本書の補完として、ヘミングウェイ映画を考察している。［補章1］「シネマ×ヘミングウェイ①――サム・ウッド監督『誰がために鐘は鳴る』」では、女性映画のジェンダー、とくにフラッシュバックの不在とクローズアップに注目し、メロドラマの父権構造に言及する。［補章2］「シネマ×ヘミングウェイ②――アンドレイ・タルコフスキー監督『殺人者』」では、双子の殺人者に注目し、密室の鏡像関係に言及する。ヘミングウェイの短編が如何にソヴィエトの閉塞感に接続するのか。乱反射する鏡の密室を見ていこう。そして、［補章3］「シネマ×ヘミングウェイ③――アレクサンドル・ペトロフ監督『老人と海』」では、アニメーションの『老人と海』を考察する。ガラスペインティングという刹那の油絵が描く『老人と海』には、如何なるメッセージが潜むのか。十字の形象が繋ぐ宗教性に注目する。最後の［補章4］「シネマ×ヘミングウェイ④――フィリップ・カウフマン監督『私が愛したヘミングウェイ』」では、マーサ・ゲルホーンの生涯に焦点を当てる。『誰がために鐘は鳴る』以降、ほとんど何も書けなくなったヘミングウェイに代わり、戦場の「現在」を見続けたのはマーサである。生涯ジャーナリストであり続けた「もう一人」のヘミングウェイとは何者であったのかを考えてみたい。

複数のテクストを横断し、そのコンテクストを考えるとき、我々が対峙すべきは同時代メディアや文化の政治学だろう。ヘミングウェイをクロスメディア的視座から見ること。あるいは、同時代のメディア的状況のなかで、文化の意味を考えること。我々は、広義の「文学」を別角度から検討し、文化／メディア研究を更新する必要がある。

◉註

（1）ハリウッドとはメディア・コングロマリットの別名だが、ヘミングウェイの生きた時代に限定して言えば、それは「スタジオ」と同義であった。一九三〇年代から一九六〇年代後半、スタジオとは「製作・配給・興行」を一手に担う垂直支配のシステムを指す。黄金期と言われた三〇年代、スタジオはビッグ5（パラマウント、MGM、20世紀フォックス、ワーナー、RKO）とリトル3（ユニバーサル、コロンビア、ユナイテッド・アーティスツ）が支配した。そして、スタジオの時代とは、ジャンル映画の時代であり、プロダクション・コード（映画製作倫理規定）の時代でもあった。当然のことながら、スタジオは六〇年代に向けて、徐々にその垂直支配を崩壊させていく。四八年のパラマウント訴訟後、「興行＝劇場」部門を手放し、六〇年代後半の構造改革によって「製作」部門を外注したスタジオは、実際には、その成立から一貫して「製作・配給・興行」を担っていたわけではない。

T型フォードが誕生し、全米にモータリゼーション革命が吹き荒れた二〇世紀初頭、一九二〇年代から本格化する自動車業界では、効率化が至上命題となる。生産現場におけるシステマティックな変化の波は、各種産業を席巻するのだ。世界は「効率」化に向けて歩調を揃える。映画製作も合理化、分業化され、それは画一化された「商品」となる。映画の効率化に関して言えば、たとえばトマス・H・インスが台本を導入し、アーヴィング・タルバーグがプリプロダクション（撮影前準備）やユニット・プロダクション・マネージメント・スキーム（製作を「単位」に分ける分業）を定着させたことを想起しよう。プロデューサーを司令塔に、手足としての部門が各自の仕事に専念する。分業・効率化は大量生産を可能にし、めまぐるしい速度で新作が作られる。このシステマティック／エコノミカルなシステムは、一九三四年から厳格施行されるプロダクション・コードと連動し、パターン化されたジャンル映画となるだろう。性、暴力、ドラッグ等を禁じたコードは、表現の多様性を奪い、画一化を加速するからだ。一九三〇年代、コードとジャンルは互いに補完・強化し合い、スタジオシステムを確立させ、「ハリウッド」を作り上げる。自動車産業が全米に道路網を拡大した時代、映画というメディアもまた全国へとその勢力を広げる。シネマティック・フォーディズム、あるいは自動車と映画。これは、二〇世紀初頭の精神を映し出す双子だろう。

（2）本書は、ヘミングウェイの原作と映画のアダプテーション論ではない。テクストとメディア、テクストとコンテクストの交差、あるいは文化生成のメカニズム考察に主眼を置いている。当然のことながら、ヘミングウェイ原作と映画の比較研究に関して、ブルース・ケイウィンやフランク・ローレンス、ジーン・フィリップスの著作は参考にしているが、彼らと同じような方法論（アダプテーションや比較考察など）は取らない。

（3）映画と第二次世界大戦の関係性については、ジニー・ベイシンガーを見よ。また、ハリウッドの戦時協力、映画と戦争の共犯関係についてはカップス&ブラック、スモーディン&マーティン、ドバーティ、シャッツの論集で全容を掴むことができる。

（4）ローズベルトのメディア・プロパガンダについては、リチャード・スティールが詳しい。プロパガンダの総論はマーク・ワラガー、プロパガンダと芸術の関係についてはトビー・クラークを参照されたい。

◉引用文献

Basinger, Jeanine. *The World War II Combat Film: Anatomy of a Genre.* Middletown: Wesleyan University Press, 2003.

Clair, Rene. *Cinema Yesterday and Today.* Toronto: Dover Publications, 1972.

Clark, Toby. *Art and Propaganda in the Twentieth Century: The Political Image in the Age of Mass Culture.* New York: Harry N. Abrams, 1997.

Doherty, Thomas. *Projections of War: Hollywood, American Culture, and World War II.* New York: Columbia University Press, 1993.

Honey, Maureen. *Creating Rosie, the Riveter: Class, Gender, and Propaganda during World War II*. Amherst: University of Massachusetts Press, 1984.

Kawin, Bruce F. *Faulkner and Film*. New York: Ungar, 1977.

Koppes, Clayton R. and Gregory D. Black. *Hollywood Goes to War: How Politics, Profits, and Propaganda Shaped World War II Movies*. Berkeley: University of California Press, 1990.

Morella, Joe and Edward Z. *Epstein and John Griggs, eds. The Films of World War II*. Secaucus: Citadel, 1973.

Rollins, Peter C. and John E. O'Connor, eds. *Why We Fought: America's Wars in Film and History*. Lexington: The University Press of Kentucky, 2008.

Laurence, Frank M. *Hemingway and the Movies*. Jackson: University Press of Mississippi, 1981.

Phillips, Gene. *Hemingway and Film.* New York: Unger, 1980.

Schatz, Thomas. "World War II and the Hollywood War Film." *Refiguring American Film Genres: History and Theory*. Ed. Nick Browne. Berkeley: University of California Press, 1998. 89-128.

Smoodin, Eric and Ann Martin, eds. *Hollywood Quarterly: Film Culture in Postwar America, 1945-1957*. Berkeley: University of California Press, 2002.

Steele, Richard W. *Propaganda in an Open Society: The Roosevelt Administration and the Media, 1933-1941*. Westport: Greenwood Press, 1985.

Stein, Gertrude. *Picasso*. New York: Dover Publications, 1984.

Sypher, Wylie. *Rococo to Cubism in Art and Literature*. New York: Vintage, 1960.

Waugh, Thomas. "Water, Blood, and War: Documentary Imagery of Spain from the North American Popular Front." *The Spanish Civil War and the Visual Arts*. Ed. Kathaleen M. Vernon. Ithaca: Cornell UP, 1990. 14-24.

Wollaeger, Mark. *Modernism, Media, and Propaganda: British Narrative from 1900 to 1945*. Princeton: Princeton University

Press, 2006.
加藤幹郎『映画ジャンル論――ハリウッド的快楽のスタイル』(平凡社、一九九六年)
佐藤千登勢『軍需産業と女性労働――第二次世界大戦下の日米比較』(彩流社、二〇〇三年)
スティーヴン・カーン『空間の文化史――時間と空間の文化　1880―1918年／下巻』浅野敏夫・久郷丈夫訳(法政大学出版局、一九九三年)
塚田幸光『シネマとジェンダー――アメリカ映画の性と戦争』(臨川書店、二〇一〇年)
宮本陽一郎『モダンの黄昏――帝国主義の改体とポストモダニズムの生成』(研究社、二〇〇二年)
村上東「ふたつの大きな物語の狭間で――冷戦期に到るヘミングウェイの軌跡」『ヘミングウェイ研究』第8号(二〇〇七年)四九―五七頁

第１章　クロスメディア・ヘミングウェイ
――ニューズリール、ギリシア・トルコ戦争、「スミルナの桟橋にて」

眼を閉じているのは悲しくないですか。
我々はいつも眼を開いて、なくしてしまうものを、
その最後の時まで見ていたかったのです。
リルケ『果樹園』

1．二つの「スミルナ」――交差するメディア

モダニズムは、如何にメディアと呼応し、影響関係を有するのだろうか。フィルム、ジャーナル、アート、ノヴェル。複数の芸術は、多角的なメディア／媒体として、同時代を切り取る。とりわけアーネスト・ヘミングウェイにおいては、彼自身がメディアの寵児であり、メディア・メイドな虚像と脆

弱な実像との齟齬に苦しんだ特異な存在だったことは周知だろう。だが、そのメディア的人生に対し、彼のテクストがクロスメディアの延長線上に生起し、同時代メディアと密接だったことはあまり知られていない。

短編小説「スミルナの桟橋にて」（"On the Quai at Smyrna"）を例に取ろう。パリ版『ワレラノ時代ニ』（*in our time*, 1924）でなく、アメリカ版『われらの時代に』（*In Our Time*, 1925）でもなく、一九三〇年版『われらの時代に』（*In Our Time*）において、はじめて「序文」として加えられたこのテクストは、軍事的な描写のインパクトにもかかわらず、批評的に看過されてきたのは周知だろう。実際、「インディアン・キャンプ」（"Indian Camp"）や「大きな二つの心臓のある川」（"Big Two-Hearted River"）と比べると、「スミルナの桟橋にて」の批評的扱いは余りにも小さい(1)。「ニック・アダムス」が登場しないから、と言えばそれまでだが、ヘミングウェイ批評において、第一次世界大戦の役割と影響が強調される一方で、その大戦の後産、ギリシア・トルコ戦争（一九一九—一九二二）との関係は、奇妙にも抜け落ちているのも事実だ。「スミルナの桟橋にて」とギリシア・トルコ戦争。それらは、ジェフリー・メイヤーズの言う「マイナー・テクスト」として、「意図的」に避けられ、消されたテクスト／コンテクストとなる（Meyers 25-36）。「スミルナの桟橋にて」とは、ニュークリティシズムとは極めて相性が悪いテクスト。つまり「精読」のかいがなく、テクスト内の読みでは氷山の下部が見えず、背後の歴史に接続しない、というように。しかしながら、このテクストを読み解くには、コンテクスト理解が不可欠であり、同時代のフィルムやジャーナルとのクロスメディア的視座がカギとなる。

本章では、本書『クロスメディア・ヘミングウェイ』のキー・チャプターとして、「スミルナの桟橋にて」を軸に、テクストとメディアとの交差《クロス》を横断的に議論する。戦場、紛争、その余波《アフターマス》を取材するジャーナリストとしての経験は、ヘミングウェイに如何なる影響を与え、複層的な視座をもたらしたのだろうか。興味深いことに、その痕跡はニューズリール／フィルムと無関係ではない。ニューズリール「スミルナ炎上」（"The Burning of Smyrna" 1922）とヘミングウェイの短編「スミルナの桟橋にて」。二つのテクストは、「スミルナ」という歴史的コンテクストに接続し、メディアを横断しながら、同時代の政治学を映し出す。欧州の果て、アジアのボーダーで起こったローカルな戦争を介して、ヘミングウェイは如何にメディアと関わり、作家として前進するのだろうか。我々は眼を開いて、その瞬間を見なければならない。

2．戦争の光景——ニューズリール「スミルナ炎上」

映像／フィルムは、事物や人物の「動き《モーション》」を捉え、視覚的なインパクトを全開する。サイレント映画の時代、戦争の光景はセンセーショナルなキャプションと共に、観客の「感情《エモーション》」を煽り、その悲劇をスペクタクルに変えるだろう。モダニズム文学にとって、複数の視座を持つ、映像メディアとの邂逅は必然なのだ。

まず、ギリシア・トルコ戦争を捉えた一本のニューズリール「スミルナ炎上」を見ていこう。(2)

一九一〇年、シャルル・パテが英国で設立したニュース製作配信会社「パテ・ニュース」では、政

【図 1-1】炎上するスミルナ
（ロングショット 1）

【図 1-2】海上の避難民
（ロングショット 2）

治や軍事に関連する事件や事故、そして有名人ゴシップなど、数多のジャンルのニュースを配信した。「スミルナ炎上」はそれらニュース映像の一つに過ぎない。だが、複数のヴァージョンやフッテージがあるこのフィルムにおいて、[3]重要なのは、戦場の残虐行為ではない。映像がフォーカスするのは、逃げ惑う「難民」なのだ。

ニュースリールのカッティングは、共感の回路を煽らない。そのフレームは事実を客観的に伝えるため、対象と距離を置くのだ。その実践がクロースアップの排除である。たとえば、「スミルナ炎上」のエスタブリッシング・ショット（状況設定ショット）、燃え上がる街と空高く舞い上がる煙はどうだろう【図1―1】。ロングショットの光景は、海と陸を二分割し、波のうねりと煙の渦を捉える。画面手前には、難を逃れた人々が乗るボートも見える。だが、カメラは対岸の惨事どころか、手前のボートにも寄ることはない。絵画のようなワンショットにその光景を収め、それ以上、カメラは対象に接近しない。実際、カメラが海上の船にアングルを変えても、ロングショットのフレームは変わらない【図1―2】。身動きが取れないほどの数多の避難民が、フランスやイタリアの船に救助を求めている。しかしながら、カメラが彼らの顔にフォー

【図 1-3】母子（ミディアム・ショット）

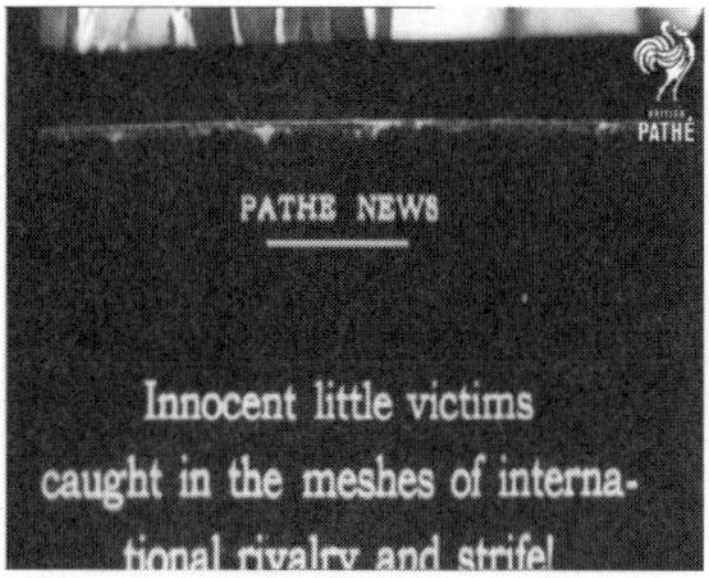

【図 1-4】「無垢な幼い犠牲者」

カスすることはない。

昼と夜のスミルナが交差する。炎上する街は、漆黒の闇を照らし、恐怖を増幅させるだろう。顔が見えず、船上で蠢く「難民」と、煙を上げる遠景の「スミルナ」。ロングショットが捉える光景は反復され、緩やかに交差することで、映像の基調となる。殺戮の光景ではなく、生き延びようとする人々の光景として。だが、その刹那、我々はある女性の視線に出会う。「群衆」のなか、突如として出現した女性は子供を抱え、何も語らずにこちらを凝視するのだ【図1―3】。ロングショットからミディアム・ショットへ、群衆から個人へ。表象の変更は突然行なわれ、次の瞬間、「無垢な幼い犠牲者」（"Innocent little victims"）のキャプションに切り替わる【図1―4】。映像は彼女の「声」を代弁するのだ。そして、再び「母子」のフル・ショットが映り【図1―5（次頁）】、スミルナ炎上の光景に交差する。戦争の惨禍とは何か。映像が問いかけるのは、戦場それ自体ではなく、「母子」に象徴される「顔」の見える悲劇ではないのか。あるいは、母子が喚起する惨劇のリアルだろう。少なくとも、この「母子」は、戦争の「記録」ではなく、戦争の「物語」をメタフォリカルに逆照射する。

【図 1-5】母子（フル・ショット）

【図 1-6】顔のない群衆

「スミルナ炎上」の難民には、この母子を除いて、「顔」がない。たとえば、以下のパンに群がる難民は、蠢く「蟲」に等しい【図1―6】。顔の見えない難民たちの「声」は、ニューズリールの静寂に飲み込まれ、個人の欲望はかき消されるのだ。実際、母子のケースと異なり、難民にはキャプションがない。文字情報が感情を補完することもないのだ。戦争の惨劇に対し、いわば大文字の「難民／群衆」ではなく、「母子」の悲劇を強調すること。「スミルナ炎上」は、「個人」の物語へと観客を導き、そこに悲劇の本質を語る。「記録」から「記憶／物語」へ。では、このようなニューズリールに対し、ヘミングウェイは如何にアクセスしたのだろうか。

3．難民と母子――『トロント・スター』

ニューズリール「スミルナ炎上」は、その映像の大半が場所の特定も難しい匿名性を有する（エスタブリッシング・ショットにおいても、対岸の大火という状況しか分からない）。とはいえ、

「難民」と「母子」のショットは、我々に奇妙な既視感を抱かせるだろう。ジャーナル誌『トロント・スター』（*The Toronto Star*）の記事や短編「スミルナの桟橋にて」が描く「難民」と「母子」。それは、「スミルナ炎上」の反復であり、メディア的交差であるからだ。

デイヴィッド・ハンフリーズが指摘するように、カメラの遠近（クロースアップ）や転換（パン）など、ニューズリールの映像的技法がヘミングウェイに与えた影響関係は無視できない（Humphries 89）。しかしながら、ヘミングウェイが「スミルナ炎上」を見たという彼自身による客観的な記述はない(4)。ならばここで重要なのは、果たして証拠の有無だろうか。彼が映像的技法やカメラアイを獲得し、それを文学テクストに応用し始めた裏側には、明らかにスミルナ体験がある。我々は「スミルナ炎上」から『トロント・スター』、そして短編「スミルナの桟橋にて」へと続く、一連の主題と技法に注目し、逆説的に見えてくる映像の痕跡を考察すべきだろう。まず、戦争のコンテクストから考えてみたい。

ヘミングウェイのスミルナ体験は、リアルな戦争体験ではなく、戦後の「余波」体験にその本質がある。一九二二年九月三〇日、彼は『トロント・スター』の特派員として、コンスタンチノープルに赴く。彼は前年、ハドリーと結婚、アンダソンの紹介で渡仏し、パリでの生活を開始していたことは周知だろう。ジェノバ会議を取材し、イタリア旅行を経て、ジャーナリストとして、更なる活躍の場を求めたのは自然な成り行きに思える。それが、「戦場」であればなおさらだ。しかしながら、彼は戦争が終わり、スミルナが陥落（二二年九月九日）した後、それを狙ったかのようにトルコに入っている。とすれば、彼の関心は「戦場」ではなく、戦争の「余波」にあったのではないか。つまり、リアルな戦場の取材ではなく、終戦時の政治学にこそ注目すべきなのだ。

ギリシア・トルコ戦争は、単なるローカル・ウォーだったのだろうか。オスマン・トルコが同盟国側に与し、第一次世界大戦の敗戦国になったことは言うまでもない。一九二〇年八月、スルタン政府は、セーヴル条約に調印し、連合国による領土分割を余儀なくされる。東アナトリアではクルド人自治区とアルメニア人国家の樹立を認め、メソポタミアやパレスチナは英国、シリアはフランスの委任統治領となる。そして、東トラキアとエーゲ海諸島はギリシアに割譲されてしまう。当然のことながら、この大戦の余波は、中東問題を含め、現代まで地続きなのだ。

一九一九年五月、ギリシアのヴェニゼロス首相が「大ギリシア」への欲望を肥大させ、小アジア西岸のスミルナ（イズミル）を占領したことは象徴的だろう。これに対し、トルコ人国民国家の樹立を目指すケマル・パシャ（後のケマル・アタテュルク）は、条約を否認して独立戦争を開始する。英国支援のもと、アナトリア内陸部へと進軍するギリシア軍に対し、トルコ軍はゲリラ戦で応戦。両軍は拮抗するが、二一年九月には、ギリシアは全面撤退を選択する。同月、スミルナが陥落し、二二年一一月にセーヴル条約が破棄され、二三年七月にローザンヌ条約が結ばれる。トルコはコンスタンチノープル、スミルナ、東トラキアを回復し、ギリシア・トルコの国境も確定、独立が達成されるのだ。

ギリシア・トルコ戦争とは、欧州の周縁で起こりながら、列強政治の内実を映し出す鏡として機能する。大戦後、ヴェルサイユ体制の矛盾が、グローバルな政治的文脈で噴出し、民族自決の問題へと接続された好例だからだ。この複雑な政治的コンテクストに対し、ヘミングウェイは独特の感性で時代を切り取る。彼が『トロント・スター』に寄稿したギリシア・トルコ戦争関連記事は、二〇編に及ぶ。[5] 彼の取材はムダンヤ休戦協定（二二年一〇月）と住民交換、そしてローザンヌ会議（二三年七月）

直前の混乱期に集中している。たとえば、「英国、ケマルに要求を突きつける」（"British Order Kemal to Quit Chanak"）（二二年九月三〇日付）では、スミルナ入城後のトルコ軍が、海峡管理区域（ボスポラス・ダーダネルス海峡）の英国軍と対峙する様を伝える。このチャナク危機はケマルの撤退で回避されるが、「英国戦闘機飛来」（"British Planes"）（二二年九月三〇日付）で描かれているように、トルコと英国の抗争は、コンスタンチノープルの領有をめぐる抗争と言えるだろう。また、「ハリントン将軍撤退要求せず」（"Harington Won't Demand Evacuation"）（二二年一〇月二日付）も同様の趣旨である。

『トロント・スター』の記事を見る限り、若きジャーナリスト・ヘミングウェイの視座は、列強の欲望、あるいはその政治学を的確に捉えている。[6] 何故、海峡管理区域に英仏露が関与し、ギリシアを煽るのか。スミルナを奪還したトルコは一体何がしたいのか。そして、中東やメソポタミアの利権に対し、列強が如何にアクセスするのか。たとえば、「ハミド・ベイ」（"Hamid Bey"）（二二年一〇月九日付）は、興味深い記事だろう。ここにはコンスタンチノープルやトラキアを巡るトルコの欲望が活写されているからだ。ハミド・ベイとは、ケマルに次ぐ実力者である。彼は「トルコ赤新月社プロパガンダ作戦」（"Turk Red Crescent Propaganda Agency"）（二二年一〇月四日付）でも言及されているように、トルコのプロパガンダ機関「赤新月社」の指導者でもある。ヘミングウェイは質問する――「カナダでは、ケマル将軍がコンスタンチノープルに入場した場合、キリスト教徒の大虐殺が行なわれはしないかと心配しています」（*Dateline* 220）。これに対し、ハミド・ベイは、不遜に答える。

「キリスト教徒は何も恐れることはないでしょう」。彼（ハミド・ベイ）は聞き返した。「彼らには軍隊がついているし、むしろ武装解除しているのはトルコです。殺戮などできはしない。現在、トラキアでトルコ人を殺しているのは、ギリシア正教徒ではないですか。だからこそ、我々はトラキアを占領しなければならない。トルコ人保護のためにね」(220)

トルコ人保護のためにトラキアを占領する。それは二枚舌だろう。表向きには、ケマルはキリスト教徒の大虐殺を回避する。だがトラキア領有に伴う「住民交換」では、数多のキリスト教徒が難民と化し、命を落とす。これは合法的で陰湿な殺戮に他ならない。トラキアから追い出されたギリシア人難民はおよそ一一〇万人にも及ぶからだ(一方、ギリシアから移住したトルコ人は四〇万人である)。

ハミド・ベイの発言に対峙しても、ヘミングウェイはトルコを直接非難しない。それは、民族自決と軍縮を標榜しながら、それを勝者の側に当てはめないヴェルサイユ体制の矛盾に対する異議申し立てなのか。あるいは、英国ロイド＝ジョージとギリシアのヴェニゼロスの蜜月に照射される反英的な立場故なのかは定かではない(大田 二九)。[7] だが、ここで興味深いのは、ヘミングウェイがグローバルな政治学に目配せしながら、「難民」にフォーカスしている点だろう。三編の記事「トラキアを離れるキリスト教徒」(“Christian Leaves Thrace to Turks”)(二二年一〇月一六日付)、「身の毛もよだつ無言の行進」(“A Silent, Ghastly, Procession”)(二二年一〇月二二日付)、「トラキアからの避難民」(“Refuges from Thrace”)(二二年一一月一四日付)が重要である。これらの記事では、国際政治に翻弄され「死の行進」を続ける弱者、言い換えれば、トロイ戦争以来、苦しみ続ける「無垢なる人々」(“the innocent”)を描くのだ。当然のことながら、この「無垢なる人々」とは、先の「スミルナ炎上」のキャプション「無垢な幼い犠牲者」（"Innocent little victims"）と呼応し、主題を補完するだろう。一連の記事を見る限り、その視座は客観的、相対的であり、彼はスクリーンの「向こう」側の事件を冷静に捉える。ハード・ボイルドな筆致は、ネイションの欲望、あるいは政治的陥穽を暴くのに都合がいい。

「トラキアを離れるキリスト教徒」を見よう。マイケル・レノルズによれば、二二年一〇月一六日、ヘミングウェイはアナトリアで、ギリシア人の大移動を目撃している（Reynolds 81-86）。空から降り注ぐのは、雨か涙か。トラキアがトルコに割譲され、キリスト教徒は一五日以内の退去を命じられる。政治に翻弄される住民たちは、なけなしの家財を抱え、徒歩でバルカン半島に向かうのだ。ノー・リターンの旅路である。難民たちは食糧不足に喘ぎ、老人や女性、子供たちが蠢く様はまさに地獄絵図だろう。「十字架《ギリシア》が新月旗《トルコ》に土地を明け渡したことで、何千ものキリスト教徒が、トラキアから徒歩で出ていった。多くは飢え、背中には一切の持ち物を担いでいた。老人と女性たち。多くは子供と一緒だった。彼らはバルカン半島を目指して歩いていた。何年も住んだ故郷に別れを告げながら」。（*Dateline* 226）

「身の毛もよだつ無言の行進」では、トラキアからマケドニアに通じる道路で、ギリシア難民が溢れる様が描かれる。

> しとしとと降る雨を避け、荷車の下、お産のために伏している妻に夫が毛布を広げてやっている。彼女の呻き声しか聞こえない。いたいけな少女は恐ろしさのあまり、母を見つめながら泣き始める。行進は止まることなく続いている。（232）

荷車の中で産気づく妻に、夫は毛布を掛ける。土砂降りの雨の中で、彼女の叫び声だけが響き、幼い娘は恐怖する(232)。もちろんこの記事は、トラキアから脱出するギリシア難民のレポートに過ぎない。しかしながら、重要なことは、ヘミングウェイが難民全体ではなく「個人」、つまり「一人の妊婦」にフォーカスしている点だろう。敗走と出産。彼らが被る過酷な試練とは、世界中の何処でも起こりうる試練であり、それは普遍的な悲劇の別名だろう。のちにヘミングウェイは、このエピソードをパリ版『ワレラノ時代ニ』に収録し、さらに『われらの時代に』の中間章《インターチャプター》「第二章」に据える。ジャーナル記事から、エッセイ/中間章へとリライトされるなかで、妊婦の夫が削除され、母娘の悲劇に焦点が当てられるのだ。(島村 五七―八)[8]

> 女性と子供たちが荷車の中でうずくまっていた。マットレス、鏡、ミシン、その他様々な包みと共に。子供を産みかけている女性がいた。彼女を覆う毛布をつかみながら、小さな女の子が泣いていた。出産を目の当たりにして、怯えているのだ。避難の行進のあいだ、ずっと雨が降っていた。(CSS 71)

壮絶な出産の光景は、我々をある既視感に誘う。『われらの時代に』において、麻酔なしの出産を描く「インディアン・キャンプ」の直後に配されたこの中間章は、二つの「出産」を繋げ、トラキアをミシガンに接続する。ギリシア・トルコ戦争の余波、住民交換の悲劇は、ミシガンの出産の光景と二重写しとなり、「母子」の悲劇は、複層化し、変容するのだ。

4．赤子と騾馬──短編小説「スミルナの桟橋にて」

ギリシア・トルコ戦争とは、ローカル・ウォーに偽装された列強の代理戦争である。(9) 大戦の余波とナショナリズムに対し、そのコンテクストを利用し、テクスト化したのが「スミルナの桟橋にて」である、と言うことは可能だろう。『われらの時代に』は、「スミルナの桟橋にて」で始まり、「跋文」で終わる、つまりギリシア・トルコ戦争という「枠」に描かれる絵図に他ならない。（今村 一七三）そして、我々読者は、この戦争の背後に潜む欲望を解釈し、同時代のメディアに接続しなければならない。「スミルナの桟橋にて」の冒頭を見よう。

> 不思議なのは、と彼は言った。毎晩、真夜中に、彼ら避難民たちが叫び出すことなんだ。なんでそんな時間に叫んだのかは分からない。（CSS 63）

「彼」（“he”）は英国人、「彼ら」（“they”）とはギリシア人、そして「彼」から話を聞く人物が語り手である。何故「彼ら」が悲鳴を上げるのだろうか。そして、何故「彼」は、何もアクションを起こさないのだろうか。この「悲鳴」の向こう側には、一九二二年の東トラキアを巡る住民交換とそれに付随する暴力があり、その帰結として、行く場所を失った一一〇万の難民がスミルナの桟橋に追い詰められる歴史的コンテクストがある。とはいえ、留保がある。これらは、「彼」から聞いた話なのだ。トルコと英国は絶妙な駆け引きを繰り返す。互いが互いを刺激しながらも一線を超えず、武力衝突は回避され続けるのだ。つまり、ギリシアを支援した英国は、スミルナ陥落の後、中立を決め込む。だからこそ、ギリシア人難民がトルコ人の殺害や暴行に遭い、毎晩、「悲鳴」を上げても、（英国は）「彼」のように無視し続けるというわけだ。そして、「彼」が、「なぜその時間になると、（ギリシア人が）悲鳴を上げたのか分からない」というのは、「分からない」のではない。「分からないふりをしていた」というのが歴史的に正しい。英国軍の駐留は、トルコの行動が「分からないふり」をすることで、担保されると言えばいい。

ここで重要なのは、ヘミングウェイがテクストとコンテクストの交差を、メディアを介して行なっている点だろう。ニューズリール「スミルナ炎上」とジャーナル記事「身の毛もよだつ無言の行進」、両者に共通する「母子」は、短編「スミルナの桟橋にて」で反復、強化される。

一番悲惨なのは、死んだ赤子を抱いた女性たちだった、と彼は言った。どんなに説得しても、彼女たちは死んだ赤子を手放そうとしないんだ。死後六日も経っているのに、それをどうしても手放そうとはしない。これにはどうしようもなかったね。結局、最後にはむりやり赤子を取り上げざるを得なかったんだが。それから、実に奇妙な老女がいたんだ。この話をある医者に話したら、嘘をつくなと言われてしまったよ。我々は埠頭から難民たちを排除していた。死体も片付けねばならなかった。すると、担架のようなものの上に横たわった老女がいた。周囲の人は、「この女性の様子を見てくれませんか」と言うんだ。それで様子を見たんだが、その瞬間、彼女は息を引き取って、完全に硬直してしまったんだ。両脚が引きつり、腰から上も引きつって、硬直してしまった。まるで死後一晩を経ているみたいだった。呼吸も止まり、硬直していた。その話をある医者にしたところ、そんなことはあり得ない、と言われたのさ。（63-64）

ジャーナル記事が描く出産の「その後」を予見し、スタインベックの『怒りの葡萄』（*The Grapes of Wrath*, 1939）のクライマックスを先取りする。死んだ赤子を手放さない母親。そして、トルコ人に恐怖し、硬直して死亡したギリシア人老女。そして、「なんとも素敵なもの（浮遊物／死体）があちこちに浮かんでいる」港を加えるならば、このテクストで描かれる「死」は、難民の極限状態を集約し、絶望の瞬間を映し出すだろう。赤子、老女、騾馬。「死」の浮遊物は、後年『午後の死』（*Death in the Afternoon*, 1932）で言及されるように、ゴヤの画題のように救いがない。

だが、桟橋から難民を排除し、その死体を撤去する「彼／英国兵」たちが、その光景に対して感情移入することはない。むしろ、その悲劇を茶化し、現実から距離を取る。兵士にとっては、生者も死者も同レベルの難民であり、大差はない。だからこそ、撤退の際、連れて行けない騾馬の脚を折り、海に落とすギリシア軍の振る舞いに対しても、「彼」は「すばらしい眺め」と語るのだ。ここでの「騾馬」は、当然のことながら、老人や女子供の暗喩でもある。[10]

二つの「スミルナ」と二つの「出産」。これらは、『われらの時代に』の中間章へと接続する。ニューズリール、ジャーナル、短編小説は、相補的関係にあり、ギリシア・トルコ戦争を映し出すモンタージュとして機能するのだ。当然、この読みは、氷山「下部」の政治的読みと無縁ではない。最後に中間章「第五章」を見よう。

ギリシア人の敗走、住民移動の最中、雨の中での出産を描いた中間章「第二章」に対し、「第五章」では、ギリシアの六人の閣僚の処刑が描かれる。トラキアでの「死」とギリシア閣僚の「処刑」は、トルコによる暴力の別名であり、それらはコインの表裏だろう。ヘミングウェイは、プレス向けの発表などから情報を得て、実際には見ていないこの事件を再構成する。入院中の元首相、刑務所に収容中の五人の閣僚は、処刑場まで連行される（閣僚の一人は車中で死亡）。だが、死んだ閣僚すら支えに縛られ、六人全員に一斉射撃が行なわれるのだ。その後、共同墓地に運ばれた死体は、泥の中に放り込まれる。

> 午前六時半、彼らは六人の閣僚を病院の壁の前に立たせて銃殺した。……閣僚の一人は腸チフスにかかっていた。二人の兵士が彼を階下に運んで、雨の中へと引きずり出した。彼らはその閣僚を壁際に立たせようとしたが、彼は水たまりの中にしゃがみこんでしまった。（95）

泥の中の死体、あるいは海に浮かぶ死体。それらに大差はない。ヘミングウェイは、惨劇の舞台を病院に（閣僚の一人を腸チフスに）変えて、無慈悲さを強調する。騾馬も閣僚も同じ、というように。(11)

ギリシア・トルコ戦争は、第一次世界大戦の後産であり、列強の思惑に翻弄された小国の悲劇を映し出す。ヘミングウェイは、その複雑な国際政治に対し、ジャーナリスト的視座から、良質のレポートを紡ぎ出すのだ。複数の「スミルナ」、あるいは複数の「死」が、ニューズリール、ジャーナル、短編小説で反復する。これはヘミングウェイの成長の軌跡だろう。この意味において、『われらの時代に』はクロスメディアの成果であり、だからこそ「下部」にあるコンテクストの理解が不可欠である。そして、この戦争の残像は、『武器よさらば』(*A Farewell to Arms*, 1929) のカポレットの退却場面、「キリマンジャロの雪」("The Snows of Kilimanjaro" 1936) の回想場面で、かたちを変えて反復される。戦争の惨劇、あるいは「死」という悲劇。戦場とは異なる「戦後」のレポートを通じて、彼は戦争の意味を再考するのだ。ギリシア・トルコ戦争は、戦争に対する視座を養い、戦争とメディアの関係に焦点を当てる契機となる。そして、この体験こそ、グローバルな視座と思考を彼に与えたと言えば、言い過ぎだろうか。

※本稿は第一七回国際アーネスト・ヘミングウェイ会議（米国ドミニカン大学、二〇一六年七月二二日）における口頭発表を加筆修正したものである。

● 註

（1）ピーター・スミスによる解説が、短編「スミルナの桟橋にて」の基本的な方向性を定めている。また、ピーター・リコーラスによる論考は、ヘミングウェイとギリシア・トルコ戦争との関係を概観した数少ないものの一つだろう。彼は列強とトルコとギリシアのパワーゲームに注目し、『トロント・スター』の記事との関わりに言及している。同様に歴史的なコンテクストに触れているのが、マシュー・スチュワートの論考である。『われらの時代に』を論じる数多の批評に対し、「スミルナの桟橋にて」の扱いが限りなく小さい点は注目すべきだろう。そして、すべからくメディア全般からテクストは論じられていない。

（2）「スミルナ炎上」は、パテ・ニュースのサイト British Pathé Limited において、タイトル検索後、閲覧できる。「スミルナ炎上」のフルヴァージョンに加え、全スティル（静止画）もウェブ公開されている。http://www.britishpathe.com

（3）パテ・ニュースにおいて、「スミルナ炎上」の別ヴァージョンを検索することは容易である。「炎上前後のスミルナ」（"Smyrna Before and After the Great Fire," 1922）、「炎上後のスミルナ」（"Smyrna After the Burning: Devastation and Crowds Fight for Food," 1922）、「トルコ・ギリシア戦争のトルコ軍」（"Turko-Greek War AKA Turkish Army: Constantinople," 1920）、「トルコ・ギリシア問題」（"Turko-Greek Troubkes," 1920-29）など、数多の例が存在する。ギリシア・トルコ戦争は、ニューズリールに記録されたスペクタクルであり、前線に行かずとも入手可能なリアルな戦争であった。数多のニューズリールは、その需要を裏書きし、ジャーナリストの想像力に働きかける。

（4）武藤脩二は、ヘミングウェイが実際に「スミルナ炎上」を見て、カメラマンから話を聞いたことに言及しているが（武藤 三三）、その根拠は示していない。他の批評家たちも状況証拠からの言及である。しかしながら、「母子」と「難民」に注目すると、映像とジャーナル、短編との繋がりが見えてくる。

（5）ヘミングウェイが『トロント・スター』に寄稿した記事は、以下の二〇編である。その内容は、戦争報道というよりは政治報道であり、英仏露の思惑、それに影響・翻弄されるギリシアやトルコを分析している。

1.「英国によるコンスタンチノープルの救済」"British Can Save Constantinople" (1922.9.30)
2.「英国戦闘機飛来」"British Planes" (1922.9.30)
3.「英国、ケマルに要求を突きつける」"British Order Kemal to Quit Chanak" (1922.9.30)
4.「ハリントン将軍撤退要請せず」"Harington Won't Demand Evacuation" (1922.10.2)
5.「トルコ赤新月社プロパガンダ作戦」"Turk Red Crescent Propaganda Agency" (1922.10.4)
6.「ハミド・ベイ」"Hamid Bey" (1922.10.9)
7.「トルコ軍、コンスタンチノープルで不穏な動き」"Turks Near Constantinople" (1922.10.9)
8.「バルカン半島　戦争のない平和な風景」"Balkans: A Picture of Peace, Not War" (1922.10.16)
9.「トラキアを離れるキリスト教徒」"Christian Leaves Thrace to Turks" (1922.10.16)
10.「黄ばみ、煌びやかさを失った、災いのコンスタンチノープル」"Constantinople, Dirty White, Not Glistening and Sinister" (1922.10.18)
11.「無礼講を待ちつつ」"Waiting for an Orgy" (1922.10.19)
12.「身の毛もよだつ無言の行進」"A Silent, Ghastly, Procession" (1922.10.20)
13.「ロシアがフランスの駆け引きを台無しにする」"Russia Spoiling the French Game" (1922.10.23)
14.「ケマル・パシャに不信感を抱くトルコ」"Turks Distrust Kemal Pasha" (1922.10.24)
15.「中東の報道検閲は徹底的」"Near East Censor Too "Thorough" " (1922.10.25)
16.「古都コンスタンチノープル」"Old Constan" (1922.10.28)
17.「アフガンというイギリスのお荷物」"Afghans: Trouble for British" (1922.10.31)
18.「ギリシア兵の反乱」"The Greek Revolt" (1922.11.3)

19. 「ケマルの一隻の潜水艦」"Kemal's One Submarine"(1922.11.10)
20. 「トラキアからの避難民」"Refuges from Thrace"(1922.11.14)

（6）戦争と文学の「下部」には、ナショナルな欲望の政治学が潜む。たとえば、「アフガンというイギリスのお荷物」("Afghans: Trouble for British")（二二年一〇月三一日付）が興味深い。タリバン、イスラム、アメリカの関係を予見する記述が見られるからだ。アフガニスタンとは、大英帝国に対し、ケマルが軍事訓練したメタフォリカルな「武器」である。そしてメソポタミアの攻撃の際には、アフガンとケマルが結束し、英国の脅威となると述べている。中東、メソポタミア、アフガン。紛争の三日月地帯とは、今日的な問題に他ならない。ローカルと見まがう小アジアの戦争の背後に、ユーラシア中央まで広がる列強のグローバルな欲望を見抜くこと。若きヘミングウェイの筆致は、ジャーナリストとしての面目躍如だろう。

（7）英国とギリシアの関係は、一九一五年一月の密約に遡る。ギリシアが三国協商側につく見返りが、領土的保証であった。M・L・スミスが指摘するように、英国ロイド＝ジョージの取引の失敗は、ギリシアのヴェニゼロス首相の野望を煽るだけで、外交的、政治的努力を怠った点にある。このようなロイド＝ジョージの無能が、チャナク危機で白日の下に曝されるのは必然だろう。実際、大田信良も言及するように、英国とギリシアに対する否定的イメージは、スミルナを巡る国際情勢と密接である。ヘミングウェイの「反英的な立場」（大田 二九）は、前記のような政治性と無縁ではない。

（8）ヘミングウェイはアナトリア付近で、ギリシア難民を目撃している。その体験は、「トラキアからの避難民」では、マケドニア方面へ向かう避難民へと書き換えられる。中間章「第三章」の解説は、『ヘミングウェイ大事典』が詳しい。（七五―六）

（9）ヘミングウェイのジャーナルが興味深いのは、英仏露、ギリシア、トルコのナショナルな欲望を切り取っている点だろう。コンスタンチノープルをめぐる英国とトルコの衝突は先にも述べたが、注目すべきは、ソヴィエトとの関係である。「ロシアがフランスの駆け引きを台無しにする」（"Russia Spoiling the French Game"）（二二年一〇月二三日付）では、英仏のトルコを巡る政治交渉と、ケマルのソヴィエトとの連携が言及される。フランスを揺さぶるケマルとソヴィエトの関係は、イスラム教対キリスト教の問題に発展すると指摘されるのだ。また、「ケマル・パシャに不信感を抱くトルコ」（"Turks Distrust Kemal Pasha"）（二二年一〇月二四日付）では、ビジネスマン的なケマルとイスラムの微妙な関係を伝え、メソポタミアの帰属権に関するトルコとソヴィエト、そして英仏との関係を指摘している。石油というキーワードにも注目すべきだろう。

(10) ヘミングウェイは「トラキアからの避難民」（"Refuges from Thrace"）（二二年一一月一四日付）において、興味深いエピソードを残している。アドリアノープルの宿「マダム・マリー」。売春宿を想起させる安宿の「窓」からも敗走を続けるギリシア難民が見える。この宿で、ヘミングウェイにベッドを提供したのは、二人の映画撮影技師である。「今日、家事で燃える村のすごいシーンを撮ったんだ」という技師は、さらに続ける。「そいつを三ヵ所から撮ったんだ。その燃えっぷりは寒村というより何かこう、ちょっとした町が火事になってるみたいだった。いやもうしんどかったよ。この退却はこりゃ全く地獄だ。ここじゃ実際恐ろしいことが起こるぜ」（Dateline 249-50）。宿で聞く現場の記憶が、窓の外の光景に重なる。窓はスクリーンの暗喩だろう。出来事を複層的に捉える想像力が、窓を隔てた〈内〉と〈外〉のトラキアを繋いでいる。さらに重要なのは、マダム・マリーの視座がヘミングウェイに接近していることだろう。彼女は次のように述べる。「トルコ軍がいつやって来たって平気さ」「どっちでも同じ事さ。ギリシアもトルコもブルガリアも一緒」。(251)

(11) 『トロント・スター』の記事「ヨーロッパの王様稼業」（"King Business in Europe"）（二三年九月一五日付）には、ギリシアの新王ゲオルギネス二世の言及がある。彼はコンスタンティノス王の退位に伴い、王位を継承するが、宮殿に軟禁されてしまう。結果、権力を掌握したのがプラスティラス。この記事は、ギリシア・トルコ戦争の最後を飾るワン・ピースとして、『われらの時代に』の「跋文」へと再編される。閣僚の処刑後、囚われの身となるも、王は生きることに前向きである——「こういう局面にあって大事なことは、自分自身が銃殺されないことだがね」。ヘミングウェイは王に会っていない。だが、「跋文」のラストセンテンスは、アメリカへの亡命を夢見る王の欲望を代弁する。皮肉にも、彼は亡命を繰り返し、三度の王位につくのだが、アメリカは夢の土地であり続ける。詳しくは『ヘミングウェイ大事典』を参照されたい。

◉引用文献

Barnouw, Erik. *Documentary: A History of the Non-fiction Film*. New York: Oxford University Press, 1993.

Lecouras, Peter. "Hemingway in Constantinople." *Midwest Quarterly*. 43.1 (2001): 29-41.

Hemingway, Ernest. *Dateline: Toronto*. New York: Scribner's, 1985.

---. *The Complete Short Stories of Ernest Hemingway: The Finca Vigia Edition*. [*CSS*] New York: Scribner's 1987.

Humphries, David T. *Different Dispatches: Journalism in American Modernist Prose*. New York: Routledge, 2006.

Meyers, Jeffrey. "Hemingway's Second War: The Greco-Turkish Conflict, 1920-22." *Modern Fiction Studies*. 30.1 (1984): 25-36.

Reynolds, Michael S. "Two Hemingway Sources for i*n our time*." *Studies in Short Fiction*.9 (1972): 81-86.

Smith, Michael Llewellyn. *Ionian Vision: Greece in Asia Minor 1919-1922*. Ann Arbor: University of Michigan Press, 1998.

Smith, Peter A. "Hemingway's 'On the Quai at Smyrna' and the Universe of *In Our Time*." *Studies in Short Fiction*. 24.2 (1987): 159-62.

Stewart, Matthew. "It Was All a Pleasant Business: The Historical Context of 'On the Quai at Smyrna.'" *Hemingway Review*. 23.1 (2003): 58-71.

今村楯夫「刹那と情緒の交錯――『スミルナ桟橋にて』をめぐって」『ヘミングウェイ――人と文学』(東京女子大学、二〇〇六年) 一七二―九三頁

今村楯夫・島村法夫監修『ヘミングウェイ大事典』（勉誠出版、二〇一二年）
大田信良「ヘミングウェイとギリシャ・トルコ戦争」『英語青年』第一四五巻第五号（一九九九年）二七―二九頁
島村法夫『ヘミングウェイ――人と文学』（勉誠出版、二〇〇五年）
武藤脩二『ヘミングウェイ『われらの時代に』読釈　断片と統一』（世界思想社、二〇〇八年）

第2章　睾丸と鼻
――ヘミングウェイ詩編と「老い」の身体論

性分泌腺は、筋肉のエネルギーや恋の情熱と同様、大脳活動を刺激する。それは、すべての細胞のエネルギーを回復し、幸福感を高める命の源を、血液の流れのなかに注ぐのである。

サージ・ヴォロノフ『ライフ』

1．睾丸スキャンダル――テクノロジーとフリークス

ヘミングウェイ、詩編、睾丸移植手術。この組み合わせは奇妙だろうか。

一九二〇年、サージ・ヴォロノフ医師の実験結果は、戦後のパリを震撼させ、身体の概念に変更を迫る。彼はある「モノ」を男性の性器に移植し、驚異的な「若さ」を回復させたというのだ(1)。ある

モノとは、猿の「睾丸」である。以後、彼は「猿の分泌腺カクテル」(Monkey Gland Cocktail)を使った数百の施術を行ない、若さを司るマジシャンとなる。(2) セーヌの川辺で興じるのは、大人の秘薬「猿カクテル」というわけだ。

マイケル・レノルズが指摘するように、この睾丸スキャンダルは、メディアの格好のターゲットとなる(Reynolds 65-66)。たとえば、『シカゴ・トリビューン』(*The Chicago Tribune*)は、その手術を受けたシカゴの富豪ハロルド・マコーミックの身体を、ダイエットのビフォー・アフターよろしく、手術前後の変貌写真と共に掲載したのだ。それはさながら、「猿の睾丸を持つ男」の公開ショウ。「老い」と「若さ」が共存する身体は、フリークスと呼ぶに相応しい。

アフリカ・チンパンジーの分泌腺が生み出す奇跡は、戦後のパリを賑わすスペクタクルなのか。睾丸スキャンダルは、「モルグ街の殺人」("The Murder in the Rue Morgue," 1841)のスピンオフ、あるいは『キング・コング』(*King Kong*, 1933)の驚愕を予告するだろう。当然のことながら、「猿」が代表《リプレゼント》/表象するマスキュリニティは、人種的ファクターに接続し、嫌悪と魅惑、羨望と恐怖を呼び起こす。「モルグ街の殺人」のオランウータンも『キング・コング』の巨大猿も、「黒人」のアリュージョンであるからだ。だが、ここで興味深いのは、パリ時代のヘミングウェイがこの睾丸スキャンダルに反応し、三編の詩を書いている事である——「キプリング」("Kipling")、「スティーヴンソン」("Stevenson")、「ロバート・クレーヴズ」("Robert Graves")。猿、睾丸、詩《ポエトリー》。医療テクノロジーと詩の接続。では、ヘミングウェイの意図は何処にあるのだろうか。

若き身体への渇望は、ヴォロノフやマコーミック特有のものではない。だが、戦後の欧州では、ある特殊な幻想が流布していたことも事実である。第一次世界大戦が、大量殺戮兵器を駆使したテクノロジー・ウォーであったことは周知だろう。のちに詳しく述べるが、この戦争の功罪は、兵器のみに収斂しない。それは、人間／兵士の身体にも多大な影響を与えたのだ。高度に発達した医療技術が、身体をつなぎ、修正し、再生する。断片化されるつぎはぎの「身体」、あるいは整形術の隆盛。フランケンシュタイン的テクノロジーが身体の概念を変えるのだ。身体はいつでも再生可能というように。結果、本来であれば、死すべき身体が街に溢れる。戦争の余波は、テクノロジーの皮肉な結晶として、「傷痍軍人」を生み出す。ジャズ・エイジという狂乱、そして睾丸スキャンダルの裏側では、突如として出現した「怪物《フリークス》」が蠢く。

傷痍軍人とは、ウォー・テクノロジーの副産物《バイ・プロダクト》である。メディカル・プロメテウスの産み落とした「鬼子」が映し出すのは、身体機能の回復と若さへの希求に他ならない。ヴォロノフの魔法は、フリークスを生み出した同時代の医療テクノロジー、あるいはその欲望と地続きである。一九二〇年代、ヘミングウェイの初期詩編は、如何にそのコンテクストを引き受け、「若さ」と「老い」を開示したのか。あるいは、詩／抒情というモダニストの出発点は、その時代を経由することで、如何なる変貌を辿るのか。詩《ポエトリー》から散文《ノヴェル》へ。テクノロジーとフリークスが織りなす「身体」を逆照射する。

2. ジャズ・エイジの表裏――グロテスクと抒情

ジャズ・エイジのアメリカ。それは、第一次世界大戦の戦争特需、未曾有のバブルが生み出した狂乱の時代であり、摩天楼、飛行機、ラジオの普及に象徴される「空」を指向し、欲望する時代だった。空に向かい、空に舞い、空を飛び交う。アン・ダグラスの言う「空熱《エア・マインデッドネス》」は、まさに時代の精神であり、その要約に他ならない（Douglass 434-61）。「ロスト」・ジェネレーションとワイヤ「レス」。アルトー的な「器官なき身体」として、身体と精神は地上を離れ、空に向かう。天空に屹立する摩天楼、空中を行き交う飛行機、そして電波は、人々の欲望を代弁し、時代の精神となる。

フレデリック・ルイス・アレンが指摘するように、一九二〇年代は、バブルによって加速した消費欲が人々のリビドーを刺激し、狂乱へとなだれ込んだ時代でもある。摩天楼が上空を目指す〈縦〉の欲望ならば、全米に広がる道路網とモータリゼーション革命は、まさにオクトパスの如く大地に拡散する〈横〉の欲望だろう。オートメーションが消費文化を促進し、世界は資本主義を謳歌する。〈ヤング〉・アメリカ。それはテクノロジー礼賛の別名であり、新世紀リビドーのメタファーとなるだろう。アレンの記述はこうだ。

> 精神の健康の第一の要件は、奔放なセックス・ライフを持つことであった。健康と幸福を望むのであれば、リビドーに従うべきである。フロイトの教えはこんな形でアメリカ人の心に入り込んでいった。（中略）自己抑制の美徳について説教する牧師たちは、露骨な批評家たちに注意

を促される始末である。自己抑制なんて時代遅れだし、実に危険であると。（Allen 99）

リビドーが導く熱狂とは、ギャツビー的な狂乱か、ブレッド・アシュリーに顕著なセックス・ライフか。少なくともここには「老い」に対する不安や恐怖は微塵もない。屹立する摩天楼とはメタフォリカルなペニス／ファルスであり、ナショナルな「ヘルス」を代表／表象するだろう。アレンの記述は、この時代の狂乱、そして「ヘルス」と「エロス」が共存する祝祭的アメリカを伝えるのだ。そう、フィエスタはアメリカにあったのだ、というように。「老い」の対極であり、エネルギッシュな国家身体とは、ヤング・アメリカと呼ぶに相応しい。狂乱のアメリカ、あるいはアメリカン・ヘルス。大戦を対岸の火事として眺め、戦後バブルを謳歌したアメリカは、その狂乱に酔っていたということは可能だろう。だが、ジャズ・エイジの繁栄とは、戦後のリアルを迂回することで成立したかりそめのユートピアと同義ではなかったか。ウォー・テクノロジーの怪物、それはユートピアのダークサイドに巣くう。

身体を壊し、「身体」を修復する。第一次世界大戦のテクノロジーには、身体に関する二つの側面がある。一つは、そもそもこの大戦が、軍事テクノロジーの見本市だったことである。戦車、軍用機、潜水艦、毒ガス、迫撃砲、野戦重砲、軽機関銃、そして自動小銃。「核」以外のあらゆる軍事技術はこの戦争の産物《プロダクト》であり、二次元（平面）から三次元（立体）への戦争形態の移行に伴い、身体の概念は根本的に変容するのだ。(3) たとえば、プロパガンダ映画『世界の心』（*Hearts of the World*, 1918）の撮影時、監督D・W・グリフィスが、「見えない敵」に対して困惑する兵士に注目したエピソードなどは、図らずもこの戦争の本質を言い当てている。身体の不可視化、あるいは不在の身体。誰を殺し、誰に

殺されるのか。兵士はもはや人ではなく、「戦闘単位」に過ぎないのだ。(4)

そしてもう一つ、大戦のアナザー・テクノロジーとは、身体の修復と整形技術に他ならない。芸術が「爆発」のメタファーで語られ（ヴィリリオ 五九）、修復が破壊の対概念となり、機械は身体と交換可能となる。人の命を奪う刃は、命を救うメスへと反転するのだ。ここで我々は、形成外科学の父、ハロルド・ギリスに触れる必要がある。(5) 英国ケンブリッジ大で学んだこのニュージーランド人医師は、大戦に軍医として従事する。彼が最初に形成外科手術を行なったのは、一九一六年のストランド沖海戦で負傷した英軍水兵ウォルター・ヨウに対してだった。この時、ヨウは顔面を砲撃で損傷し、両目の上目蓋・下目蓋を失っていた。(6) ヨウの手術とは、負傷した目蓋を肩の皮膚で補い、移植させるものだった（アイマスクのような皮膚移植が特徴である）。以来、ギリスは五千人以上の施術を試み、身体の修復に寄与することになる。

【図 2-1】 石膏仮面と男

ヨウの「顔」は、メタフォリカルな両義性を帯びる。それは皮膚なのか、仮面なのか。デイヴィッド・フレンドが引用した写真が興味深い【図2―1】。顔ギプス（plaster cast）を見つめる男性。彼の左眼は開かず、付近には引きつった傷がある。大戦当時、皮膚移植による顔の損傷を隠すために、数多の仮面が作られたのだ。フレンドによれば、一九一七年から二五年、ロンドン近郊のフルーガルにおいて、傷痍軍人に対する施術は一万例にも及ぶ。(7) 当然、仮面の数はその比ではない。顔の損傷と石膏の白い仮面。それらはオペラ座の怪人《ファントム》の出現を予見し、戦後の病理として残存するのだ。

さらにヘミングウェイとの関連で言えば、彼のテクストにも身体の断片化と修復のメタファーが頻出する（髙野　五七―七三）。たとえば、ヘミングウェイの『春の奔流』（*The Torrents of Spring*, 1926）において、両手両脚を吹き飛ばされたインディアンは、義手と義足を付けている。損傷した身体は人工器官に置き換えられ、「正常な」身体として補完されるのだ。それは、つぎはぎのフランケンシュタイン・モンスター的身体か、それともサイボーグ的身体か。ティム・アームストロングは、身体観の変容を次のように要約する。


身体の部位は、仮想上の補綴術が織りなすシステムに組み込まれている。それは、身体に欠陥があることを暴き出し、矯正する。結果、それは完全な身体の存在を指し示すのだ。「完全な」身体とは、テクノロジーによって獲得できる。（Armstrong 100）

身体の置換と人工器官の強調。モダニズムの身体とは、身体の断片化と拡張の果て、テクノロジーが補完する「アナザー・ボディ」だろう。大量殺戮兵器は医療技術の発展に接続し、車椅子、人工骨、人工器官、そして義手・義足の進化を促す。そして兵士の傷は、もはや名誉の「傷」ではなく、テクノロジーが修復した屈辱の「傷《スティグマ》」となる。テクノロジーの怪物、傷痍軍人は、こうして生み出されるのだ。

傷痍軍人たちは、メディアを通じ、スペクタクルな怪物《フリークス》となる。たとえば、オットー・ディック

【図 2-2】ディックス《マッチ売り》

【図 2-3】オペラ座（ステージ）

スの版画《マッチ売り》（*The Match Seller*, 1921）を見よう【図2—2】[8]。戦後の喧噪に満ちた街中、マッチ売りの軍人が描かれる。黒いサングラスをかけ、立派な髭を蓄えた彼は、陽気に鼻歌を歌っている。だが、彼には両手両足がなく、おそらく目も見えていない（だからこそ、目の前の犬が見えず、その小便にも気づかない）。そして、彼の側を歩く人々は、高価な服と靴を身につけ、通り過ぎるだけだ。ファッショナブルに復興する街と、そこに巣くう亡霊としての軍人。このコントラストは、ジャズ・エイジの光と影、繁栄と絶望を映し出し、それは悲劇を通り越して、滑稽ですらある。ディックス的フリークスとは、リアルとコミカルが共存する風刺的アートだろう。そして、このような陰陽を担うキャラクターは、ウォーレス・ワースリー監督『ノートルダムのせむし男』（*Hunchback of Notre Dame*, 1923）のカジモドやロン・チャニー監督『オペラ座の怪人』（*The Phantom of the Opera*, 1925）の怪人／エリック、そして「千の顔を持つ男」ロン・チャニーが演じる不具の男たちにも共通する[9]。フリークスというシネマティックな表象は、二五万人にも及ぶ傷痍軍人の存在を逆照射し、戦争の爪痕を映し出す。奇形、ケロイド、手足の切断、ギプスは、明

【図 2-4】オペラ座（中央階段）

【図 2-5】オペラ座（地下ラビリンス）

白な戦争の痕跡であり、同時代のリアルだろう。テクノロジーとフリークス、それは二〇年代の双生の悪夢なのか[10]。

戦後のパリがアメリカン・シネマに出現し、アメリカン・モダニストがパリに渡る。二〇年代とは、アメリカとパリが、アート／芸術において、深く結びついていた時代である。シネマ・イメージに限らず、パリこそがモダニストのマインドに多大な影響を与えたトポスであることは疑いようがない。だが何故パリは、ヘミングウェイやフォークナー、ジョイスやエリオットなど、数多のモダニストを惹き付けたのだろうか。それは「文化サロン」という短絡的な理由では説明できないだろう。戦後のパリとは、狂乱と厳粛、正常と異常が共存する逆説的トポスであった。あるいは、グロテスク、フリークスというリアルを抱えながら、ヘルスなイメージを全開するユートピア／ディストピアと言い換えてもいい。その二重性は、『オペラ座の怪人』が好例だろう。「オペラ座」のステージとその地下にあるラビリンス。絢爛豪華なステージはパリの繁栄とその「若さ」を暗示する【図2―3、2―4】。だが、ロベルト・ヴィーネ監督『カリガリ博士』（*Das Cabinet des Dr. Caligari*, 1920）の幻想空間に酷似した地下空間は光も差さぬ牢獄に等しい【図2―5】。スクリーンに開示される二重性は、戦後パリの光と影を代表／表象する。オモテとウラの共存こそ、同時代のマインドの表出であり、リアルに他ならない（地下への入口がオペラ座内の「鏡」であるのも、鏡像関係を暗示するだろう）。そして、この特殊なトポスでは、主人公エリックもまたその二重性から自由ではない。抑圧された環境こそが、彼の「抒情性」の発露になっているからだ。オペラ座の地下、彼は音楽に興じ、ヒロインを詩的に詠う。それは、牢獄が生み出す抒情だろう（エリックとヒロインの結びつきとは、老いと若さの逆説的コラボレーションである。彼は傷痍軍人のメタファーであり、だからこそ地下にいる必然があるのだ）。この「牢獄的抒情」は、矛盾し、対立する逆説のダイナミズムを生み、物語をドライヴさせる。舌津智之が述べるように、抒情は「逆説の領分」であり、「時間をめぐる情緒の表出」である（舌津 八）。逆接的トポスが抒情性を涵養し、そのとき、怪人／傷痍軍人は詩人となる。(11)ヤヌスの鏡としてのパリは、だからこそ抒情を生み、人々を誘うのだ。パリのリアル、それは矛盾が生み出す抒情である。では、ヘミングウェイの睾丸詩編は、この時代と如何に切り結ぶのだろうか。そして、「老い／若さ」と如何に接続するのだろうか。

3．睾丸詩編――ヘルスとグロテスク

マコーミックの身体は真昼のパリに出現したフリークスであり、その睾丸は傷痍軍人の「傷」と無縁ではない。彼の存在とは、オペラ座ステージに出現したエリックと同義であり、だからこそスキャ

ンダルと呼ぶに相応しい。注目すべきは、ヘミングウェイの反応の早さである。彼はこのスキャンダルに何を見たのだろうか。まずは、「キプリング」を見よう。

可愛い乙女猿が東の方、
海を見つめ、
　ソプラノ声の新種猿は、木の上でむせび泣く。
そしてハロルドはすこぶる元気で、新聞各紙は皆異論なし。

There's a little monkey maiden looking eastward toward
the sea,
　There's a new monkey soprano a'sobbing in the tree,
And Harold's looking very fit the papers all agree.（*CP* 54）

「東方の海」を見つめる「乙女猿」は、恋人の猿の帰りを待っている。だが、その彼女の恋人、「ソプラノ声の新種猿」は泣き続けるしかない。その「新種猿」とは、睾丸を切断され、男性機能を喪失した「猿」の変貌した姿に他ならない。そして、その犠牲があるからこそ、手術を受けた「ハロルド（・マコーミック）」の「若さ」身体《フリークス・ボディ》が出現するのだ。それはさながらグロテスクな性器を持つ老人だろう。猿の睾丸を装着《フィット》し、健康《フィット》を手に入れる。猿の恋人たちのドラマの向こう側には、富豪のフリークスな身体が生起するのだ。猿の睾丸とは、「老い」を若さに変える魔法なのか。あるいは、「猿」に仮託されたマスキュリニティとは、老人の見果てぬ夢なのか。「ソプラノ声の新種猿」が変わり果てた姿で「涙」を流す。この悲哀と抒情は、うめき声を美しきソプラノ声へと変換し、テクノロジーが生み出したキメラ／ハロルドのグロテスクを強調するだろう。

「キプリング」は、わずか四行の詩（後に続く「結び」（"L'Envoi"）も四行）であり、英国詩人ラドヤード・キプリングの「マンダレイ」（"Mandalay," 1890）をアレンジしていることは明白である。ヘミングウェイが詩に睾丸スキャンダルを埋め込み、資本家のエゴと若さへの執着を嘲ったのと異なり、キプリングの詩は「マダム・バタフライ」ならぬビルマの現地妻「ミス・マンダレイ」を詠い、オリエンタルな欲望を全開する。

古のモールメインのパゴダのそば、東方の海を見ながら
ビルマの少女が佇む。そう、彼女は僕を思っているのだ。
風が椰子の木をゆらし、寺の鐘が告げる
戻れ、汝英国兵士よ。マンダレイに戻れ！
By the old Moulmein Pagoda, lookin' eastward to the sea,
There's a Burma girl a-settin', and I know she thinks o' me;
For the wind is in the palm-trees, and the temple-bells they say:
"Come you back, you British soldier; come you back to Mandalay!"（*CP* 54）

ここには、ジョージ・オーウェルが言う「イギリス帝国主義の伝道者」キプリングの姿がある。ビルマの海辺、もう二度と会えない恋人を待つ少女。語り手は「これもみんな過ぎてしまったこと――遠い国での昔の話」（But that's all shove be'ind me – long ago an' fur away.）と、ビルマと少女を懐かしみ、「俺には綺麗で緑溢れる国に、素敵な可愛い娘がいるんだ」（I've a neater, sweeter maiden in a cleaner, greener land!）と叫ぶ。記憶の中の美しき国を詠い、その残像を見る。これは老人の繰り言なのか。少女はいつも手招きし、年を取らない。キプリングの抒情は、奇妙にも現実感が喪失しているのだ。加えるなら、キプリングとヘミングウェイの詩は、猿と少女、そして第三世界を性的に結びつけ、植民地主義的な主題を前景化する。だが、キプリングのオリエンタルな欲望に対し、ヘミングウェイはグロテスクな身体を暗示し、読者を現実へと引き戻すのだ。

「ソプラノ声の新種猿」は、「猿の睾丸付き老人」と対の関係にある。若さへの執着は滑稽であり、老いの悲哀だろう。しかしながらその影で、涙を流すペニス「レス」の猿の姿は、グロテスクであり、抒情的なのだ。そしてここで注目すべきは、ヘミングウェイの視座がそのようなマインドを生み出したコンテクストに向けられているだけではない。時代の欲望を掬い取り、悲哀に触れている点である。猿の睾丸とその手術は、「持つ者」が「持たざる者」を搾取する帝国主義的欲望の上に成り立つ。実際、「マンダレイ」のオリエンタリズムとは、東洋を吸い取る西欧の別名だろう。「キプリング」は、「マンダレイ」の帝国主義的コンテクストを逆照射しながら、戦後パリのコンテクストを重ねた好例と言えるのだ。

では、「スティーヴンソン」と「ロバート・グレーヴス」はどうだろうか。ヘルスとグロテスクの共存とその批判はさらに辛辣さを増す。

広い星空の下で、
新しい分泌腺を与え、寝させてくれ。
ああ、どれほどの努力、努力、努力をしているだろう、
だが、私は意思を遥かに超えるものが必要なのだ。

Under the wide and starry sky,
Give me new glands and let me lie,
Oh how I try and try and try,
But I need much more than a will. (*CP* 55)

ヘミングウェイの「スティーヴンソン」は、「分泌腺／睾丸」への希求を語る。「新しい分泌腺」への執着は、「努力」しても立たないペニスと連動し、不能と老いを映し出す。死期を悟り、死を受け入れるスティーヴンソンの「鎮魂歌」(“Requiem,” 1879) に対し、ヘミングウェイの「スティーヴンソン」は、「鎮魂歌」を換骨奪胎し、老いのグロテスクを詠うのだ。「意思を遥かに超えるもの」とは、テクノロジーが生み出すフリークス的身体だろう。そして、「ロバート・グレーヴス」では、もはや露骨な批判しかない。

資本家には分泌腺を、
フュージリア連隊兵には旗を、
英国詩人にはビールを、
私には強いビールを。

Glands for the financier,
Flags for the Fusilier,
For English poets beer,
Strong beer for me. (*CP* 56)

詩人クレーヴスの「強いビール」（"Strong Beer"）が、「分泌腺／睾丸」詩編に変貌する。クレーヴスの詩は、生を愛で、迫り来る死を受け入れるという人生賛歌である。ビールを味わうことが、生の謳歌であり、その肯定なのだ。しかしながら、ヘミングウェイの詩は、パロディですらない。「キプリング」、「スティーヴンソン」、「ロバート・クレーヴズ」。これら三編の詩は、睾丸スキャンダルに接続し、ヘルスとグロテスクの交差を映し出す。だが、何故ヘミングウェイは、これらの詩人を取り上げたのだろうか。それは、「マンダレイ」、「鎮魂歌」、「強いビール」が、「老い」の意識と緩やかに結びつくからに他ならない。人が年を取り、人生を振り返るとき、そこに何を見るだろうか。それは、記憶の彼方の少女か、「喜びの中に死す」想いか、ビールと生への賛歌か。いずれにせよ、死に対峙し、人生を総括するとき、そこに猿の睾丸は不要なはずだ。この意味において、睾丸スキャンダルとそのテクノロジーは、「終わりの意識」への冒涜となる。ヘミングウェイの三編は、詩人たちの「老い」への敬意を受け、テクノロジーが生み出す「若さ／ヘルス」の意味を問う。それは、グロテスクなキメラでしかない、というように。

4. 睾丸と鼻――フリークス的身体

パリのフリークス。それは、ヘミングウェイ自身の被弾体験とも無縁ではない。彼はイタリアで被弾して以来、身体損傷に対して強烈な関心を示すのだ。ミラノでの療養中、彼が生殖器損傷病棟を訪れ、そこから『日はまた昇る』(*The Sun Also Rises*, 1926) の「ジェイク」が生まれたエピソードは好例だろう(ジェイクのペニス損傷は言うまでもない。彼には精巣が残り、自慰行為が可能なことも、キャラクター造形では重要である)。だが、身体損傷の描写は、奇妙にも詩編ではなく、散文に集中する。マコーミックが暗示するグロテスクな身体は、散文ジャンルで全開するのだ。

短編「異国にて」("In Another Country," 1927) を見よう。物語の舞台はミラノの病院であり、そこで描かれるのはフリークス／傷痍軍人たちの「日常」である。[12] 病院に通う兵士たち。前線から離れたこの街で、彼らは身体の修復を試みる。主人公の描写を見よう。

僕は片方の膝が曲がらない。脚はふくらはぎがなくて、膝からくるぶしまでがじかに繋がっているような具合だった。その機械にかかると、ちょうど三輪車を漕ぐときのように、膝を曲げて動かせるようになるはずだった。だが、膝はまだ曲がらない。曲がる箇所にさしかかると、機械の方がガクガクした。医者は言った。「そのうち、すんなりと動くようになる。君は幸せな若者だ。いずれまた、チャンピオンのようにフットボールができるようになるさ」。（CSS 206-207）

グロテスク／メカニカルな脚は、不在のペニスを代表／表象し、「若者」から生気を奪う。医者の無配慮な慰みで、「チャンピオン」という言葉は逆説的に響くのだ。その言葉は、死の恐怖から逃れるかわりに、フリークス的身体を受け入れよ、ということか。「異国にて」で描かれるのは、戦場というトポスに集約される極限の身体感覚ではない。むしろ、身体をメカニカルに補填し、修復する兵士たちの「日常」である。だからこそ、主人公の感情は冷ややかだ。傍らにいるグロテスクな少佐に対しても、「赤子のように小さな手」（207）というように、あくまでクールである（この少佐は、ディックスの《マッチ売り》の別ヴァージョンだろう）。また、この病院には、顔を損傷した兵士たちも集う。

その若者は黒い絹のハンカチーフで顔を覆っていた。彼には鼻がなく、近日中に整形手術を受ける予定であった。（207）

四肢や鼻とは、ファルス／ペニスのメタファーではなかったか。それはたとえば、『日はまた昇る』

のロバート・コーンの鼻が、割礼によって切断されたペニスに接続することに顕著だろう。ファルスを失った男たち、あるいは、フリークスたちの饗宴。損傷した身体はテクノロジーによって補完、整形され、「正常さ」を偽装する。この光景とは、何かに似ていないだろうか。延命と「若さ」への希求。それは、グロテスクな「老い」の光景に他ならない。この瞬間、マコーミックの「睾丸」は、この若者の「鼻」と二重写しとなる。

フリークス的身体は、キャラクターたちの「違和感」とも無縁ではない。たとえば、先の「脚」のエピソードは、『武器よさらば』のフレデリックへと、読者の連想を誘うだろう。カポレットの退却場面、彼の意識は、自身の身体へと集中する。

ヴァレンティーニはいい仕事をした。退却の半分は歩きだし、実際、奴の脚でタリアメント川を泳ぎきったし。そう、こいつはもう奴の脚だ。だが、もう片方の脚は私のだ。医者がいろいろやった後では、もはやそれは自分の身体ではなくなるのだ。(*FA* 231)

修復された身体に対する違和感。フレデリックの身体に対する感覚は、「正常」(かつての身体)からの逸脱を基準とし、違和感に満ちている。「睾丸」、「鼻」、「脚」。メカニカルな身体は、キャラクターの意識に違和感として残存し、不在のファルスを強調するのだ。

ヘミングウェイの描くグロテスクな身体とは、若さの対極を映し出すリアルとなる。それはときに、「老い」のグロテスクに接続され、逆説的な抒情となる。詩編「最後に」("Ultimately")を見よう。

彼は真実を吐き出そうとした、
初めは乾いた口で。
しまいには、だらだらくどくどしゃべり、
真理が彼のあごからしたたった。
He tried to spit out the truth;
Dry mouthed at first,
He drooled and slobbered in the end;
Truth dribbling his chin.（*CP* 337）

「最初《アット・ファースト》」と「最後《イン・ジ・エンド》」とは、「若さ」と「老い」の別名だろう。年を取り、老いることは、グロテスクな真理と向き合うことに等しい。そのリアルに対し、すべてを見せること（「真理が彼のあごからしたたった」）。それはたとえば、猿の睾丸が生み出すかりそめのヘルス／若さではなく、リアルな身体とそのグロテスクに対し、眼を逸らすなというメッセージとなる。ヘミングウェイの描く「老い」とは、グロテスクなリアルであり、その開示と対峙に他ならない。そして、この意味において、「老い」は「死」と異なる。(13)

ヘミングウェイ文学において、「死」は「生」の刹那に接続し、「若さ」の意味を帯びる。初期詩編に頻出する「嘔吐」のヴァリエーションは好例だろう（もちろん「闘牛」は、「死」と「生／性」

が重なる最高の例となる。死の刹那、闘牛士は生を実感し、エクスタシーを得るからだ）。嘔吐の瞬間。それは、死に対する拒絶が全開される。たとえば、詩編「アイクとトニーとジャックと僕がいた」（"There was Ike and Tony and Jaque and me…"）では、語り手は軍事工場の爆発の果て、身体から飛び出た内臓を見る（そして、おそらく嘔吐する）。一九一八年六月、イタリア戦線に赴いたヘミングウェイは、負傷するまでの一ヵ月間、スキオに配属される。その直前、彼はミラノ郊外の軍事工場の爆破処理に従事している。短編「死者の博物誌」（"A Natural History of the Dead," 1933）の原風景とは、死体の散らばる地獄絵図であった。彼はそのプロセスを詩に刻むのだ。また、詩編「名誉の戦場」（"Champs d'Honneur"）においては、毒ガスを吸った兵士がむせて、涎を吐き出す。嘔吐は、「死」の導火線であり、それは「生」の瞬間を強調する。「兵士たちは前のめりになり、咳き込み、痙攣する／世界は赤色と黒色に燃えさかり、唸りを上げる」（Soldiers pitch and cough and twitch;/ All the world roars red and black）（*CP* 27）。やはり、兵士は生きるため、生きようと嘔吐する。それは「老い」とは別の感覚だ。「死」と「生」の重なり。それは、グロテスク／フリークス的身体に対する作家の違和感、あるいはプロテストということは可能だろう。

5．「老い」の身体論——詩と散文

ヘミングウェイの初期詩編に「老い」を見る。この試みは、一九二〇年の宰丸スキャンダルを経由し、同時代パリの二重性を映し出す。大戦の鬼子、傷痍軍人とは、テクノロジーが延命させた「老人《フリークス》」に他ならない。睾丸、鼻、そして脚。不在の身体を補完する新たな部位は、ファルスの不在を逆照射し、「若さ」への悲痛な叫びとなる。

ヘミングウェイの身体欠損とは何だろうか。怪我と病気で満身創痍の身体と、メディア・イメージが作り上げた身体。脆弱とタフネスがせめぎ合う身体とは、何よりヘミングウェイ自身の矛盾する自我そのものだろう。この〈外部〉と〈内部〉の齟齬に対し、キャラクターが担う身体損傷は、ヘミングウェイ自身の煩悶するフラストレーションが表出するトポスとなる。それはグロテスクであり、消せないスティグマ。あるいは、彼自身がフリークスだと、告白する瞬間となる。

ヘミングウェイの成長の軌跡を辿るとき、その出発点である「詩」は、複数の意味を担い、単純な解釈を拒む。そこにあるのは、「若さ」に対する思考だけではない。時代を詩に刻み、文学へと昇華する。そのプロセスを知ることが、彼の詩を読む意義だろう。[14] 詩から散文へ。彼はいつ詩を諦め、散文を志向するのか。そのヒントは、詩編「詩、一九二八年」（"Poem," 1928）にある。二九年、この詩はベルリンで執筆され、時代の終わりを詠う――「終わった、と人は言う」（They say it's over）（*CP* 95）。「秩序」、「敬虔さ」、「気品」を求める必要性を説き、「我々の仕事は何かに到達しなければならない」（Our works must lead to something）と続ける。二〇年代の終わり。それは、父の自殺（二八年）に象徴されるだけでなく、大戦の戦後景気との決別であり、世界恐慌の始まりでもある。風雲急を告げる世界に対し、「詩」は一体何ができるのか。その絶望と虚無感は、二九年五月の『リトル・レビュー』（*Little Review*）の廃刊に接続するだろう。果たせるかな、『リトル・レビュー』の廃刊と同年同月、『武器よさらば』の連載が『スクリブナーズ・マガジン』(*Scribner's Magazine*)で開始される。彼は別のジャンルで、「何かに到達」することを目指すのだ。

「詩」の終わりと、「散文」の始まり。詩人が詩を諦め、散文に可能性を見出す背後には、複数の生と死のドラマがある。だが、「死」は「生」に接続し、それは「老い」とはならない。彼にとって、「老い」とは、フリークス的身体が開示するグロテスクであり、リアルに対峙せよという告発となる。当然のことながら、彼の初期詩編に「老い」の痕跡はわずかしかない。だがそれは、若き作家の詩学、あるいはその格闘の軌跡を少なからず映し出しているはずだ。

◉註

(1)サージ・ヴォロノフ医師は、二〇世紀初頭を賑わせた外科医の一人である。一九一七年から二六年にかけて、彼は数百にも及ぶ羊、山羊、牛の睾丸を使った移植手術を行なっている。ひとえに、若い動物の睾丸を老体に移植することで、「若返り(rejuvenation)」を試みようとするものだ。当然のことながら、これは人体実験の布石である。彼は処刑された犯罪者の睾丸を大金持ちに移植しようと試みるが叶わず、チンパンジーの睾丸を使った移植へと舵を切る。その最初の手術が一九二〇年六月一二日に行なわれた。これらの「睾丸移植手術」は、ヘミングウェイに限らず、詩人のE・E・カミングスも言及する有名なもので、一九三〇年代初頭までに、フランスでは、五〇〇を超える手術例がある(彼の弟による手術も含む)。大富豪ハロルド・マコーミックの手術は、その一例である。"France: Chimpanzee Present?" を参照されたい。

<http://content.time.com/time/magazine/article/0,9171,786826,00.html>

（２）エリック・グランハウザーの論考によれば、ヴォロノフ医師の人体実験は、一四年間にも及ぶエジプトの病院での「自由な実験」にベースがある。また、彼の施術した患者のビフォー／アフター写真もいくつか残っている。ただ、写真では少し肥っただけのようにしか見えない。詳しくは、グランハウザーを参照されたい。Eric Grundhauser, "The True Story of Dr. Voronoff's Plan to Use Monkey Testicles to Make Us Immortal." <https://www.atlasobscura.com/articles/the-true-story-of-dr-voronoffs-plan-to-use-monkey-testicles-to-make-us-immortal>

（３）たとえば、ガートルード・スタインの発言を再度見よう。「実際、一九一四年から一八年の戦争の構図は、その前のどの戦争の構図とも違っていた。その構図は、中心に一人がいて、そのまわりを沢山の人々が取り囲むという構図ではない。それは、始まりもなければ終わりもなく、曲がり角がみな同じくらい重要である構図。まさにキュビズムの構図だった」。（Stein 11）

（４）第一次世界大戦によって、陸海空の戦略兵器が実践配備され、兵站や通信網などの後方支援システムが確立したことは重要である。鉄道網が拡充し、物資輸送の円滑化も相まって、消耗戦・持久戦が可能となったからだ。大量殺戮兵器を駆使したこのテクノロジー・ウォーは、先にも言及したように、局地的な戦争から、文字通りの総力戦へと戦争形態を変貌させる。前線の兵士に限らず、銃後を守る非戦闘員もその総動員体制に組み込まれ、社会全体は一種の「戦争工場＝戦争機械」（藤崎　一八）となるのだ。だからこそ、これら近代戦において、「戦闘単位」となる人間／身体の存在は重要だろう。兵士は顔を持たず、個性を剝奪され、兵器それ自体となるからだ。傷痍軍人のグロテスクとは、そのような政治学の延長線上にある。

（５）形成外科（plastic surgery）の文化史に関しては、ジャック・マリニア、美容整形の文化史はエリザベス・ハイケンが詳しい。美醜とテクノロジーの変遷は、文化を学ぶ上で興味深い視座を提供してくれる。

（６）ウォルター・ヨウの写真は、ロンドンのアーティスト、パディ・ハートリーによって日の目を見ることになる（二〇〇四年七月、Artist in Residence & Research Associate, The Gillies Archives. Queen Mary's Hospital

Sidcup、そして二〇〇五年、Joint speaker with Dr. Andrew Bamji from the Gillies Archive "Surgeons at War: Trafalgar to Tikrit." The Hunterian Museum)。ハートリーは服飾アートの一環として、ドクター・ギリスによる手術やヨウの手術写真をアレンジする。ツギハギのセーラー服とアイマスクは、形成外科手術のグロテスクを換骨奪胎し、ファッショナブルな移植アートとなる。詳しくは、http://paddyhartley.com/yeo/ を参照されたい。

（7）詳しくは、フレンドの記事を参照されたい。David Friend, "World War One: Soldiers Helped at Wandsworth 'Tin Noses Shop'" <http://www.bbc.com/news/uk-england-london-27592604>

（8）オットー・ディックスの絵画や版画に関しては、The Online Otto Dix Project が詳しい。<http://www.ottodix.org/catalog-paintings/>

（9）狂乱の一九二〇年代、華やかな喧噪の裏側で、何故ロン・チャニーは時代のアイコンとなったのか。それは、彼の演じるフリークスが、傷痍軍人に限らず、繁栄から置き去りにされ、雇用の機会すら奪われた元兵士たちの「声」を代弁していたからに他ならない。両足のないブリザードや、仮面で顔を隠すエリックなど、マスキュリニティを求める悲痛な男たちの物語は、社会から排除された兵士たちの姿に重なり、彼らの不確かなアイデンティティを代表／表象するのだ。

　監督トッド・ブラウニングと怪優ロン・チャニーが生み出したのは、社会に復讐する狂人、あるいは精神の歪んだ傷痍軍人である。その代表的作品は、『天罰』（*The Penalty*, 1920）だろう。チャニーは、この作品によって、ヴォードヴィルの下積みから抜けだし、一気にスターの階段を駆け上がる。『天罰』は、幼少時に誤って足を切断された主人公ブリザードが、暗黒街のキングとなり、復讐に燃える物語である。だが、その復讐はかなりまわりくどい。自分を不具にした医者を殺し、彼の娘の婚約者の脚を切断し、その脚を自らに移植しようという複雑なものだ。それゆえにだろうか、復讐は完遂されず、ブリザードは失意の最期を遂げる。しかしながら、「切断」「不具」、そして「復讐」というキーワードが、二〇年代ホラーを象徴するようになる。不在の足は、不在の「男根《ファルス》」を代表／表象し、権力を担保、強化する。『天罰』の象徴的なシーンを見よう。

地下の帽子工場。女工哀史的な牢獄で、ブリザードは女工たちの視線を一斉に浴びる。テーブルの上に君臨する「足のない身体」は、勃起し得ない「男根」であり、行き場のないフラストレーションそのものである。デイヴィッド・スカルが述べるように、それは傷痍軍人の悲劇と無縁ではない――「『天罰』は戦場で傷を負い、空前の数で社会に戻ってきた戦争復員軍人たちの無力な怒りを暗に物語っていた」（スカル　六五）。ブリザードの復讐劇は、傷痍軍人の憤怒と嘆きの再現だろう。

二〇年代、傷痍軍人が街に溢れ、顔を仮面の下に隠す一方、大衆文化は彼らのフラストレーションをスクリーンへと置換する。ドラキュラ前夜のユニヴァーサルは、愛すべきモンスターではなく、救いのないフリークスを出現させるのだ。

（10）ホラー映画の概論については、バリー・グラントやステファン・ハントケを参照されたい。また、ホラー映画と性の交差に関してはデイヴィッド・ホーガン、ホラー映画と狂気についてはレナルド・ハンフリーズが詳しい。ニューシネマ以降のホラー映画総論としては、キム・ニューマンを見よ。さらに、精神分析アプローチから、ホラー映画の多角的な可能性を開いたスティーブン・シュナイダーの論集も興味深い。

（11）怪物／エリックが、クリスティンを地下の部屋に誘い、ドン・ファン「勝利」をピアノで披露する。映画や舞台ではお決まりとなった演目だが、二五年版の『オペラ座の怪人』では、そのグロテスクさが際立つ。紳士的に振る舞うエリックに対し、クリスティンは落ち着きがない。彼の顔が明らかに不自然だからだ**【図2―6】**。彼女は、音楽に興じ、油断した彼の背後からそっと近づく。刹那、彼女は彼の仮面を一気に剥ぐのだ**【図2―7（次頁）】**。スカルが言うように、これは「視覚的なレイプ《ビジュアル・レイプ》」だろう（スカル　六八）。エリックは、腫れ上がり、

【図 2-6】仮面のエリック

歪んだ顔と、はげ上がった頭をスクリーンに晒すことになる。奪い取られた「仮面」とグロテスクな異形の「顔」。チャニーが体現するのは、メタフォリカルな傷痍軍人であり、不能の男たちの悲劇であり、皮肉なスペクタクルである。

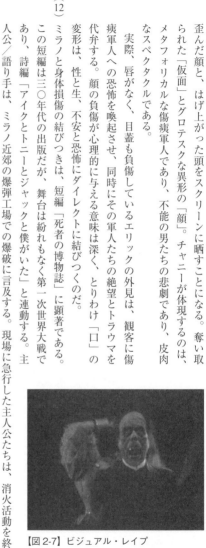

実際、唇がなく、目蓋も負傷しているエリックの外見は、観客に傷痍軍人への恐怖を喚起させ、同時にその軍人たちの絶望とトラウマを代弁する。顔の負傷が心理的に与える意味は深く、とりわけ「口」の変形は、性と生、不安と恐怖にダイレクトに結びつくのだ。

（12）

ミラノと身体損傷の結びつきは、短編「死者の博物誌」に顕著である。この短編は三〇年代の出版だが、舞台は紛れもなく第一次世界大戦であり、詩編「アイクとトニーとジャックと僕がいた」と連動する。主人公／語り手は、ミラノ近郊の爆弾工場での爆破に言及する。現場に急行した主人公たちは、消火活動を終えた後、死体の捜索を命じられる。男女の死体が入り乱れる地獄絵図の中で、いよいよ身体の「断片」回収が始まるのだ。

【図 2-7】ビジュアル・レイプ

修復不可能な身体は、フリークスですらない。主人公はこの断片化した身体を冷静に見つめ、感情移入を回避する。そして、その冷静な視線は、一九一八年六月のイタリアとオーストリアの戦場における「死体」へと、読者を導く。人間の死体は如何に朽ち果て、どのように変化するのか。語り手は博物学者のごとく、「死体」を観察する（「死」ではない点は重要だ）――「死者は埋葬されるまで、日に日にその形状を変えてゆく。白色人種の場合、皮膚の色は白から黄色に、ついで黄緑色に、そして黒へと変わってゆく。暑熱の下に長く放置されると、肉の色は、とりわけぱっくり口をあけたり引き裂けたりしている箇所など、コールタールに似てくる。それは虹のように光って見えるタール色だ。死者は日毎に膨張し、ときには軍服におさまり切れないくらい膨れあがって、いまにも破裂しそうに見えてくる。手足は信じられないほど太くなり、顔はパンパンに膨れあがって風船のように丸くなる」（*CSS* 337）。語り手は脳裏にこびり付く「臭い」ですら、記憶の外側へと押しやる――「戦場の臭いは、一つの恋が終わったときのように、完全に忘れてしまう。恋の最中に起きたあれやこれやは覚えていても、そのときの興奮は正確に覚えていないのと同じである」（337）。死体に対する客観的で相対的な視座。この語り手の「距離」は、もちろんニックやジェイクの語りの距離と地続きである。

（13）文芸誌『ダブル・ディーラー』（*Double Dealer*）において、若き日のヘミングウェイとフォークナーは、奇妙な邂逅を果たす。一九二二年六月、フォークナーの「肖像」（"Portrait"）とヘミングウェイの「最後に」が、同じページに掲載されるのだ（同年五月、ヘミングウェイは、同誌に、短編小説「神のしぐさ」（"A Divine Gesture"）を既に発表している）。両者の詩が、「老い」の主題と緩やかに接続する点は看過すべきではない。ここではフォークナーの詩について補足する。

フォークナーの「肖像」とは、失恋した恋人を慰め、彼女に片思いする男性の詩である。だとすれば、それは稚拙でありながらも、すこぶる健全であり、若き詩人の習作と見なしうる。しかしながら、この語り手に目を向けると、健全／ヘルスとは言い難い「何か」が出現するのだ。第四連を見よう――「君はとても若い。そして、素直に信じている／この世界、この暗い通り、この影になった壁が／君が情熱のままに知っている美に輝き／色あせたり、冷めたり、死んだりするはずがないと。」（You are so young. And frankly you believe / This world, this darkened street, this shadowed wall / Are dim with beauty you passionately know / Cannot fade nor cool nor die at all.）（*EPP* 337）。何故女性の「若さ」を強調するのか。語り手／男性が「色あせたり、冷めたり、死んだりするはずがない」と言うとき、その純粋さと無垢さへの執着は、彼自身の「老い」を逆照射することになる。小山敏夫が指摘するように、男性は孤独と老いを意識し、女性に忠告する。その女性とは、フォークナーの後の妻エステルであり、忠告は愛の囁きに他ならない（小山　一八八―八九）。では何故、若きフォークナーは「若さ」を見つめ、自身を「老人」に例えるのか。

「肖像」は、フォークナーがエステルに送った手製の詩集『春の幻』(*Vision in Spring*, 1984)の一部である(執筆時期は一九二一年頃)。『春の幻』は、「二」の「春の幻」("Vision in Spring")から「一四」の「四月」("April")に至る「春」をめぐる連作詩である。フォークナーは、彼のペルソナとして登場するピエロが、憂鬱と執着心に苛まれながら、内面を変化させていくプロセスを描く。しかしながら、ここで注目すべきは、ピエロ／フォークナーの成長譚ではない。我々はピエロの「老い」、あるいはその振る舞いを見るべきなのだ。ピエロは、「老い、疲れ、孤独に」苛まれ(*Vision in Spring* 4)、夢幻の世界に生きる住人となる。この連作詩において、「ピエロ」モチーフは残存・継続し、作品の基調となる。「五」の「肖像」においても、語り手自身が「老い」を自覚しながら街を歩き、無垢な恋人へのかなわぬ思いを詠うのだ。「気になる毎日の些事を話そう」と述べた語り手は、さらに次のように問いかけ、詩を閉じる——「深遠に人生を、単純な真理を語りなよ、／君の声が素直な驚きに澄んでいるあいだに。」(Profoundly speak of life, of simple truths, / The while your voice is clear with frank surprise.)。若さ故、恋を語れ、というのは滑稽だ。そもそも、語り手こそが若く、恋しているのは彼自身に他ならない。「老い」の側から、若さを見つめ、自身の未熟さを隠すこと。若きフォークナーが、老いたピエロの仮面を被るとき、女性が流す「涙」とは一体何なのか。それは、彼自身の涙ではなかったか。そして、ピエロとは彼のナルシス、女性は彼自身だろう。ナルシシズムの発露は逆説的であり、それは裏返された「涙」を通じ、抒情を生む。

(14) ヘミングウェイは詩人として創作活動を開始した。アメリカ文学を紐解く限り、この事実は珍しいことではない。詩人への憧れと挫折。それは彼に限らず、フォークナーやキャザー、ノリスやテネシー・ウィリアムズなどに共通する経験だろう。抒情詩から離れ、叙情的散文を手に入れるという逆接こそ、モダニズム作家のモードなのだろうか。ヘミングウェイの詩とは、模倣と失敗に満ちた葛藤の産物なのだ。永遠を希求する抒情詩は、モダニストが未練と憧憬を抱くことで、散文ジャンルで輝きを見せる。

◉引用文献

Allen, Frederick Lewis. *Only Yesterday: An Informal History of the 1920s*. New York: Harper & Row, Publishers, 1931.

Armstrong, Tim. *Modernism, Technology, and the Body: A Cultural Study.* Cambridge: Cambridge University Press, 1998.

Douglas, Ann. *Terrible Honesty: Mongrel Manhattan in the 1920s*. New York: Farrar, Straus and Giroux, 1995.

Faulkner, William. *Early Prose and Poetry.* [*EPP*] Ed. Carvel Collins. Boston: Little, Brown and Company, 1962.

---. *Vision in Spring*. Austin: University of Texas Press, 1984.

Grant, Barry K., ed. *Planks of Reason: Essays on the Horror Film*. Lanham: The Scarecrow Press, 1984.

Haiken, Elizabeth. *Venus Envy: A History of Cosmetic Surgery*. Baltimore: The Johns Hopkins University Press, 1997.

Hantke, Steffen, ed. *Horror Film: Creating and Marketing Fear*. Jackson: University Press of Mississippi, 2004.

Hemingway, Ernest. *A Farewell to Arms*. New York: Scribner's, 1995.

---. *Complete Poems.* [*CP*] Lincoln and London: University of Nebraska Press, 1979.

---. *The Complete Short Stories of Ernest Hemingway.* [*CSS*] New York: Scribner's, 1987.

Hogan, David J. *Dark Romance: Sexuality in the Horror Film.* Jefferson: McFarland & Company, Inc., Publishers, 1986.

Humphries, Reynold. *The Hollywood Horror Film, 1931-1941: Madness in a Social Landscape*. Lanham: The Scarecrow Press, 2006.

Kipling, Rudyard. *The Collected Poems of Rudyard Kipling.* Hertfordshire: Wordsworth Editions Limited, 1994.

Lynn, Kenneth S. *Hemingway*. Cambridge: Harvard University Press, 1987.

Maliniak, Jacques W. *Sculpture in the Living: Rebuilding the Face and Form by Plastic Surgery*. New York: Romaine Pierson, 1934.

Newman, Kim. *Nightmare Movies: A Critical History of the Horror Movie from 1968*. London: Bloomsbury, 1988.
Reynolds, Michael. *Hemingway: The Paris Years*. New York: Norton, 1989.
Schneider, Steven Jay, ed. *Horror Film and Psychoanalysis: Freud's Worst Nightmare*. Cambridge: Cambridge University Press, 2004.
Stein, Gertrude. *Picasso*. New York: Dover Publications, 1984.
小山敏夫『ウィリアム・フォークナーの詩の世界——楽園喪失からアポクリファルな創造世界へ』（関西学院大学出版会、二〇〇六年）
舌津智之『抒情するアメリカ——モダニズム文学の明滅』（研究社、二〇〇九年）
髙野泰志『引き裂かれた身体　ゆらぎの中のヘミングウェイ文学』（松籟社、二〇〇八年）
デイヴィッド・J・スカル『モンスター・ショー——怪奇映画の文化史』栩木玲子訳（国書刊行会、一九九八年）
藤崎康『戦争の映画史——恐怖と快楽のフィルム学』（朝日新聞出版、二〇〇八年）
ポール・ヴィリリオ『戦争と映画——知覚の兵站術』石井直志・千葉文夫訳（平凡社、一九九九年）

第3章　欲望のスクリーン
――ターザン、帝国、ジャングル・プール

あまりにも多くの人が、私たちがここ《フィンカ・ビヒア》にいると知っているし、世間の注目を集めてしまっている。彼らは動物園の象を見るようにやってくるのさ。もうウンザリだ。白人のいないところへ行きたいものだよ。

ヘミングウェイ『書簡集』

1．エレファント・イン・ザ・ズー

「動物園の象《エレファント・イン・ザ・ズー》」。ノーベル賞の受賞後、C・T・ラナム宛ての手紙の中で、ヘミングウェイは、自身をこのように喩えている（*SL* 841）。ヘミングウェイがサファリで象に銃を向けなかったことは、伝記的には周知だろう。それはハンティングを好む作家の気まぐれなのか、あるいはそこに何か特別

な理由があるのか。興味深いのは、「象＝ヘミングウェイ」という繋がりに注目すると、あの悲劇的な猟銃自殺は、他ならぬ最初で最後の「象殺し」となる。「象」と「ヘミングウェイ」。この奇妙な結びつきは一体何を意味し、何を映し出しているのだろうか。

それにしても、サファリではなく、「動物園の象」とは、奇妙である。メディアに絡むエピソードがある。一九五〇年代、ヘミングウェイの二度目のアフリカ再訪。ジャーナル誌『ルック』(*Look*)の全面援助によるこの旅行は、メディアの寵児である「ヘミングウェイ」の看板を最大限に利用したケニア観光事業のプロパガンダだった。ローズ・マリー・バーウェルが指摘するように、「大衆雑誌の表紙を飾ったヘミングウェイの名は、彼の例にならおうと本気で考えた裕福な読者を引きつける絶大な力を持っていた」(Burwell 136)からである。雑誌と写真という「枠《フレーム》」に収まるヘミングウェイ。「商品」として、あるいは宣伝の手段として、資本主義という欲望に絡め取られ、そこに自らも関与せねばならない国民作家の悲哀だろうか。数多の欲望のフレームの中に映るヘミングウェイは、ある意味で「動物園の象」と言えるだろう。ここには、破天荒な人生を含め、ヘミングウェイを一人の人間ではなく、一種のスペクタクルとみなしていた無数の「眼」、言い換えるなら、メディアの悪意ある眼差しがある。

とはいえ、このラナムへの手紙には、看過できない問題が潜むだろう。「象」をフレーミングすること。言い換えるなら、「アフリカ」を西欧的な欲望の枠に嵌めること。ヘミングウェイが晩年に述べたこの暗喩は、はからずも彼が終生、創作意欲の再生の場としてこだわってきたアフリカと、その利権を収奪し、欲望の枠に嵌める帝国主義的な関係を言い当てている。では、ヘミングウェイとアフリカをめぐる欲望、そしてそこから浮かび上がるアフリカのイメージとは、如何なる関係を切り結ぶのか(1)。

本章の試みは、国民作家ヘミングウェイと国民的キャラクター・ターザン、二人のナショナル・アイコンを通じて、文学とメディアとの交点を探ることにある。一九三〇年代のアイコンである二人に焦点を当て、ハリウッドの「ジャングル・プール」、ターザンの「アフリカ」、ヘミングウェイの「サファリ」を見つめ、西欧的な思考と欲望が映し出すアフリカを考察する。三〇年代、「アフリカ」は如何に描かれ、如何なる意味を有したのか。複数のジャングルを繋げ、クロスメディア的な考察を試みることで、アフリカに向けられた欲望が隠蔽《イン》／開示《アウト》する人種意識と政治学を見つめようと思う。

2. アメリカの中の「アフリカ」——恐慌とジャングル・プール

一九三三年一二月から三四年二月にかけて、ヘミングウェイは最初のアフリカ訪問を行なう。このサファリ旅行は、二番目の妻ポーリーンの叔父ガス・ファイファーの全面支援であった。大富豪が、奔放な作家の気まぐれに手をかしたと、世間が騒いだのも故なきことではない。それもそのはず、世界は大恐慌の真っ直中、景気は低迷、失業者が街に溢れた時代である。プロレタリアート文学の隆盛に象徴されるように、社会全体が左傾化し、硬化した世論は、ファシズムや共産主義を支持したのだ。当然、世論は作家に対し、時代の代弁者の役割を求めていた。ヘミングウェイが『アフリカの緑の丘』

(*Green Hills of Africa*, 1935) を出版し、「失望の最たる書」としてエドマンド・ウィルソンに酷評され(Wilson 216)、世間の冷たい風に晒されていた頃、ハリウッドでは興味深い現象が起こっていた。失業で地べたを這いつくばる極貧とマンハッタンで林立する摩天楼が同時代の現象であったように、この時代には表と裏の顔がある。(2)

一九三五年、『アフリカの緑の丘』の出版とまさに同年、ハリウッド・セレブ御用達のビヴァリーヒルズ・ホテルに豪奢な「プール」が作られる。恐慌の最中、失業者が溢れ、貧困層が配給によって命を繋ぐ時代。ロス郊外では、奇妙にも富裕層がこぞってプライベート・プールを作るのだ。ハリウッド・スターが戯れるプールは、銀幕の幻想なのか、あるいは恐慌の悪夢を覆い隠す刹那の夢なのか。「恐慌」と「プール」は、富の不均衡の象徴だろう。

そもそもロサンゼルスとは、炎暑の街である。一九〇九年、ウィリアム・N・シーリグが最初のスタジオを作った理由が、カリフォルニアの陽光にあったのは言うまでもない。好天は映画撮影の効率化や経費削減に必要不可欠であり、乾燥地帯特有の気候はフィルムの保存にも最適だったからである。当然のことながら、炎暑は渇水を促し、水の清涼さへの欲望を喚起するだろう。だが皮肉にも、恐慌がこの渇望を満たし、現実へと変える契機となる。フランクリン・ローズベルトのニューディール政策によって、巨大ダムが次々に建設されるからだ。公共事業の拡大に伴い、コロラド川からロス市内への水の供給が開始され、炎暑の街は「水」を手に入れる。ヘミングウェイが、人々の現実と乖離した奔放な生活で、世間の矢面に立たされている裏側で、渇きを潤す水を手に入れたロスの富裕層は、富と名声の象徴として、プールを住宅に標準装備するのである。

【図 3-1】メカニカル・パフォーマンス

【図 3-2】タワーとシンメトリカル

街に溢れる失業者とプールで戯れるセレブたち。炎暑の街の「水」のパラダイスは、恐慌が促した奇跡に他ならない。ロマン・ポランスキー監督『チャイナタウン』（*Chinatown*, 1974）でも言及されるこの一大公共事業は、砂漠の街ハリウッドを「水」の街に変えるのだ。ロイド・ベーコン監督『フットライト・パレード』（*Footlight Parade*, 1933）の水の饗宴は、現実と別世界の出来事ではない。バズビー・バークレーが演出するコレオグラフィは、スクリーンに清涼感を与え、人々に刹那の夢を見せるだろう【図３—１】。スペクタクルが恐慌を吹き飛ばし、美的に昇華するからだ【図３—２】。もちろんこのようなマシーンエイジのパフォーマンスは、「全体」への収斂という政治性と紙一重ではあるが[3]。「恐慌」と「プール」は、同時代ハリウッドの特徴を映し出す。そして、重要なのは、このプールが「熱帯」のジャングルに接続されることだ[4]。プールの形状は矩形から蛇行形へと変化し、周囲には亜熱帯植物が植えられる。そのあいだを流れるプールは、まるで熱帯の河か、ラグーンだろう。加藤幹郎は次のように述べる。

ジャングルと見まがわんばかりのこうしたプールは、それが砂漠の街ハリウッドに流行したことに意味を持つ。スターたちはプライヴァシーを守るためにプールの周囲を緑で覆い、その結果、ハリウッドのプールは砂漠の街の緑化計画の一翼を担う私設オアシスとなったのだ。(加藤 二七)

緑のフレームと水のキャンバス。ハリウッド郊外に出現したジャングル・プールは、オアシスのイメージを担い、こうして今日的な「熱帯リゾート」の原風景となる。アメリカの中の「アフリカ」は、リゾートのヴァリエーションとなるわけだ。当然のことながら、このエキゾチック/プリミティヴな熱帯風景が、一九三〇年代のスクリーンを席巻していたことも忘れるべきではない。

サイレントからトーキーへ。映画が「音」を手に入れた三〇年代とは、何よりジャングル映画の時代であった。雄叫びや奇声という「音」とスクリーンに全開する不気味なジャングル、そしてエロティックな美神。W・S・ヴァン・ダイク監督『トレイダー・ホーン』(*Trader Horn*, 1931)が好例だろう。黒々とした原住民のなかで、「女神」として君臨するエドウィナ・ブースの身体は、限りなく白く艶めかしい。下半身を覆う腰蓑とかろうじて胸を隠すスタイル。それは男性たちの欲望を喚起するに十分であり、「クイーン」の資質を存分に示すだろう。実際、『トレイダー・ホーン』に追随するように、ハリウッドはジャングルに君臨するクイーンの物語を量産する。(5)『密林の女王』(*Queen of the Jungle*, 1935)、『密林の魔獣』(*The Girl from Mandalay*, 1936)、『ジャグルに踊る怪物』(*Darkest Africa*, 1936)。神やテクノロジーが不在の地、未開のジャングルにおいて、その座を占めるのはクイーンの「白人」。エロティックなジャングルが、(男性)観客を手招きする。オリエンタルな欲望を煽り、植民地主義的な視線を投げかける物語が、ジャングル・プールの延長線上にあることは言うまでもない。

ここで我々は、ジャングル映画の別ヴァージョン、冒険メロドラマを見る必要があるだろう。当然、『ターザン』シリーズは避けて通れない。一九一八年のサイレント期に開始されたこのシリーズは、三〇年代にジョニー・ワイズミューラーというスターを得て、驚異的なヒットを遂げる。トーキー化に伴い、「雄叫び」が観客に定着したことも、人気沸騰の要因の一つだった。ターザンはジャングルを熟知し、動物たちと意思疎通し、ライオンをねじ伏せる強さとサルに匹敵する跳躍力を持つ。容姿端麗で、女性には限りなく優しい。エドガー・ライス・バローズの原作では、ターザンは古代ローマの剣士を思わせる肉体美と、ギリシアの神々の持つ躍動的な身体を併せ持つ。ターザンの人物造形は、神話的崇高さと理想的な男性像の極地と言えるのだ。そして、これらのシリーズが、女性観客をターゲットとする「女性映画」として構想されていた点も重要である。(Doherty 262)

女性映画とは、女性観客を対象として、三〇年代から四〇年代にかけて量産された映画ジャンルである。銃後のジェンダーにステロタイプな表象(「待つ女」や「従順な妻」など)を連動させており、戦時下のイデオロギーと密接であった。しかしながら、ここで興味深いのは、女性観客を意識したジャンルであり、女性観客がジェーン(モーリーン・オサリヴァン)の視座で物語を見る点は看過できない。つまり、男性観客がクイーンの身体を見る『トレイダー・ホーン』に対し、『ターザン』シリーズでは、その真逆の視座と欲望を担っているからだ。女性観客は、ジェーンの視座で物語を旅する。行く手を阻む数多の猛獣たちや不気味なジャングル。だが、ターザンが安全を保証する限り、そこは癒やしのに楽園を見たはずだ)。

「リゾート」に他ならない(男性観客に主眼を置けば、ドロシー・ラムーア主演の『ジャングルの女王』(*The Jungle Princess*, 1936)が、『ターザン』の逆ヴァージョンだろう。男性観客は、ラムーアの黒髪に楽園を見たはずだ)。

しかしながら、このようなジャングル映画は、そのプロット自体に危うさを内包する。W・S・ヴァン・ダイク監督『類猿人ターザン』(*Tarzan the Ape Man*, 1932)や『ターザンの復讐』(*Tarzan and His Mate*, 1934)の物語構造を見れば、それが『キング・コング』(*King Kong*, 1933)と呼応する、植民地に対する暴力的支配や搾取の構造を全開していることに気づくだろう(宮本 二二—四五)。たとえば、『類猿人ターザン』(以下、『ターザン』)において、現地人を奴隷のように使い、猛獣を虐殺するジェーンの父の職業とは、象牙商人ではなかったか。「象牙」とは、メタフォリカルなアフリカだろう。彼らはアフリカに英国風の暮らしを持ち込み、原住民の酷使や猛獣の虐殺に対して、自身の行動を疑問に思うことはない。そして、象牙/アフリカ収奪を正当化するメンタルは、ジェーンにも共有されている。だが、ターザンが英国貴族の流れをくむ白人であり、白人男性のマスキュリニティを遺憾なく発揮するファンタジー的存在である限り、ジェーンの冒険旅行は、「安全」なジャングル・クルーズであり続ける。(6) ターザンの庇護のもと、ジェーンは安全にアフリカを鑑賞・消費できるのだ。後述するが、ターザンは、人種混淆の映像表象を禁止する「映画製作倫理規定」(ヘイズ・コード)の守護者としての側面も併せ持つ。白人同士のラブロマンスであれば、コードに抵触しないからだ。こうして、象牙収奪が映し出す植民地に対する搾取の構造や、侵略者たちの欲望や暴力は、二人のラブロマンスの向こう側に押しやられる。ターザン、森の仲間たち、そしてジェーンらの友情と連帯が強調され、そのファンタジックな振る舞いの前では、侵略者/白人たちの暴力が前景化することはないのだ。

3．フレーミング・アフリカ――人種とスクリーン

アフリカ収奪の欲望を隠し、その風景をロマンスとアクションに置き換える。『ターザン』の物語は、一九三〇年代の人種意識を逆照射し、アフリカに対する差別的な西欧の眼差しを全開するだろう。(7)では、三〇年代において、「アフリカ人」はどのように映像化されたのだろうか。この難解な問いに対し、『ターザン』の冒頭シーンは、一つの答えを提示する。ジェーンがアフリカの父を訪ねる場面を見よう。父娘が再会に歓び、会話を交わしていると、外からはアフリカの部族の声が聞こえてくる。二人は、窓の外を見る（アイラインが全くマッチしていない編集ではあるが）【図3—3】。その「窓」は、父娘の欲望を映し出すスクリーンだろうか。本来ならば、圧倒的多数の部族の行進に対し、少数の白人たちは恐怖するだろう。しかしながら父娘は、部族に恐怖するどころか、外に出て、彼らに挨拶する。ここで驚愕のショットが出現するのだ。巨大なスクリーンに映る部族のスペクタクルな映像に対し、ジェーンは違和感なく接近する【図3—4（次頁）】。そして、部

【図3-3】外を見る父娘

【図3-4】リア・プロジェクションの部族

【図3-5】リア・プロジェクション映像の前に立つ父娘

族の映像を背景に、父娘は会話を交わすのだ【図3―5】。

リア・プロジェクションから投影された「アフリカ人」は、ここでは「安全な」風景でしかない。彼らは父娘とは全く異質な空間に存在する「もう一つの映画」だろう。「不在」の部族は、父娘に視線を返すことはない。だが父娘、そして観客は、一方的にその映像を消費できるのだ。ここには、フレームに収まるエキゾチックな「アフリカ」がある。

偽装され、脱身体化され、暴力性を削がれた「アフリカ」。そこでは、ワコンバとカバランダという二つの部族の名前が紹介されるに過ぎない。父娘はその映像を見ている「観客」であり、彼らは映画の「観客」の位置をそのまま代弁するだろう。安全な位置から、イメージとしての「アフリカ」を見る。白人にとって、アフリカの部族、言い換えれば白人以外の人種は、眼差しの対象であって、触れる対象ではない。「アフリカ人」は、銀幕の肌理に漂うゴーストであり、生身の身体を持ち得ない。

スクリーン越しのアフリカ、あるいはイメージとしてのアフリカは、さらに別の問題にも接続する。三〇年代とは、ブロンド女性の「捕囚映画《キャプティヴ・シネマ》」の時代である。たとえば、先の『トレイダー・

ホーン』でも、密林を支配し、女神とされる白人ニナ（エドウィナ・ブース）は、「救出《レスキュー》」され、白人男性と恋に落ちる。ブロンド女性と黒い肌の原住民のコントラストが強調されるが、最終的に彼女を救出するのは白人男性でなければならない。この系譜は、『アフリカ・スピークス』（*Africa Speaks*, 1930）、『ブロンド捕囚』（*The Blonde Captive*, 1932）、『ブロンド女神』（*Blonde Venus*, 1932）でも確認できる。D・W・グリフィス監督の『國民の創生』（*The Birth of a Nation*, 1915）を想起するまでもなく、人種差別を正当化する白人優位のアメリカ的人種観が、アフリカの地で反復されるのだ。

『ターザン』もまた捕囚映画の影響から無関係ではない。だが、「捕囚」と「救出」のプロットは、『ターザン』ではひねりが加えられているのだ。ジェーンを最初にさらうのは、原住民ではない。他ならぬターザン本人である。彼が白人であることは、モノクロの映像でも明白であり、観客はその光景に恐怖を感じることはない。さらに、ターザンによる捕囚は、物語後半のピグミー族によるジェーン捕囚を予告しながら、同時に彼による救出劇の必然を暗示する。これら捕囚と救出の映画ジャンル、特に『ターザン』が重要なのは、未知なる「アフリカ」という他者に対し、ターザンという「白い身体」が、ブロンド女性に寄り添い、ボディ・ガード兼ガイドの役割を果たしていることにある。ジェーンはターザンの庇護のもと、安全にアフリカを鑑賞／消費し、安全なジャングル・クルーズを楽しむ。ターザンが英国血統を持つ白人であり、白人男性のマスキュリニティを再強化する存在である限り、ジャングルやアフリカの「脅威」が前景化することはない。それは、ピグミー族によるジェーン捕囚においても、「安全」な冒険の範疇を出ない。吊されたジェーンの向こうに見えるのは、リア・プロジェクションによる映像、つまりスクリーンに映るスペクタクルなピグミーでしかないからだ【図3−6（次頁）】。

【図 3-6】リア・プロジェクションとジェーン

【図 3-7】水とプール

ではターザンは、一体何を守っているのだろうか。白人ジャングル・クルーズのガイドであり、ジェーンのボディ・ガードであるのは自明だが、彼が守るのは性と人種の「コード」に他ならない。一九三四年前夜、ハリウッドの「映画製作倫理規定」が厳格運用されるなかで、それに同期するターザンの行動は、ジェーンに括弧付きの自由を与えるに過ぎない(8)。ハリウッドの「コード」は、人種や性の越境・混淆を許さない。観客はコードが遵守されているからこそ、虚構のジャングル・クルーズという物語に身を任せることができる(9)。ターザンとは、ハリウッドのコードを守るガーディアンと言えるのだ。

「河」のシーンが好例だろう。このシーンにおいて、ターザンのいる風景は、現実のハリウッドへと接続する。物語の前半、ターザン不在の旅では、ジェーンたちは常に危険に晒されている。カバの大群、人食いワニ。河は死を手招きするのだ。ところが、ターザンのいる河には、猛獣が不在であるばかりか、河の水は澄み切り、流れもない。このとき、河は「プール」となる。

我々は、ここにハリウッド映画における水とロマンスの系譜、プールでの抱擁の起源を見るだろう。たとえば、バズ・ラーマン監督の『ロミオ＋ジュリエット』（*Romeo+Juliet*, 1996）のプールを想起すれば分かりやすい。そこでプールは性交と両家の融合の暗喩であったはずだ。ターザンは、水に浮かぶジェーンを抱く【図３―７】。水を通じて、二人が象徴的に結ばれるこのシーンは、スクリーン越しに観客の欲望を喚起する。[10]性と暴力の恐怖が排除され、安全と快適さが補償されたプライベート・プール。エキゾティシズムに彩られ、ロマンスの生起するジャングル。『ターザン』とハリウッドのジャングル・プールは、この点において二重写しになるだろう。アフリカ／ジャングルを「フレーミング」すること。異文化を安全に鑑賞／消費しようとするその欲望は、白人側の倫理観と絡み合う。大恐慌の只中で、驚異的なヒットとなった『ターザン』シリーズが、大衆の通俗的な欲望だけでなく、コードの遵守というメディア倫理をも満たしていたことは想像するに難くない。「アフリカ」は、あくまでコード、そしてそのフレームから逸脱してはならないのだ。

では、『ターザン』をめぐる文化的な記号は、ヘミングウェイの描くアフリカに如何に接続し、そこから何が見えるのだろうか。

４．アフリカの中の「アメリカ」――ヘミングウェイのサファリ

「ローズベルト」とは、アフリカに漂う亡霊なのか。フランクリン・ローズベルトの公共事業がジャングル・プールを作り、アメリカの中に「アフリカ」を出現させたことは、一つの文化的な契機だろ

う。そして、ここから、もう一人のローズベルトの亡霊が回帰する。『ターザン』が映し出すアフリカとは、セオドア・ローズベルトによる帝国主義的な男性文化の再来とその実践に他ならないからだ。そして、ヘミングウェイの描くアフリカも、セオドア・ローズベルトの影響下にある。

宮本陽一郎が述べているように、ヘミングウェイの描くアフリカの裏側には、アメリカ国民に浸透した帝国主義的「サファリ小説」がある（宮本　七五―九五）。幼少期のヘミングウェイがセオドア・ローズベルトに傾倒し、憧れていたことは周知だろう（そこには、ヘミングウェイのバローズに対する敬愛もシンクロする）。アフリカ探検旅行や狩りという暴力的な行為が、一人の大統領のマッチョな「冒険」というレトリックに置換され、少年に内面化される。マイケル・レノルズが指摘するように、ヘミングウェイとアフリカの結節点にローズベルトというカリスマがいたことは疑いようがない――「他の誰よりも、最初のヒーローだったローズベルトこそが、ヘミングウェイの想像力を東アフリカに開眼させたのである」（Raynolds 156）。サファリはローズベルトを通じて、大衆とその文化に溶け込む。その男性的で帝国主義的振る舞いは、ヘミングウェイのマインドを形成するに十分だったはずだ。

ローズベルトにとって、サファリとは、精神的肉体的な闘争の場であり、マスキュリニティを回復し、強化する場であった。彼の探検は、拡張主義を理想主義へとすり替えるレトリックによって正当化され、その暴力は男らしさの実践という名の下に隠蔽される。ローズベルトの「冒険」は、彼に倣うアフリカ冒険記を生み出し、『ターザン』に至る数多のメディアに接続され、その命脈を保つことになる（冒険の場がアメリカ国内になれば、ターザンはカウボーイへと姿を変えるだろう）。この延長線上に、ヘミングウェイのアフリカ・ライティングがある。ローズベルトは、アフリカに「(アメリカ)西部の大草原」を幻視する。ヘミングウェイもまた、アフリカにアメリカの大地を見るのだ。「この新しい土地は、まさに贈り物だった」(*Green Hills of Africa* 143)。『アフリカの緑の丘』で、ヘミングウェイは、アフリカの大地をこのように述べる。アフリカは、「丘の上の町」を想起させる「処女地《ヴァージン・ランド》」というわけだ。新大陸アメリカとアフリカを同一視する視座。ヘミングウェイは、建国の祖になりかわり、「丘の上」でなく、「緑の丘」の大地を幻視するというのだろうか。植民地主義的レトリックは、拡張主義を正当化したヨーロッパ人のそれと同義であり、ローズベルトの視座と大差ない。だが、ここで重要なのは、ヘミングウェイのアフリカ・ライティングには、「所有」の欲望を喚起させ、帝国主義を正当化する「高揚感」が欠如していることである。言い換えるなら、アフリカを「贈り物」と述べ、「新しい大地」と語る彼の記述は、揺れているのだ。

この高揚感の欠如は、「狩り」において最も顕著だろう。そもそも、「狩り」とは、支配・被支配を指し示す帝国主義的レトリックであり、男性的欲望の発露だったはずだ。(11) しかしながら、ヘミングウェイの描く「狩り」は、それほど単純ではない。『アフリカの緑の丘』は、クズー狩りをクライマックスとするサファリ小説でありながら、「狩り」の成功は決して強調されない。サイやクズーを仕留めても、カールの獲物には見劣りし、水牛は手負いのまま取り逃がしてしまう。マスキュリニティを誇示し、回復するための狩りにおいて、ヘミングウェイは成功よりも「失敗」を描くのだ。たとえば、仕留め損なったセーブルに対し、ヘミングウェイは次のように思う――「こんなことなら撃たなければよかったとつくづく後悔した。傷を負わせておきながら、見失ってしまうとは。(中略)今夜、あいつは死んで、ハイエナの群があいつを食うだろう。あるいはさらに悪いことに、あいつは死ぬ前にハイエナに襲われて、生きながらひかがみを食いちぎられ、内臓を引きずり出されることだろう」。(271)

冒頭の塩舐め場のシーンが象徴的である。

ワンデンボロ族の猟師たちが、大小とりどりの枝を集めて、塩舐め場のそばに隠れ場を作っている。私たちがそこに座っていると、トラックがこちらに向かってくる音が聞こえた。はじめはかなり離れていたので、何の音なのか誰にも分からなかった。それから物音は止んだ。結局、何でもなかったのか、それとも風の音に過ぎなかったのか。それならいい、と私たちは思った。だが、その音はゆっくりと近づいてきた。もはや疑問の余地はない。音がますます大きくなったかと思うと、呻くような騒がしい爆発音を響かせながら、トラックが私たちのすぐ後ろを通り過ぎ、そのまま道を上って行った。二人の追跡係のうち、芝居がかった方が立ち上がった。「もうだめだ」と彼は言った。(2)

静寂を破るトラックの轟音が、「狩り」の待機を台無しにする。これはまるで、レオ・マークスの「楽園《ガーデン》に侵入する機械《マシーン》」のアリュージョンだろう。狩りの失敗、それは物語の結末を予告し、物語を通じて変奏し、反復する。積極的に狩りに赴きながらも、そこに残るのは後味の悪さであり、高揚感では決してない。ヘミングウェイの「揺れ」は、ローズベルト的な振る舞いや、アフリカをスペクタクル化する『ターザン』とは明らかに異なる。

またヘミングウェイが、西欧によるアフリカ支配の痕跡に対し、敏感に反応していることも見逃すべきでない。インド人のシャンバ（プランテーション）や、宣教師の布教基地、軍の駐屯地や軍人墓地が好例だろう。ヘミングウェイは、アフリカに点在する植民地主義的な欲望とその残滓に気づいている。だが、ここで注目すべきは、彼がその欲望の風景を眺めるだけで、コンテクストへの言及は避けている点だろう。

ヘミングウェイは、アフリカの日常風景と植民地主義的な風景とを等価で描く。ここに、賛美や批判は存在しない。象徴的なシーンを見よう。ヘミングウェイ一行は、ケープタウン＝カイロ縦断道路を南に向かう。黄色に染まったマサイ・ステップ。その壮観な光景を見下ろすと、農村地帯では「しなびた胸の女たちや、脇腹が落ちくぼみ、あばら骨の透けて見える男たちが、トウモロコシの畑をクワで耕して」（143）いる。「車窓」というスクリーンに映る光景として、「アフリカ」は一行の眼前を流れる。

やがて車は、涼しい木陰に包まれた小ぎれいな町に着いた。水しっくいで真っ白に塗り上げられたドイツ・スタイルの守備隊駐屯地、コンドア・イランギである。あとから来るトラックをここで停めさせるために、ムコーラを四つ辻に残すと、私たちは車を木蔭に入れ、それから軍人墓地を訪れた。地方官に会うつもりだったが、ちょうど彼らは昼食の最中で、その邪魔をするのも気が進まなかった。そこで軍人墓地を見たあと、涼しい木蔭でビールを飲んだ。そこは、

手入れがよく行き届いた、小ぎれいな気持ちの良い場所で、ここで死ぬのも悪くはなさそうだった。（143-44）

車窓／スクリーンに映るのは、ありふれた農村風景と植民地主義的な欲望の残骸。黄色に染まったマサイ・ステップ、守備隊駐屯地、軍人墓地など、何一つ強調されない。二つの異なる要素が、クロスカットされるのではなく、むしろアフリカの風景の中で融合する。ヘミングウェイは、ケレンシアにいるニックのように、落ち着いた気持ちでビールを飲む。彼は、アフリカという風景を見ている「観客」なのだ。

同様の例は、カンジンスキーの話を聞くときにも確認できる。

大きな木の蔭、食事用テントの緑色の日除けの下で、昼食を取った。風が吹いていて、新鮮なバターーはなかなか好評だった。グランドガゼルの厚切り（チョップ）にマッシュ・ポテト、グリーン・コーン、それからデザートにはミックス・フルーツ。カンジンスキーは、なぜこのあたりの実権が、東インドの人間の手に移りはじめているのかを話してくれた。（29）

カンジンスキーが述べるのは、インド人によるアフリカ支配の実像である。英国によりアフリカに送られたインド人部隊は、戦後、アフリカに定住する。商売の利権を得た彼らに対し、カンジンスキーは次のように述べる――「そうやって、（彼らは）この土地を食い物にし続けているんですよ」。（30）

インド人に対するカンジンスキーの批判は、短絡的過ぎるだろう。彼は、英国人からインド人に「譲渡」されたアフリカの現実を憂慮するのではなく、利権を入手した人種を批判しているに過ぎない。彼は、自分の仕事が、インド人のシャンバに原住民を運ぶこと、つまり現地の支配層に労働力を提供するという、アフリカ搾取の構造に組み込まれていることに無自覚なのだ。原住民を「狩る／運ぶ」こと、あるいは獲物を「狩る／楽しむ」こと。カンジンスキーとヘミングウェイは、「狩り」を通じて共犯関係を切り結んでいる。帝国主義的な政治学に自らが関与していると気づかされる瞬間、ヘミングウェイは沈黙する。そして、その軛から自由でないことを認めながらも、あえてその枠の中に留まる――「私は金儲けをしたいわけではない。ここに住んで、狩をする時間が欲しいだけだ」。(283)

ヘミングウェイの振る舞いは、果たして逃避なのだろうか。だが、『アフリカの緑の丘』や「キリマンジャロの雪」("The Snows of Kilimanjaro")の延長線上に、『持つと持たぬと』(*To Have and Have Not*, 1937)に代表される政治小説があるように、ヘミングウェイの「アフリカ」を逃避の場と見なすのは早計だろう。恐慌期のアフリカ・サファリ旅行、そして政治的な使命感から人民戦線に身を投じること。「アフリカ」を境に反転しているように見えるその振る舞いは、断絶ではなく連続している。ヘミングウェイは、アフリカの現実を殊更強調せず、ローズベルト的男性原理に依拠しない「狩り」を描く。サファリ小説でもなければ、プロレタリアート小説でもないアフリカ行。「揺れ」の正体、居心地の悪い読後感は、彼独自の立ち位置と、その記述の曖昧さに起因するのだ。

さらに言えば、ヘミングウェイは、「狩り」に対する自己批判も欠かさない。それは、先のカンジンスキーとの会話が、ホテルと変わらぬ食事中の話題であることにも見て取れる。白人たちは、アフリカのサファリに、自分たちの生活様式を持ち込む。衣食住が確保され、普段と変わらぬ快適さと安全さがキャンプの風景の基調を成す。クズーやサイを仕留めるために、どれほど移動しても、キャンプを張れば、そこに「アメリカ」が出現するのだ。アフリカの中の「アメリカ」。「清潔で安全な場所」としてのアフリカは、キャンプの風景に集約されるだろう。このシーンで、ポップは何も言わない。ヘミングウェイも多くを語らない。そこには、サファリに出現した「ホテル」の風景があるだけだ。

ヘミングウェイは、アフリカを見る「観客」であり、そこに高揚感はない。そして、キャンプ／ホテルから眺めるアフリカは、映画的であり、絵画的である。「ここの木はアンドレの絵みたいね。何とも言えず綺麗だわ。あの緑を見て。まさにマッソンの絵じゃない」(96)という、ポム(妻)のセリフは示唆的だろう。アフリカは「イメージ」であり、アフリカ人は視線を返さない「あちら側」の人種に過ぎない。ヘミングウェイは、このイメージをスペクタクルとせず、ただ「見る」のだ。すると、彼の視線の先には、別の風景が出現する。

アフリカに「アメリカ」を幻視する。アフリカの風景が呼び起こすのは、ワイオミングやモンタナ、そしてミシガンの風景である。そして、ヘミングウェイが、故郷の川を想起するとき、クズー狩りは鱒釣りと二重写しとなる――「いまどんな気持ちだか、分かるかい。ちょうど子供のころ、スタージョン川とピジョン川のさきの、コケモモのはえた野原に、まだ誰も魚釣りをしたことのない川があるっていう話を聞いたときのような気分なんだよ」(210)。サファリに遍在するキャンプ／アメリカと同様、アフリカはアメリカに変換され、ヘミングウェイは過去を旅する。アフリカという「映画」を見ながら、そのイメージを通じて、彼は記憶の中に入っていく。ここに、リアルな「アフリカ」は存在しないのだ。

5. 欲望のスクリーン――イメージとしての「アフリカ」

リア・プロジェクションから投影されるアフリカ人を見るジェーンと、車窓からアフリカを見るヘミングウェイ。二人の「観客」の視線の先には、「イメージ」としてのアフリカ、偽装されたアフリカが出現する。アフリカをスペクタクル化する『ターザン』と、アフリカとその支配の痕跡を並置する『アフリカの緑の丘』は、アフリカを偽装する強度にこそ差異がある。そして、「捕囚」と「救出」によって、マスキュリニティを誇示し、帝国主義的欲望を映し出す前者と、「狩り」によって、マチズモを否認し、アフリカ支配を自己批判的に語る後者との差異も忘れるべきでない。ここで重要なことは、一九三〇年代のアフリカ表象が、白人の視座、あるいは白人の思考／欲望のフレームから自由でないことだ。視線を返さないアフリカは、「動物園の象」のように、見られる対象でしかない。

では、血の通った「アフリカ」とは何だろうか。デブラ・モデルモグによれば、アフリカは作られたイメージであり、「白人男性の自己実現のドラマの舞台」に過ぎない (Moddelmog 109)。そしてアフリカとは、「白人の登場人物とその心の葛藤を投影できる想像上の空間」(113) である。だが、それは白人に内面化され、不可分となった「影」でもある。そして、この「影」は、ヘミングウェイのアフリカ・ライティングに、原住民の従者として、白人の背後霊のように描かれるのだ。『アフリカの緑の丘』のドルーピーやムコーラ、「キリマンジャロの雪」の召使いの少年たち、あるいは、白人を「旦那様《ブワナ》」と呼ぶアフリカの原住民。「キリマンジャロの雪」の最終シーンを見よう。

朝だった。しばらく前から夜が明けていて、彼の耳に飛行機の爆音が聞こえた。とても小さな機影が見えたと思うと、それは大きく旋回し始めた。現地の少年たちが飛び出してゆき、ケロシンを使って火をつけた。平坦な場所の両側に干し草を積み上げて、二つの大きな狼煙をあげた。すると、朝風が吹き渡って、キャンプのほうにも煙が漂ってきた。(CSS 55)

瀕死のハリーを病院に連れていく飛行機が到着する。すると、原住民の少年たちは一斉に駆け出す。死の間際、ハリーが幻視するのは、少年たちが自分のために働く姿であり、その従属関係である。だがこの光景を一枚の絵、あるいはワンショットとして見るとき、白人の思考/欲望の「枠《フレーム》」には、原住民の少年を通じて「アフリカ」が立ち現れる。白人の主人が、主人として存立するに不可欠で、不可分な「黒い影」として。

ヘミングウェイのアフリカとは、彼を形成してきた文化的価値観や人種意識を映し出すメタフォリカルな「スクリーン」であり、彼自身がそのイデオロギーにフレーミングされた、いわば「動物園の象」であることを再確認させる場でもある。だからこそ彼は、アフリカを経由して、政治に関与し、『持つと持たぬと』を書くのではないだろうか。文学と政治との結節点として、アフリカを見ること。ここにヘミングウェイ文学の再解釈の鍵がある。

当然のことながら、このようなアフリカ表象を批判するのは容易い。だが、一九三〇年代の白人作家の記述、あるいはその時代のメディアが、如何に同時代の人種意識やイデオロギーに接続し、帝国主義的な価値観を形成し、隠蔽／開示されていたのか、そのプロセスを辿ることが重要だろう。アメリカの中の「アフリカ」、アフリカの中の「アメリカ」という鏡像関係は、三〇年代のナショナル・アイコンと共に描かれ、白い欲望を映し出す。その欲望が生起する「アフリカ」は、ジャングルの向こう側に、新たな批評の可能性を示し、我々を手招きするだろう。

◉註

（1）遺稿『夜明けの真実』（*True at First Light*, 1999）の出版に伴い、ヘミングウェイ文学における「アフリカ」が再考され始め、従来の批評とは異なる視座が提示されたことは重要だろう。たとえば、ロバート・フレミングの『ヘミングウェイとナチュラル・ワールド』（*Hemingway and the Natural World*, 1999）やクリストファー・オンダージェ『アフリカのヘミングウェイ』（*Hemingway in Africa*, 2004）では、テクストの背景としてのアフリカではなく、ヘミングウェイによる二度のアフリカ訪問やサファリ体験を肯定的に捉え、その体験が果たした文化的役割の意味を再考している。

（2）一九三〇年代のマンハッタンは、高層ビルの建設ラッシュの時代であった。三〇年に竣工したクライスラー・ビルディングや三一年のエンパイア・ステート・ビルディングがその顕著な例である（サンフランシスコのゴールデン・ゲート・ブリッジも三七年に完成している）。すべての経済活動が恐慌によって遮られたわけではない。現在、アメリカのランドマークとなる巨大建造物が、恐慌時の産物である点は重要だろう。

ちなみに、怒り狂うキングコングが上ったのはエンパイア・ステートビルであり、三三年のオリジナル版、二〇〇五年のリメイク版の二回である（七六年のリメイク版では、ワールド・トレード・センターである）。コングの嘆きは、恐慌時の持たざる者の「声」である。そして彼にアフリカや有色人種の恐怖が仮託され、それを力で制圧するホワイトアメリカという構図も看過すべきではない。

（3）バズビー・バークレーの演出は、恐慌の現実を忘れるための逃避的エンターテイメントである一方で、マシーンエイジのイデオロギーを全開した好例だろう。コレオグラフィ（人間の機械的パフォーマンス）によって表現される模様は、身体の規格化と複数性を表象する。そして、それは軍隊の隊列行進に接近するのだ。

（4）ハリウッドのジャングル・プールに関しては、エヴァンユイ&ランドーの著書が詳しい。時代によって変遷するハリウッドのプールは、女優たちの身体が「健全」に提示され、観客に一時の夢を与えるトポスであった。

（5）水着映画がスクリーンを席巻する三〇年代において、ヒロインが腰蓑と簡易な胸当てのみで白い肌を顕わにする『トレイダー・ホーン』は、水着映画の清涼感に異を唱え、エキゾティシズムとエロティシズムを融合させた「ジャングル映画」を作り上げたと言ってよい。「ジャングル・クイーン」を生み出したこの映画のウリは、女性ヒロインではなく、アフリカの映像にあった。『トレイダー・ホーン』は、ハリウッド商業映画（ドキュメンタリーを除く）において、アフリカ・ロケーション撮影を行なった最初の映画である。そして、このフッテージが『類猿人ターザン』でも援用される。詳しくは、デイヴィッド・フューリーを参照されたい。

（6）『ターザン』の冒険旅行は、第三世界に浸透するアメリカン・イメージとツーリズムの共犯関係を代弁する。ダニエル・ブアスティンとディーン・マキャーネルを参照されたい。

（7）『ターザン』シリーズは、一九三〇年代だけの現象ではない。その後に製作される続編もまた帝国主義的アメリカの欲望を開示するからだ。一九四〇年代後半から五〇年代にかけて、ターザンとその後裔ボンバ・シリーズに象徴されるように、物語の舞台はジャングル・プールから南海のビーチへと移り変わる。たとえば、フランク・ローンダー監督『青い珊瑚礁』（*The Blue Lagoon*, 1948）やデルマー・デイヴィス監督『南海の劫火』

(*Bird of Paradise*, 1951) を見ればいい。当然のことながら、ハリウッドの南海表象とは、同時代の政治的軌跡、南海での核実験と期を一にしている点を忘れるべきではない。一九四六年にビキニ環礁のクロスロード作戦から開始され、一九五八年七月まで続く一連の核実験とハリウッド南海冒険譚の量産は、時代の表裏であり、ターザン表象はそのダークサイドを覆うカモフラージュと言えるだろう。第二次世界大戦後における各国の南海核実験は、太平洋における覇権争奪戦であり、ターザン／ボンバの活躍がアメリカ軍の強さを代表／表象することは間違いない。映画と戦争は、その歴史を見ても表裏一体だろう。彼らの白い身体とは、珊瑚礁の破片をまき散らすキノコ雲のメタファーであり、収奪・支配の別名となる。

（8）プロダクション・コードとは、ハリウッドという映画産業による自主規制であり、映画の性／政治学の別名である。アメリカ映画製作者配給者協会（MPPDA / Motion Picture Producers and Distributors of America）（のちにアメリカ映画協会（MPAA / Motion Picture Association of America）に改称）とその下部組織、映画製作倫理規定管理局（PCA / Production Code Administration）が、その管理組織である。前者はヘイズ・オフィス、後者はブリーン・オフィスと呼ばれ、前者が後者を統括し、後者は検閲の実行部隊とした機能した。これらのオフィスは、政府や宗教団体からの圧力をかわし、産業の自主性と独立性を維持するために作られたハリウッドの防波堤、調整弁であった(Leff 433-34)。共和党政治家ウィル・ヘイズとカトリック系ジャーナリストのジョセフ・ブリーンという非ユダヤ系に統括させることで、組織の中立化を図っている点も見逃すべきではない。批判をかわし、新興の映画産業の利益を保持する。モラル／公序良俗ではなく組織の安定と維持こそが、コードの裏の顔であり、その利権のための身代わりの羊が「表現の自由」であったと言えるだろう。

コードが禁じたものは、殺人、強盗、窃盗などの違法行為、姦通や強姦、性的倒錯や異人種混交などの性・暴力関係、下品で卑猥な事柄や言葉使いなど多岐にわたる。とりわけ「コード前文の根拠」は興味深い。ここでは、「映画とモラル」の関係が執拗に繰り返されている。大衆に浸透し、事実をそのまま映し出す映画は、「道徳的責任」を負っているというわけだ。(Doherty 349-50)

（9）アフリカが白人にとって、恐怖と魅惑の混在する地であることは明白だろう。だが、ここに白人側の倒錯した性意識が潜むことも忘れるべきではない。捕囚映画のエロティシズムとは、原住民が白人女性を捕囚するというまさにそのレトリックにこそ生起する。白人観客の同一化の対象は、救出を待つ白人女性ではなく、その女性の顕わになる身体を見る原住民の側であり、コードが強姦（人種混淆描写を含む）を禁止している限り、男性観客は安心してマゾヒスティックな欲望に身を任せることができるからだ。

（10）ターザンのいるジャングルは、一時の「冒険」とスリルを与え、エキゾチシズムを誘発する「楽園」である。そして、緑に縁取られた水辺は、安全・健全なラブロマンスの生起するトポスとなる。このようなハリウッド映画の熱帯リゾート風景は、様々なヴァリエーションを伴いながら、変奏していくのだ。先にも言及したが、一九三〇年代から六〇年代に製作された数多の『ターザン』シリーズに加え、その亜流「ボンバ」が好例だろう。ボンバ役のジョニー・シェフィールドはワイズミューラーの後裔であり、躍動する白い身体は、ジャングルと「コード」の守護者ターザンのデジャヴとなる。『ロスト・ボルケーノ』（*The Lost Volcano*, 1950）、『アフリカン・トレジャー』（*African Treasure*, 1952）、『ボンバとジャングル・ガール』（*Bomba and the Jungle Girl*, 1952）、『サファリ・ドラムス』（*Safari Drums*, 1953）、そして『殺人豹』（*Killer Leopard*, 1954）。ヤリを持つ白い野人・ボンバは、ジャングルを彷徨い、「救助」を求める女性身体に寄り添う。エレナ・ヴァデュゴーやバーバラ・ベスターなど、黒髪のヒロインは、男性観客／ボンバを魅了するに十分だろう。

当然のことながら、ジャングルの冒険譚は、植民地支配の暴力性や政治性と無縁ではなく、その不気味さをスクリーンの肌理から削除できない。「ボンバ」シリーズのヒロインが、何故サファリ・シャツを着た文明人なのかを想起すればいい。それはジェーンと同じく、彼女たちがジャングルに来る理由を裏書きするだろう。ボンバやターザンが守るかりそめのユートピアは、ディストピア的側面を表出し、その表層的リゾートに疑問符を突きつける。ジャングルの冒険とは、ジャングルの「消費／支配」と紙一重だからだ。内陸のジャ

加えるなら、複層的なジャングルの風景には、ターザンとジェーンのヴァリエーションで溢れる。内陸のジャ

ングルから、南海のジャングルに場所を変えれば、『青い珊瑚礁』（*The Blue Lagoon*, 1923, 1949, 1980）も『ターザン』シリーズの変奏に見えてくるだろう。

（11）「狩り」に関しては、トマス・ストリチャズが詳しい。『アフリカの緑の丘』における「狩り」のレトリックは、ハンターと獲物との戦いに限らず、ヘミングウェイと批評家との戦いでもあった。ヘミングウェイは数多の作家論を展開し、時折、批評家への辛辣な批判を挿入する。それは、「狩り」の意味を逆照射するだろう。ロバート・W・トログドンも参照されたい。

◉引用文献

Boorstin, Daniel J. *The Image: A Guide to Pseudo-Events in America*. New York: Harper, 1964.

Burwell, Rose Marie. *Hemingway: The Postwar Years and the Posthumous Novels*. Cambridge: Cambridge University Press, 1996.

Doherty, Thomas. *Pre-Code Hollywood: Sex, Immorality, and Insurrection in American Cinema 1930-1934*. New York: Columbia University Press, 1999.

Evenhuis, Frans and Robert Landau. *Hollywood Poolside: Classic Images of Legendary Stars*. Santa Monica: Angel City Press, 1997.

Fleming, Robert E., ed. *Hemingway and the Natural World*. Moscow: University of Idaho Press, 1999.

Fury, David. *King of the Jungle: An Illustrated Reference to "Tarzan" on Screen and Television.* Jefferson: McFarland, 1994.

Hemingway, Ernest. *Green Hills of Africa*. New York: Scribner, 1987.

---. *Selected Letters, 1917-1961*. [*SL*] Ed. Carlos Baker. New York: Scribner, 1986.

---. *The Complete Short Stories of Ernest Hemingway.* [*CSS*] New York: Simon & Schuster, 1987.

Leff, Leonard J. "The Breening of America." *PMLA* 106.3 (1991): 432-45.

MacCannell, Dean. *Empty Meeting Grounds: The Tourist Papers*. London: Routledge, 1992.

Marx, Leo. *Machine in the Garden*. Oxford: Oxford University Press, 1964.

Moddelmog, Debra A. *Reading Desire: In Pursuit of Ernest Hemingway*. Ithaca: Cornell University Press, 1999.

Ondaatje, Christopher. *Hemingway in Africa: The Last Safari*. New York: Overlook, 2004.

Reynolds, Michael. *Hemingway in the 1930s*. New York: Norton, 1997.

Strychacz, Thomas. "Trophy-Hunting as a Trope of Manhood in Ernest Hemingway's Green Hills of Africa." *The Hemingway Review* 13.1 (Fall 1993): 36-47.

Trogdon, Robert W. "'Forms of Combat': Hemingway, the Critics, and Green Hills of Africa." *The Hemingway Review* 15.2 (Spring 1996): 1-14.

Wilson, Edmund. *The Shores of Light: A Literary Chronicle of the 1920s and 1930s*. New York: Farrar, 1952.

加藤幹郎　『映画の領分――映像と音響のポイエーシス』（フィルムアート社、二〇〇二年）

宮本陽一郎　『モダンの黄昏――帝国主義の改体とポストモダニズムの生成』（研究社、二〇〇二年）

第４章　ゲルニカ×アメリカ
——イヴェンスとクロスメディア・スペイン

スクリーンに映った戦車隊は、威風堂々と丘の上を進み、偉大な戦艦のように頂を乗り越えると、我々が描いた勝利の幻想を目指して轟々と進撃していったのだ。

ヘミングウェイ「分水嶺の下で」

1．ゲルニカ×ゲルニカ

二つの「ゲルニカ」。それは歴史の皮肉か、奇妙な偶然なのか。パブロ・ピカソの反戦絵画《ゲルニカ》(*Guernica*, 1937）と、トマス・ウォーが「シネマティック・ゲルニカ」(Waugh 19）と呼ぶドキュメンタリー映画『スペインの大地』(*The Spanish Earth*, 1937)。これらの「ゲルニカ」は、ファシズムの暴虐を暴き、内戦の惨禍を物語る。ナチスによるゲルニカ空爆を描いた絵画と、イタリア軍の爆撃フィルムは、相補的関係を有し、抑圧されたスペイン人民の悲劇を伝えるだろう。とりわけ後者において、牧歌的で神話的な農村は爆撃の犠牲となり、死の光景へと変貌する。犠牲者は、女性、子供、老人たち。非戦闘員殺害のシークエンスは、一方的に死を与えられる戦争の矛盾を活写し、フィルムが生み出す政治性を伝える。一九三七年という大戦前夜。ファシズム／モダニズムは、スペイン内戦というポリティカルなトポスで接合するのだ。

アート／芸術は戦争を経由して、複数の意味を帯びる。二つの「ゲルニカ」は、ファシズムへのプロテストとして、モダニズム・アートの政治性を前景化するのだ。一九三〇年代、それはモダニズムがファシズムの洗礼を経て、政治化する時代。芸術は政治化し、政治は芸術を包摂する。この相補的関係は、迷彩をキュビズムに喩えたピカソに限らず、むしろナチスとレニ・リーフェンシュタールの関係に象徴されるだろう。『意思の勝利』(*Triumph des Willens*, 1935) の催眠的フィルム・レトリック。それは政治と芸術を結びつける魔法に等しい。ナチス党大会を捉えたこのドキュメンタリーは、アドルフ・ヒトラーに収斂する視座を有し、プロパガンダとして機能するからだ。冒頭が好例だろう。雲間に映る機影。それは大空を自由に舞う鷹なのか。テクノロジーの「鳥」は緩やかに地上に降下し、神／ヒトラーが大衆の熱狂の渦の中に降臨する。このとき、映画は双方向性を見失い、芸術は政治の別名となる。

本章では、スペイン内戦とメディアとの「交差」に焦点を当てる。とりわけ、ヘミングウェイの動向に注目し、彼の政治的「転向」の軌跡を辿る。ファシズム／モダニズムの時代を代表／表象するアメリカ人作家は、如何に内戦の現実に迫り、その瞬間を活写したのか。ジャーナル、フィルム、そしてノヴェル。彼はメディアを通じて、スペインの現実を見つめるのだ。とりわけ、ヨリス・イヴェンスと共同製作した『スペインの大地』は好例だろう。(1) ジャーナルとフィルムが映し出す「スペイン」。ここには如何なる政治学が潜むのか。(2) ヘミングウェイ文学とクロスメディアの可能性を探る。

2．『ライフ』、イヴェンス、スペイン体験

まず、ヘミングウェイの「転向」を話そう。一九三七年六月、ニューヨークのカーネギーホールで開催された第二回全米作家会議において、ヘミングウェイは「ファシズムの嘘」（"Fascism is a Lie"）演説を行なう。『スペインの大地』の製作を終え、三七年五月に帰国していたノンポリ・ハンター／ライターは、突然、「転向」を宣言するのだ。彼のライフワークを見るならば、これ以降の作品の左傾化は顕著である。(3) スペイン内戦のダークサイドは、彼に何を見せ、如何に政治へと導いたのだろうか。(4) たとえば、「ファシズムの嘘」を掲載した共産党系新聞『ニュー・マッセズ』(*New Masses*) や、左派系雑誌『ケン』(*Ken*) への接近。(5) 北米新聞連盟 (North American Newspaper Alliance、以下『NA NA通信』) 特派員としての活動。『持つと持たぬと』(*To Have and Have Not*, 1937) の出版や、『誰がために鐘は鳴る』(*For Whom the Bell Tolls*, 1940) の出版。あるいは、『第五列と最初の四九の短編』(*The Fifth Column and the First Forty-Nine Stories*, 1938) の執筆 (これは『誰がために鐘は鳴る』の序論的役割を担う)。さらに言うなら、「密告」("The Denunciation")、「蝶々と戦車」("The Butterfly and the

【図4-1】キャパ《崩れ落ちる兵士》

Tank”）、「戦いの前夜」（“Night Before Battle”）、そして「分水嶺の下で」（“Under the Ridge”）などのスペイン短編小説群。堰を切ったように、量産される「政治的」テクストを見れば、彼の変貌は明らかであり、疑いようがない。当然のことながら、これらは「ファシズムの嘘」宣言の延長線上にあり、それ以前のスタイルと一線を画す(6)。だがここで興味深いのは、彼の転向に連動するように、『ライフ』がスペイン内戦の特集号を出したことだろう。ファシズムの嘘／悪を宣言し、フランクリン・ローズベルト大統領夫妻に『スペインの大地』をプレゼンし、ハリウッド・スターから戦争に対する寄付を取り付けたまさにその直後、『ライフ』（三七年七月一〇日号）が刊行されるのだ(7)。

『ライフ』のスペイン特集は、象徴的な一枚のフォトグラフから始まる。コルドバの前線、スペイン人兵士が頭部を撃たれる。兵士は顔を背け、よろめき、後方へと崩れる。刹那の惨劇が永遠の一枚になるのだ【図4—1】。スペイン内戦を代表／表象し、ロバート・キャパのキャリアを決定付けた一枚のフォトグラフ《崩れ落ちる兵士》（*Falling Soldier*, 1936）には、「スペインの死――内戦は一年で五十万人の命を奪った」（“Death in Spain: The Civil War Has Taken 500,000 Lives in One Year”）という記事が添えられている（*Life*, 19）。五〇万人が死に至り、都市を破壊したこの戦争の原因とは何だったのか。記事はその批判の矛先を支配階級に向ける。スペインの土地の五割を所有する二万の地主、教育に悪影響を及ぼすカソリック教会。彼らが農民や労働者を差別し、搾取しているというのだ(8)。そ

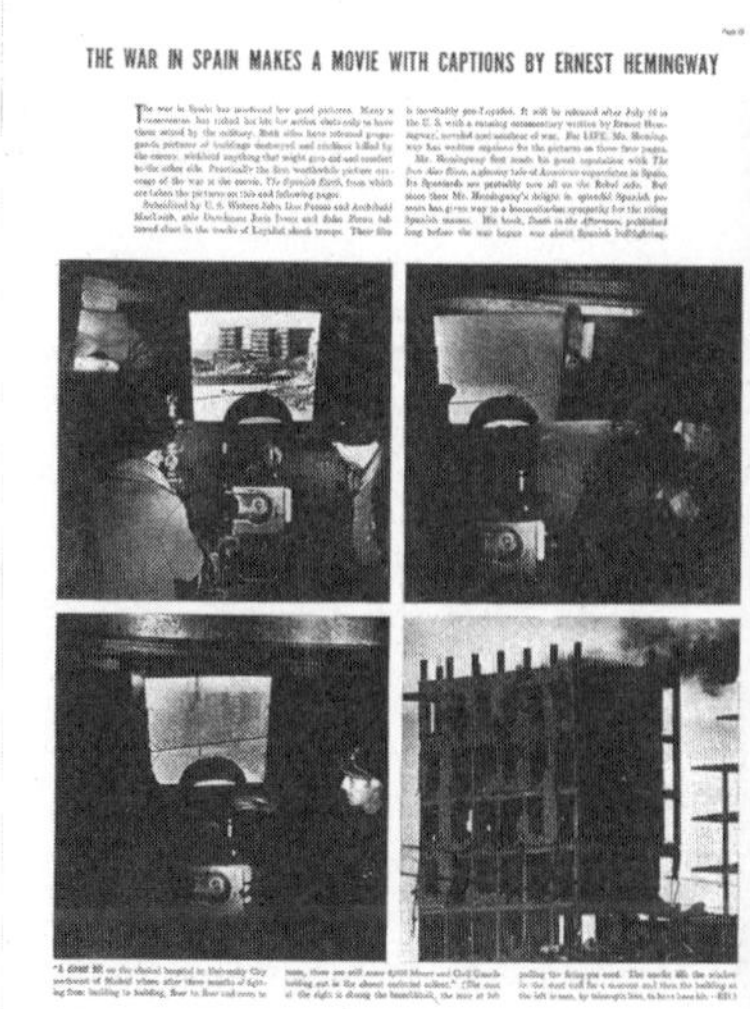

【図 4-2】『ライフ』（１）大砲とカメラ

【図 4-3】『ライフ』（２）内戦アラカルト

して、次ページからは、ドキュメンタリー映画『スペインの大地』の映像ショットが一六枚掲載され、ヘミングウェイがキャプションを書いている【図４―２、図４―３】。

『ライフ』の戦略は、『スペインの大地』の特集を飾る四枚の映像ショットに顕著である【図４―２】。大砲とカメラというアナロジカルな構図に注目しよう。それはまるでポール・ヴィリリオの「トーチカ」と「眼」の理論を裏書きする。前方に開く窓／フレーム／スクリーン、大砲／カメラという「眼」。ビル内部に設置された砲台は、いわば映写機のある映写室であり、フレームが切り取る風景は「映画／イメージ」に他ならない。砲台のあるビルの一室と映写室がメタフォリカルに結びつき、砲撃と映画は同様の役割を担う。映画を撮ることは、ファシストたちを砲撃することに等しい、というように。大砲とカメラの関係性は、映画というメディアが「弾丸」であることを示す好例だろう。さらに言えば、その後では、ページの外枠が黒で塗りつぶされ、内戦の悪夢のアラカルトが提示される。一二の映像ショットでは、荒廃した大地が強調され、そこには希望はない。内戦の惨劇、あるいは死だけが、そこに羅列されるのだ（*Life* 20-23）。「ファシズムの嘘」宣言と『ライフ』の特集、そして『スペインの大地』は、ヘミングウェイのスペイン体験の総決算であり、「転向」の証左だろう。だが、ここで一つの疑問が生じる。なぜ彼は、このようなプロパガンダにコミットし、政治の渦中に自らを投げ込んだのだろうか。そして、彼を変えた「スペイン」では、一体何があったのだろうか。

再び、一九三七年に戻ろう。同年一月、ヘミングウェイは北米新聞連盟（『NANA通信』）と契約し、欧州を二度訪れている。二月二七日にパリに向かい、五月一八日にニューヨークに戻るまでの数ヵ月（六月には「ファシズムの嘘」宣言を行なっている）。四月末にはマーサ・ゲルホーンと旅行していることを踏まえれば、実際のスペイン体験は、三月二〇日から四月半ばまでの約四週間に過ぎない。ここで重要なのは、この四週間とはイヴェンスと共に過ごした時間と同義であることだ。モダニスト・ライターから、ポリティカルなフィルム・アーティストへ。ヘミングウェイ変貌の軌跡は、イヴェンスを経由したスペイン体験の別名だろう。イヴェンスは、ヘミングウェイにスペイン・パノラマを見せるのだ。共和党政府の要人や共産主義者に会わせ、一介のジャーナリストでは足を踏み込めない最前線に導き、戦時下の共和国、共産主義の理想と現実を見せる[9]。スペインの風景は、イヴェンスという監督によってプロデュースされ、ヘミングウェイによって内面化されるというわけだ。彼らにとって、映画を撮ることは、戦場を見つめ、思想を共有することに等しい。ガイドがヘミングウェイを導くこと。ヘミングウェイのスペイン体験とは、共産主義者イヴェンス体験なのだ。

イヴェンスについては多言を要しないだろう。彼は、旧ソ連時代の社会的リアリズム映画の洗礼を受け、人民戦線組織新映画同盟の招待によって訪米、ニューヨーク左派映画人たちに圧倒的な影響を与えたドキュメンタリー映画作家である。[10] ウォレン・サスマンによれば、三〇年代のアメリカでは、「ドキュメンタリー」こそが、政治と芸術を繋ぐ表象メディアに他ならない（Susman 157）。ありのままに対象を切り取り、それを提示すること。ドキュメンタリーのモードは、後で言及するが、たとえばローズベルト政権のＦＳＡ写真を見れば明らかだ。

ヘミングウェイとイヴェンス。二人のアーティスト／戦間期のリスリストは、アメリカで出会っていない（Ivens 146）。彼らはスペインに導かれた偶然の旅行者として、パリのカフェ・ドゥ・マゴで出会う（111）。[11] だが、彼らは初めから思想を共有し、意気投合していたわけではないのだ。むしろ興味深いのは、スペイン、あるいは戦争に対するヘミングウェイの思想／思考が、「イヴェンス体験」の後で、著しく変化していく点である。その変化は、イヴェンスの回想録や手紙から確認できるのだ。たとえば、三七年三月におけるヘミングウェイの戦争観が、非常にナイーヴであったと、後年、イヴェンスは回想する。イヴェンスは、ヘミングウェイがスペイン内戦を特別なものと考えていないばかりか、戦争に懐疑的だったと述べる――「彼（ヘミングウェイ）はこの戦争に対して、とりわけ自身と深い関係があるとは思っていなかった。私がこの戦争を、ヨーロッパにおける最初のファシズムの試練、そして最初の戦場であると評したときですら懐疑的であった」（111）。同様の見解は、『ＮＡＮＡ通信』特派員アイラ・ウォルダートの記事にも見いだせる。ヘミングウェイは「反戦特派員」であり、戦争の現実や大義に対峙していない、というのだ（Watson 7）。[12] 戦争に対して、ヘミングウェイ自身も腰が引けていたことは事実である。ファイファー家への手紙に顕著だが、ここにはロバート・ジョーダン的気概は微塵もない——「いざというときに、そこから離れていられるような反戦記事を書いていたんだ」（*SL* 457）。ここにあるのは、パルチザン的視座ではない。反戦をセンチメンタルに捉え、その苛烈な現実や政治性に対して二の足を踏む作家の姿がある。当然のことながら、ヘミングウェイは、この内戦がやがて欧州を巻き込む大戦の前哨戦であることを察していたし、ファシズムが意味するものを見据えるためにスペイン入りしたことは確かである。だが、その視座は定まっていない。現実を見ようとする反面、彼はそれをセンチメンタルにしか表現できないからだ。

スペイン紀行は、三七年三月二〇日から開始される。ホテルフロリダを拠点としながら、ガイド・イヴェンスがヘミングウェイに見せるのは、スペインの現実に止まらない（ホテルには、マーサ、シドニー・フランクリン、ドス・パソスも同行）。イヴェンス／スペイン体験とは、共産主義思想「教育」の別名である。だが、この教育はラディカルなものではない。イヴェンスは次のように述べている。

> ヘミングウェイは何処へ行くにも、我々と一緒だった。ドキュメンタリー映画製作に関わるのであれば、何処へ行こうとも、どんなに退屈であっても、クルーと一緒にいなければならない、と彼は感じていたのだ。（Ivens 113）

スペインを見つめ、その思想を共有する。イヴェンス体験はヘミングウェイに内省の機会を与え、その文学的想像力は、フィルム・アートと連動し、メディアへと浸透する。次節では、スペイン内戦をめぐるメディアの「交差」を見ていこう。

3. フィルム×ジャーナル——クロスメディア・スペイン

ヘミングウェイのスペイン体験とは、クロスメディアの実践に他ならない。(13) 彼はイヴェンスの撮影隊に同行し、カメラを通じて戦争を切り取りながら、同時に『NANA通信／スペイン内戦特派員記事』（*Spanish Civil War Dispatches*）を書き続けた。フィルムとジャーナルという異なるメディアが、別角度から「戦域《シアター》」を活写する。『NANA通信』の内容は、軍事戦略や政治状況、爆撃の惨状や避難民の移動など多岐にわたる。それは『スペインの大地』を補完する情報に満ち、筆致はときに敗走する共和国軍の勇姿を美化し、功績を称えるのだ。まず、フィルムとジャーナルの「交差」を見ていこう。イヴェンスの撮影隊は、一九三七年三月二二日と二三日、国際旅団を撮影する。二六日には、グアダラハラに赴き、映画の後半で使用される旅団兵士の死体ショットを撮影する（旅団の案内は、共産主義者ハンス・カールが務めている）。これらの様子は、ジャーナル記事「グアダラハラでの政府軍の勝利」（Dispatch 4 "Loyalist Victory at Guadalajara"）という題で、二二日に書かれ、二四日の『NANA通信』に掲載されている。当時の記事タイトルは、「ヘミングウェイ、死をまき散らす戦場を見る」（"Hemingway Sees Dead Strewing Battlefield"）である。

『NANA通信』と『スペインの大地』、あるいはジャーナルとフィルムは交差し、補完し合い、スペインという「戦域」を映し出す。共和国軍が行なう二度目の本格的攻撃において（四月九日）、その戦場体験と撮影は、記事「最初の戦闘経験」（Dispatch 6 "First Combat Experience"）として、ユンカース爆撃機の空襲を活写する。そして、マドリッド市街地を狙った砲撃の光景は（四月十一日）、記事「カサ・デ・カンポでの戦い」（Dispatch 7 "Battle in the Casa de Campo"）である。ヘミングウェイとイヴェンスは、戦場のリスクを共有し、視座を同じくすることで、信頼関係を深める。後年、イヴェンスがウィリアム・ワトソンに、次のように語っている。

> 分かっていると思うが、たとえ一日でも、誰かと前線にいれば、彼がどういう人物かが分かるようになる。我々は互いを見ていたし、尊重し合っていた。この友情は、尊厳、個性、人格を持つ人間同士が、互いを尊敬することで芽生えた。私（イヴェンス）は政治的に深く関与していたが、彼（ヘミングウェイ）はそうではなかった。スペインでの最初の二週間、我々は互いを知ることに時間を費やした。お互い、どんな人間かを観察していたんだ。前線では、このような様子見は殊のほか早く進む。私自身、彼が反戦の大義を理解するようにお膳立てした。彼はいい記事を書いていたので、我々の大義にとっては価値のある人物になるだろうと感じていたのだ。（Watson 12）

二人は戦場体験を通じて、現実と思想を共有する。コミンテルンやコミュニスト、そして国際旅団からの信頼を得ていたイヴェンスだからこそ、戦場への特権的アクセスが可能であり、ヘミングウェイのガイドが可能だったことは言うまでもない（Ivens 118）。そして注目すべきは、ヘミングウェイがグスタボ・デュランなどのような左翼系スペイン人と、ほとんど接触していない事実だろう。戦時下のスペインの現実と共産主義的思想は、イヴェンスというオランダ人共産主義者からもたらされる。二人のアウトサイダー／異邦人が、他者としてスペインの大地を理解すると言えばいいだろう。

二人の信頼関係は、三七年八月の撮影に顕著である。この日の撮影に、イヴェンスは同行せず、ヘミングウェイ主導で行なわれているからだ。ヘミングウェイが映画を撮る。彼らにとって、映画／戦場を撮ることは、思想の共有であり、同化に等しい。そして、ヘミングウェイのスペイン体験とは、イヴェンスによる教育、あるいは戦場体験の別名となる。加えるならそれは、「戦域／劇場《シアター》」を横断する試みでもあるのだ。第一次世界大戦やギリシア・トルコ戦争を体験しても、「政治」に本格的に対峙しえなかった作家は、ここで開眼したかに見える。二人のアウトサイダーは、フィルム製作を通じて、思想を重ね、連帯の意識を持つのだ。

では、『ＮＡＮＡ通信』と『スペインの大地』とは、如何なるテクストなのだろうか。戦争を描くジャーナルやドキュメンタリーでは、数多の大衆が個人を代表／表象する。当然のことながら、これらのテクストにおいても、無名の大衆がフォーカスされ、戦争の犠牲者となる。先の「カサ・デ・カンポでの戦い」の一節を見よう。

その朝、二二一発の砲弾がマドリッドに降った。この砲撃で市場から家に帰る途中の一人の女性が死んだ。彼女は黒い服を無造作に丸めたような姿で倒れ、片足が一瞬のうちに切断されて、近くの家の壁に向かってぐるぐるまわりながら飛んでいった。

市の他の広場では、砲弾で三人の人が死んだ。彼らは一五五ミリ弾の破片が歩道の縁石に降り注いだとき、土埃と砕石にまみれた、破れた古着包みのような姿に変わり果ててしまった。

(*Dispatch* 7, 27)

さらに、別の記事「戦傷のアメリカ義勇兵」(Dispatch 8 "A Wounded American Volunteer") では、描写はさらにグロテスクになる。

一人の警官が死体の頭部に覆いをかける。といっても、その頭はないのだ。ガス本管を修理する者を呼びに使いが出され、私は朝食のために中に入る。目を赤くした雑役婦が廊下の大理石の床に落ちた血を拭き取っている。(*Dispatch* 8, 30)

個を奪う戦争、あるいは戦争の匿名性。戦場ジャーナルで描かれる戦争の犠牲者には名前はない。無名のまま、彼らは死んでいくのだ。『NANA通信』の記述、そして同時に撮影した『スペインの大地』の映像は、戦場ジャーナルのモードに符号し、表層的には客観性を保つ。だが、このモードは時折崩れ、奇妙なナラティヴが出現する。先の「戦傷のアメリカ義勇兵」の後半、ヘミングウェイは友人レイヴンを訪ねる。

「レイヴンはどこだね？」私はたずねた。

「ここだよ」彼が言った。

その声は、安物のグレーの毛布で覆われた小高い盛り上がりから聞こえてきた。その頂点で二本の腕が組み合わされ、一方の端には、かつて顔であったものが今では一面の黄色いかさぶたとなっていて、両目のあったあたりで、幅広い包帯が交差していた。

「誰かね」彼がたずねた。彼は唇を失っていたが、唇なしでもかなり上手に、耳さわりのよい声で話した。

「ヘミングウェイだよ」私は言った。「どんな具合か見舞いにきたんだ」

「俺の顔は大分ひどいことになってるんだ」彼は言った。

「手榴弾でやけどみたいになったんだが、二度ばかり皮がむけてな、よくなってきてるんだよ」
(31)

両手・両足・両目を失ったレイヴンとは、パリの暗闇に潜む「怪物《ファントム》」、傷痍軍人そのものであり、読者の感情移入の焦点となるだろう。彼の存在は、『ＮＡＮＡ通信』というジャーナルにあって、ひときわ異彩を放つ。ドキュメンタリーとして、戦場の惨禍を伝えるはずのジャーナルにおいて、彼は物語の主人公となるからだ。これは事実なのか、あるいは虚構なのか。ヘミングウェイの試みは、『ＮＡＮＡ通信』のジャーナルを通じて、小説への回路を開くことに他ならない。『ＮＡＮＡ通信』とスペイン短編小説群は、この意味において、その世界観を共有し、二重化するのだ。

「アスファルトと豚の毛の味」(CSS 461) がする戦場と、スペインのダークサイドは、レイヴンの「顔」を通じて開示される。「交差」する包帯は、ジャーナルと小説との交差を暗示し、ノンフィクションとフィクションの境界を危うくするだろう。実際、レイヴンの後裔たちは、物語に横溢するのだ。「密告」、「蝶々と戦車」、「戦いの前夜」、そして「分水嶺の下で」。これら四つの短編で顕著なことは、精神を病んだ兵士の圧倒的な存在感である。「分水嶺の下で」では、エストレマドゥラ人だという外国人嫌いの兵士。前線から離脱したいあまり、自分の手を撃つ少年パコ。彼は手を切断するだけでなく、見せしめのために銃殺されてしまう。「戦いの前夜」では、頭痛に苦しむアル。彼の頭痛は日常化し、トラウマに接続する (442)。「密告」のジョンは、爆弾で生き埋めになったときに、鉄兜内に充満する煙を吸いすぎて、頭の中で羽音のようなノイズが止まない。アルやジョンが聞くノイズとは、精神を蝕む信号だろう。彼らはもはやそれから逃れられないのだ。「蝶々と戦車」では、ウエイターを水鉄砲で撃つ男と、彼をヒステリックに殺す男たちが描かれる。戦場、そして戦時下の日常で、狂気と共に生きる人々を、語り手は冷静に見つめ、ときに自分が「作家」であることを意識する。傷痍軍人、あるいは精神障害を煩う軍人たち。彼らはレイヴンの分身であり、傷ついたスペインのメタファーに他ならない。

『スペインの大地』でも、苛烈な戦闘は頻出する。だが、レイヴンのような「顔」が表れることはない。『スペインの大地』が描く「顔」とは、希望に満ちた青年ジュリアンである。では、このフィルムとジュリアンの関係は如何なるものであり、どのような差異を映し出すのか。分析に入ろうと思う。

【図 4-5】農作業風景

【図 4-4】ロング・ショット（乾いた大地）

4．シネマティック・ゲルニカ ――『スペインの大地』を見る

『スペインの大地』の冒頭は象徴的である。大地のロング・ショットに始まり【図４―４】、カメラは俯瞰から、徐々に降下し、土をいじる農民の位置まで降りてくる。農民の視座で土地を捉えるのだ。映像は、灌漑されつつある畑とパン配給の列に続く。農民と農業を中心とする農本主義的イメージが支配的であり、これがこの映画の基本イメージとなっている。共同で土地を耕し【図４―５】、パンを作る。生きることは、連帯することと同義であり、このアルカイックなイメージは、映画の中で反復され続ける。ここにヘミングウェイの詩的なナレーションが重なる――「スペインの大地は乾燥し、厳しい。その土地で働く男たちの顔もまた険しく、陽の光を受けてかさかさだ」。アルカイックな映像と詩的なナレーションが誘うのは、荒れた土地と戦う強い農民イメージだろう。ここで注目すべきは、農家の室内に貼られた内戦のプ

【図 4-6】農家と戦争のポスター

【図 4-7】双眼鏡

【図 4-8】ドアを運ぶ兵士

【図 4-9】ドアで塹壕を補強

【図 4-10】塹壕＝家

【図 4-11】戦場で新聞を読む

ロパガンダ的ポスター【図4―6】である。このポスターは、アルカイックな農村が、内戦と無縁でないこと、そして農民の大地との戦いが、敵との戦いのメタファーであることを示唆するわけだ。この両極のイメージは、映像の既視感となる。

農村シーンの後には、ポスターに暗示された「戦場」の場面が続く。戦闘準備すら、共同作業、連帯のイメージで描かれる。農民の行列は、兵士の行軍シーンに、農具や洗濯物やパンを運ぶショットは、弾薬を運ぶ兵士のショットへと置換される。双眼鏡や銃というファブリックな記号は、農民のクワと相関関係にあり、土地／敵との戦いを暗示する。農村と戦場という、一見対照的なシークエンスにおいて顕著なことは、ドキュメンタリーでありながら、現実を隠蔽していることだろう。戦時下の農民の悲惨な現実は映されず、兵士は敵が見えない。この映画では双眼鏡を覗くショットが多用されるにもかかわらず、双眼鏡に映る敵のショットは皆無である【図4―7】。

「農村」と「戦場」は、対照的に見えながら、実は連続している。対照的なイメージは、置換されたイメージ、裏返されたイメージに過ぎない。さらに言えば、戦場に「日常」を持ち込んだシークエンスにおいて、この対称性は解体する。民家のドアは、いつしか塹壕の一部となる【図4―8】。塹壕がドアで補強され【図4―9】、穴はドアを得て、玄関の役割を果たす（そこはまるで「家」だろう）【図4―10】。特殊な空間に出現する日常。そこで兵士は新聞を読み【図4―11】、髭を剃り【図4―12（次頁）】、平時のような朝を迎える。もちろん、兵士ジュリアンも、机の上で手紙を書く【図4―13（次頁）】。このショットだけを見れば、そこが民家なのか、塹壕なのか、見分けることは不可能だ。

『スペインの大地』とは如何なるテクストなのか。これが反ファシズム／反フランコのプロパガン

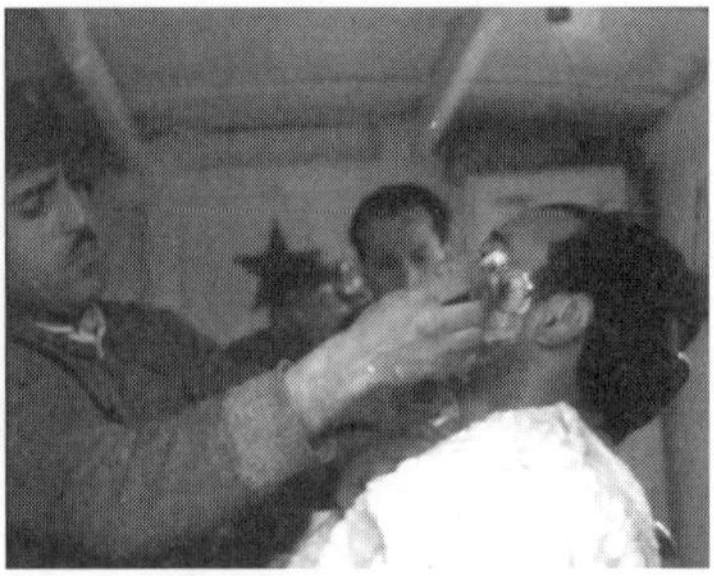

【図 4-12】戦場で髭を剃る

【図 4-13】戦場で手紙を書く

ダとなり、スペインの惨状を訴え、キャパが『ライフ』で示したような衝撃を与えるには、決定的に欠けているものがある。先にも述べたように、このフィルムには「敵」が不在なのだ。爆撃や惨劇や死体が強調される一方で、戦うべき対象は視覚化されず、謎であり続ける。当然のことながら、プロパガンダ映画とは、双方向的なメッセージを廃し、一方向のメッセージを伝えるものであり、善悪や敵味方という二項対立が明示される必要がある。その顕著な例は、フランクリン・ローズベルト政権下のプロパガンダ・プロジェクト、フランク・キャプラ監修による『我々はなぜ戦うか』（*Why We Fight*, 1943-45）シリーズだろう。ナチスや日本という枢軸国の無差別攻撃を作為的に編集し、愛国心を煽るように作られたこの映画において、敵味方という二項対立は最重要の意味を担う（このフィルムの二割を占めるディズニー・アニメーションによる敵と味方の差異化は好例である）。だが『スペインの大地』では、敵が不在なのだ。この奇妙さは、「巨大なスピーカー」と「ドン・キホーテ」の像で増幅されるだろう。『スペインの大地』では、映画のプロパガンダ性を具現化するように、巨大なスピーカーのショットが何度も挿入される【図4―14】。反ファ

【図 4-14】巨大なスピーカー

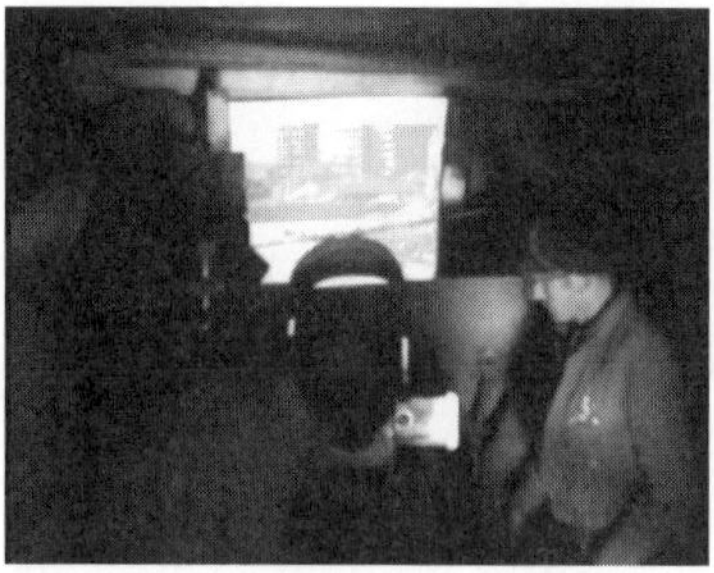

【図 4-15】廃墟への砲撃と不在の敵

シズムの演説は大音響と共にスピーカーから流れる。だが、その先には誰もいない。対象を欠いたその声は、何のメッセージ性も持たず、虚空をさまよう。

さらに言えば、『ライフ』の記事が引用した廃墟への砲撃ショットは【図４―15】、先のスピーカーと補完関係にある。廃墟には人影すらない。映画のフレーム内に出現した「窓」という二重のフレーム／スクリーンによって、このショットは、廃墟攻撃という映画を見ている観客のメタ映像となる。[14] 窓／スクリーンと大砲／映写機。ここでも対象を欠いた攻撃が繰り返され、観客はその「映画」を見ているに過ぎない。演説／音、砲弾／映像が、不在の「敵」に投げかけられる。この意味において、その直後に続く「ドン・キホーテ」のショットは示唆的である。見えない敵と戦うこと。それはドン・キホーテ（スペイン）が、風車（オランダ）に戦いを挑み、負けることをアイロニックに示すだろう。『スペインの大地』のラストシーンは、ファシズム戦の一時的な勝利で終わる。だが、ドン・キホーテの像（そして小説『ドン・キホーテ』の扉頁）が映像に挿入されることで、図らずも作り手の本音が見えてくる。劣勢な共和国軍（ドン・キホーテ）は、ファシズム／フランコと

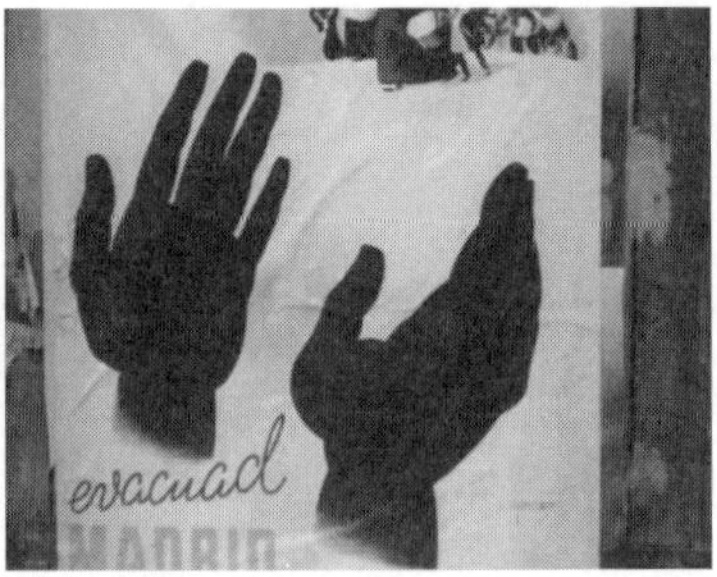

【図 4-16】ポスター（迫り来る手／ファシズム）

【図 4-17】ジュリアンと家族

いう見えない強敵（風車）と戦っているのであり、このショットはメタレベルで共和国の敗戦とアナクロニズムを予告するのだ。

「戦場」は何処に接続するのだろうか。敵不在の戦場は、少なくとも戦う理由を兵士に与えない。何故戦うのか、という根拠が何処にもないのだ。そして、ここにあるのは、敗戦を強調するスペクタクルである。農村、戦場、そして都市。田代真が指摘するように、マドリッドの都市性は「戦場」のメタファーであり（田代二四五）、負のスペクタクルに他ならない。都市は、農村以上に、不毛さのイメージで統一されている。都市の「閉じられたドア」は、農村の「開かれたドア」と呼応し、路上に放置された死体は、生気に満ちた農民の裏返されたイメージであり、ファシズムの脅威を暗示した不穏なポスターは、農家の壁の勇ましい兵士のポスターの反転した形象となる（抽象的なポスターの反復は、ファシズムの恐怖を間接的に伝えるだろう。「顔」の見えない敵。あるいは、迫り来る「手」は、すぐそこにある、というわけだ）【図4―16】。「農村＝生」、「都市＝死」、というありがちな対称性が、コントラストの効いたフレームに加え、戦場の明暗でも示される。そして、都市に生きる人々は、「定住する場所も移動すべき場所

【図 4-18】少年兵を指導するジュリアン

【図 4-19】都市の軍隊

も失った難民」（田代二四六）であり、彼らは逃げ惑うしかない。

都市と戦場の不毛さは、アルカイックな農村を強調する。農民出身の兵士ジュリアンが帰省するシークエンスこそ、『スペインの大地』の欲望を示すだろう。[15] 人々は共同で小屋を作り、畑を耕す。彼らは兵士であり農民。そして、大地との格闘は、戦争と同義だ。オープニング・シークエンスが再び反復し、「農民＝兵士」こそ、目指すべき理想像であることが示される。ジュリアンは子供たちの真ん中に座し【図４―17】、少年たちを兵士とすべく訓練する。彼は共同体の中心であり、指導者というわけだ【図４―18】。農村こそ、兵士の故郷であり子宮。この精神性が継承され、「戦い」が継続することが暗示されるのだ。

ここで重要なことは、農民と兵士の対称性は、農村と戦場、あるいは農村と都市の対称性を示しながら、解体されることである。都市と農村の爆撃は、緩やかに交差しながら、連続して編集されている。農村の少年兵【図４―18】と都市の軍隊【図４―19】は、反転した形象であり、差異を伴う反復に他ならない。二つのイメージは交差しながら、次第にナルシスティックな意味を帯びる。たとえば、都市の爆撃シーンを見よう。砲弾の破片を少年たちが

【図 4-20】水路を作る農民

【図 4-21】橋を守る兵士

探している。その刹那、爆撃が彼らを襲う。だが、カメラが捉えるのは、屋外ではなく、室内で倒れ込む少年たちである。リアルな映像の断片は、その作為的な編集によって、リアリズムから遠ざかるのだ。[16] 一方、農村の爆撃シーンでは、女性や子供が逃げまどう様が強調される。このシーンの直後に、戦場で負傷した兵士のショットが配置され、外国人義勇軍の死体が映される。無差別爆撃と死体は、編集によって接合され、映像は次第に扇情性を帯びるのだ。

『スペインの大地』は、農村と戦場と都市を繋げ、複数の「戦い」を交差させる。リアリズムを回避し、内戦をナルシスティックに捉えるのだ。ここで我々は、このフィルムに意図されたテーマを明確にしなければならない。最終シークエンスを見ていこう。荒地を耕し、水路を作る農民。そして、橋を守るため戦う兵士。水路と道路、荒地と戦場、農民と兵士というショット（あるいはシーン）が、クロスカッティング（平行編集）で繋がり、双方が同一の意味を担う。ウォーが指摘するように、「水」は革命のメタファーであり、生命そのものに他ならない（Waugh 16）。荒れた土地を潤す「水」と、荒廃した国土に降り注ぐ「血」。農民

【図4-23】彼方を見つめる兵士

【図4-22】水路と農民

は水路を完成させ、兵士は負傷しながらも、マドリッドに通じる橋を死守する【図4―20〜4―23】。水路によって土地は生き返り、道路と橋によって物資が潤滑に流れる。そして、水の流れる畑の後に、銃を見据える無名の兵士という最終カットに至る（この兵士はジュリアンではない）。豊かな土地／国のために、農民と兵士は戦うことが暗示される。クロスカットされたシークエンスの統合によって、革命は成就されるというわけだ[17]。

『スペインの大地』が描くのは、共和国の理想であり、連帯の別名だろう。敵不在の映像と、アルカイックな農村の過度の強調によって見えてくるのは、ナルシスティックなイメージに固執する作り手のエゴだからだ。巨大なスピーカーと敵の不在に顕著なように、この映画はプロパガンダというよりも、共和国の「自我イメージの映像化」に過ぎない（当然のことながら、アルカイックでナルシスティックな農村イメージに崇高さを与える左翼系ドキュメンタリー映画の戦略は、ローズベルトのニューディール・プロパガンダと表裏一体であるわけだが）[18]。重要なことは、この不十分なプロパガンダ・ドキュメンタリーに、イヴェンスの思想が投影されているだけでなく、この映画製作にヘミングウェイが共感し、参加したことだろう。つまり、シネマティックなイメージは、ヘミングウェイとイヴェンスが共有した「思想」であるのだ。

「ファシズムの嘘」は、ヘミングウェイの告白である。映画製作の途上、一次帰国したヘミングウェイは、すぐさまスペインに舞い戻り、イヴェンス不在のまま映画を撮り終える。映画はヘミングウェイに託されていたわけだ。この時、二人の思想は、ほとんど同一だったということは可能だろう。だからこそ、イヴェンスは手紙の中で、「彼（ヘミングウェイ）は、我々の良き友人である」と強調する（Watson 15）。ワトソンが指摘するように、このときのヘミングウェイは、共産主義の代弁者に限りなく近い（15）。実際、彼がフィルムを通じて見たものは、スペインの現実ではなく、イヴェンスのナルシシズムであったと言うことは可能だろう。

5．ゲルニカ×アメリカ――『スペインの大地』とFSA

アルカイック／ナルシスティックな風景は、幻想的なナショナルな夢となる。それは、社会主義的リアリズムが変形を遂げ、右寄りの思想へと接近する瞬間だろう。崇高な農民と美しき農村。この光景は、スペインなのか、それともアメリカなのか。『スペインの大地』は、アメリカ人作家の視座を介し、奇妙にもアメリカの欲望へと接近する。シネマティック・ゲルニカとニューディール・アメリカ。反戦の表象が誘うのは、イヴェンス的左翼思想なのか、それとも右寄りのナショナリズムなのか。

ニューディール政策の文化事業。それは、一九三〇年代のクロスメディアの極地と言える。「戦時情報局」（OWI）が映画の製作・検閲・管理を行ない、「農村安定局」（FSA）がドキュメンタリー写真を主導し、「全米作家計画」（FWP）が地誌を編纂し、議会図書館が音楽を収集する。「文化のデータベース」化は、全方位的に行なわれたのだ。とりわけ、農村救済政策の一環として開始されたFSA（Farm Security Administration）プロジェクトが好例だろう。ウォーカー・エヴァンズやドロシア・ラングらフォトグラファーらを主導したのは、官僚ロイ・ストライカーである。ストライカーは彼らに対し、ニューディール時代の農民たちを威厳ある個人、あるいは困難に立ち向かう強き人間として、崇高な写真に収めるように求めた。規格化されたフォーマットこそが、FSA写真の特徴であり、オリジナルに他ならない。ドキュメンタリー写真を「規格化」する。当然、この試みは多くの議論を巻き起こすが、重要なことは、FSA写真のレトリック・パターンが『スペインの大地』に酷似することだろう。言い換えれば、同時代の左派系ドキュメンタリーの光景は、FSAと共通点を有する。アメリカの右寄りの政策が、イヴェンスら左派系ドキュメンタリー映画のレトリックと二重写しになる。これは一体何を意味するのか。

恐慌や苦難に耐える崇高な「農民」イメージとは、ナショナリズム的共産主義、あるいはアメリカニズムとしての社会主義に接続する。民主主義の国家プロジェクトが、共産主義／社会主義的な風景を切り取る。この奇妙な現実は、歴史の偶然だろうか。我々はここで、ジョン・スタインベックの『怒りの葡萄』（*The Grapes of Wrath*, 1939）を想起すべきだろう。ドロシア・ラングとの共同作業、そして『ライフ』カメラマン、ホーレス・ブリストルとのカリフォルニア移動農民の取材が、この国民文学を生み出した事実は、実はあまり知られていない。ジョード家の旅路とは、乳と蜜の流れるカナンを目指すモーセのそれに重ねられ、恐慌の苛烈な現実は聖書的ナラティヴで覆われる。ここで強調されるのは、苦難を乗り越える強靱な意志、そして家族の絆である。ラングの最も有名なフォトグラフ《移動農民の母》（*Migrant Mother*, 1936）が【図4—24】、スタインベックに与えたメッセージとは、まさにその傲慢な意志に他ならない。意志が現実を凌駕し、克服すること。それは、個人主義／農本主義アメリカの幻想であり、恐慌から目を背けるエクスキューズである。移動農民と出エジプト記の重なりは、フォトグラフと文学を交差させ、思想を攪乱するだろう。国家プロジェクトが左派系の思想となり、その思想が文学として昇華されるとき、右寄りのナラティヴが生まれるというわけだ。だからこそ、左翼的右翼文学『怒りの葡萄』は赤狩りの対象とはならない。そして、我々は、『スペインの大地』とスペイン体験が産み落としたもう一つの左翼的右翼文学、ヘミングウェイの『誰がために鐘は鳴る』を知っている。ジャーナル、フィルム、そしてノヴェル。複数のメディアを横断し、思想を攪乱しながら、ヘミングウェイ文学は変貌を遂げる。シネマティック・ゲルニカは、アメリカのナショナルなメッセージを伝え、ナルシスティックなイヴェンスの影を映し出す。我々は一本のフィルム／テクストの周縁にあるコンテ

【図 4-24】ラング《移動農民の母》

クストを見つめ、クロスメディア的考察を実践すべきだろう。

◉註

（1）ヘミングウェイのナレーションを抽出した書籍版『スペインの大地』は、一九三八年六月一五日に千部限定で出版されている。ヘミングウェイはこの本をスペインのロイヤリストに捧げ、ジャスパー・ウッドが序文を書いている。出版の経緯の詳細等は、リチャード・アラン・デヴィソンの論文に詳しい。

（2）ヘミングウェイと政治性の結節点として「スペイン」がある。この視座は、カーロス・ベーカーやケネス・リンの伝記研究に限らず、ヘミングウェイ研究では周知であろう。典型的な論文として、『第五列』における政治性の問題を考察したジョン・レイバーン、マルローとヘミングウェイとスペインとの関わりを論じたベン・ストルツファスなどは参考になる。スペインにおけるヘミングウェイ受容の問題に関しては、ダグラス・ラパレイドの論も重要だろう。一方、ヘミングウェイと共産主義との結節点を「ソヴィエト」に求めた論文も多い。ケアリー・ネルソンやジャン・スティーヴン・パーカーを参照されたい。

（3）ヘミングウェイと共産主義との関わりについては多くの議論がある。当然のことながら、その関与の振幅は時代と場所によって異なるが、ヘミングウェイと左翼、あるいはソヴィエトとの繋がりを伝記的側面から考察したケアリー・ネルソンの論考は意外な視点を提供してくれる。

一方、ヘミングウェイの共産主義に対するアンチな視座も重要だろう。共産主義を否定し、政治よりも芸術を優先させるという彼の意志表示は、一九三五年八月一九日付のイワン・カシュキーン宛ての手紙に見出せる。プロレタリア文学への転向を促すカシュキーンに対し、ヘミングウェイは反論しながらも、短編小説「ある渡航」（"One Trip Across"）に内包された政治性に言及している。(*SL* 417-21)

（4）『ニュー・マッセズ』は、アメリカの左翼思想を支えた雑誌の一つであった（一九二六年創刊、一九四八年廃刊）。ヘミングウェイの「ファシズムの嘘」は、結果的にこの雑誌に掲載され、彼の「転向」を裏付けることになる。だが、忘れてはならないのは、彼の政府批判が「誰が退役軍人を殺したか」（"Who Murdered the Vets?", 1935）にもその萌芽があることだろう。一九三五年九月一日、キーウエストを襲ったハリケーンは、海上道路建設に従事していた退役軍人たちを飲み込む。おそよ四〇〇名もの人名が失われたこの災害は、政府の失業対策の失敗とハリケーンの情報開示の遅れという負の相乗効果による「人災」であった（退役軍人に対し、職は与えるが情報は与えない、というわけだ）。ヘミングウェイはこの事件を取材し、労働者に共感・共振することで、政治に対する一石を投じている。しかしながら、「作家の責任」を言及した「ファシズムの嘘」とは、その哲学において、大きく異なる。

（5）ヘミングウェイと左翼系雑誌との関わりは深い。『ケン』や『ニュー・マッセズ』に加えて、『プラウダ』（*Pravda*）も重要である。スペイン共和国軍の敗北を悟り、ファシズムの非道を訴え、即座に投稿した「人類はこの非道を許さない」（"Humanity Will Not Forgive This!"）はその代表的エッセイである。

（6）イヴェンスをキーパーソンとするスペインでの政治体験が、ヘミングウェイの「転向」に寄与したことは疑いようがない。だがこの体験以前にも、彼が政治に対する関心を持続していたことを看過すべきではないだろう。あくまで、スペイン体験は「契機」であり、政治的関心は「氷山の下部」として、彼の内面でくすぶり続けていたと考えるのが正しい。この意味で、『持つと持たぬと』は象徴的なテクストと言えるのだ。この長編は、既出の短編「片道航海」（"One Trip Across"）（初出は『コスモポリタン』一九三四年四月号）と「密輸業者の帰還」（"The Tradesman's Return"）（初出は『エスクァイア』一九三六年二月号）を編入する形で成立したテクストであり、編入の際のリライトがほとんど行なわれていない点に特徴がある。二つの短編は、前者が「ハリー・モーガン（春）」、後者が「ハリー・モーガン（秋）」と、タイトルを変えたに過ぎない。ヘミングウェイは「スペイン体験」以前から、不十分な形とはいえ、政治的な関心をテクスト・レベルで表出していたわけだ。

『持つと持たぬと』は、一九三〇年代の恐慌を受けて、経済が破綻したキーウエストとマチャド政権下のキューバを舞台に、緊迫する政治の海／カリブを舞台とする。アメリカン・リゾートとしてのキーウエストは、極端な観光政策の果て、貧困に喘ぐ地元民と、そこを訪れる富裕層という二項対立を生み出し、天国と地獄が共存するトポスとなる。この格差に対し、ヘミングウェイの眼差しは厳しい。だが、『持つと持たぬと』（そして既出の二短編）では、主人公ハリー・モーガンの振る舞いに「連帯」や「革命」的な要素を付与しながらも、作家の視座は揺れているように思える。というのも、ハリーは中産階級の生活を享受し、彼にとってキーウエストの住民はあくまで他者であり続けるからだ（ハリーは弱者に寄り添わず、そこに感情移入・同化はしない）。現実と理想の乖離、あるいは政治に対する距離感こそが、ヘミングウェイの逡巡を映し出すだろう。詳しくは、トニ・ノット、マイケル・レノルズを参照されたい。

（7）一九三七年は、二つのゲルニカに加え、ジュナ・バーンズの『夜の森』（*Nightwood*, 1937）が出版された年でもある。ヘミングウェイの『日はまた昇る』（*The Sun Also Rises*, 1926）を反復、改変する『夜の森』とは、クィア・ノヴェルであり、同時にナチス／ファシズムに対するプロテスト・ノヴェルでもある。バーンズのラディカルな平等主義は、当然のことながら、アーリア人選民思想やナチス優生学と相性が悪い。舌津智之が、同年のピカソの《ゲルニカ》と『夜の森』における動物たちの「涙」に注目している点は興味深い（舌津　一三九—四〇）。ピカソの獣たちやバーンズの雌牛や雌ライオンが流す涙とは、「暴力的外界に対する個人的不服従のしぐさ」（一四〇）をメタフォリカルに逆照射するからだ。

（8）教会や地主への批判に関して、『ライフ』と『ケン』は呼応している。詳しくは長谷川裕一の論考を参照されたい。

（9）イヴェンス体験の外枠を埋める資料として、ハンス・カールとの関係性に言及したウェイン・クヴァム、ヘミングウェイとドス・パソスの交流を論じたタウンゼント・ルディングトン、スペイン内戦を概観したジェフリー・シュルマンの論考が重要である。また、ヘミングウェイとノンフィクションの関係を考察したロナルド・ウェイバーも参照されたい。

(10) イヴェンスを含む左翼系映画人とドキュメンタリー映画との関係についてはエリック・バルナウ、左翼系文化とアメリカニズムとの結びつきに関してはウォレン・サスマンを参照されたい。また、一九三〇年代の映画史に関してはティノ・バリオ、三〇年代とドキュメンタリーとの関係についてはウィリアム・スコットが詳しい。

『スペインの大地』は、『スペインの心』(*Heart of Spain*) と共に、一九三八年のニューヨークで公開されている。後者に関しては、ラッセル・キャンベルが詳細な議論を展開している。

(11) アーチボルド・マクリーシュ、イヴェンス、ヘミングウェイの関係は注目すべきだろう。マクリーシュは『スペインの大地』製作のキーパーソンでもあるからだ。イヴェンスは、一九三七年二月の段階で、スペイン内戦のドキュメンタリーを撮ることをマクリーシュに伝え、ヴァレンシアの役人ウェンセスラウ・ロチェスにも連絡を入れている (Watson 4)。一方、ヘミングウェイもニューヨークからパリに向かい、三七年三月にはスペイン入りを決めている。カフェ・ドゥ・マゴでの出会いは、フィルム・メイキングを介した必然である。一九三〇年代のドキュメンタリー映画の隆盛を受けて、ヘミングウェイが映画に関心を持っていたことは明らかだからだ。ちなみに、マクリーシュ関連で言うと、彼こそが、ヘミングウェイの「ファシズムの嘘」宣言を実現させた人物である。詳しくはスコット・ドナルドソンを参照されたい。

(12) アイラ・ウォルファートの見解は、JFKライブラリー (ボストン) 所蔵の資料で全文が参照できる。

(13) 当然のことながら、クロスメディアの実践は、ヘミングウェイとイヴェンスに限定されない。たとえば、作家／ジャーナリストのジェームズ・エイジーとFSAフォトグラファーのウォーカー・エヴァンスによるフォト・エッセイ『我らが有名人を讃えよう』(*Let Us Now Praise Famous Men*, 1941) は見逃せない。アラバマ州の小作農民をドキュメントしたこの本は、ニューディール期の南部を切り取った貴重な記録であり、エイジーがジャーナリストから作家へと前進する契機でもあった。一九三〇年代とは、フィルムとフォトグラフに象徴されるように、ドキュメンタリーの時代であった。ドス・パソスの例を持ち出すまでもなく、文学はカメラを模倣し、視覚的なインパクトを取り込もうとする。エヴァンスのフォトグラフ・スタイル――アメリカ的ディティールへの傾斜――に対し、エイジーは影響を受けながらも、独自のスタイルを模索したことは注目してよい。結果的に、エイジーは対象とする小作農の家族に、自身を投影するようになるわけだが、そのスタイルはエヴァンスのフォトグラフ以上にナルシスティックでセンチメンタルであった。ドキュメンタリーへの傾斜とは、客観ではなく主観を、リアリティではなくファンタジーを、作家に付与するのだろうか。『スペインの大地』と『我らが有名人を讃えよう』の同質性は注目すべきだろう。ＦＳＡに関してはジェームズ・カーティス、アメリカ写真はアラン・トラッチェンバーグを参照のこと。

（14）『スペインの大地』における敵不在の戦場と砲撃は、戦争／戦闘の不毛さを逆照射する。このアイロニカルな複数のシーンは、奇妙にも大友克洋「大砲の街」（オムニバス映画『MEMORIES』（1995）所収）に接続するだろう。巨大な「移動砲台都市」。ここでは、すべての男たちは軍事的な役割を与えられ、子供たちは学校で軍事訓練を受ける。主人公の少年の夢は、花形の砲撃手になること。だが、この都市（とその住民）にとって、砲撃こそが人生の目的であり、それ以外の思考はない。砲撃という日常。生活はその周縁にしか生起しないのだ。当然、砲撃先に敵はいない。

（15）ジュリアンのような性格的登場人物を登場させることで、観客は同一化すべき対象をスクリーンに見出すことができる。この手法によって、ドキュメンタリーでありながら、観客はその人物に感情移入できるわけだ。『スペインの大地』におけるジュリアン導入の効果と失敗に関しては、トマス・ウォーが指摘しているが（Waugh 17）、重要なのはこの人物が後半になると出てこない点であろう。観客は同一化すべき対象を途中で見失ってしまうからだ。映画の最終ショットで、銃を見据える兵士が映るが、本来であればこの兵士はジュリアンでなければならない。観客は彼と共に先／未来を見るべきだからだ。

（16）映像の扇情性は、作為的な編集の効果だけに起因しない。死体のショットに重なるヘミングウェイのナレーションによって、その扇情性は飛躍的に高められると言えるだろう。出征シーンのナレーションなどは、メロドラマの好例である。

（17）『スペインの大地』における農本主義のイメージは、イヴェンスの友人キング・ヴィダー監督の『麦秋』（*Our Daily Bread*, 1934）に寄与するところが大きい。土地との戦い、征服、そして再生のイメージ。すべてが『麦秋』とアナロジカルに結びつく。『麦秋』において、都会から田舎に移り住んだ夫婦は、荒れた土地を少しずつ耕す。夫は共同耕作の手法を思いつき、大勢の人々を集め、土地を耕していく。この「連帯」のイメージは、『スペインの大地』同様、ラストシーンで頂点に達する。村人は日照り続きの畑に川から水を引こうとするのだ。『麦秋』と『スペインの大地』における「灌漑シーン」は、驚くほどの類似性がある。

（18）『スペインの大地』は、ナルシスティックなフィルムである。たとえば、アーサー・コールマンは、このフィルムを「センチメンタル・フィルム」と述べている（Coleman 67）。ラストシーン、クロスカッティングによる編集が導くのは革命の成就だが、それは「大地を潤す水」と「敵を見据える兵士」という極めて曖昧なイメージである。この映画のトーンは、プロパガンダからは遠い。

●引用文献

Agee, James and Walker Evans. *Let Us Now Praise Famous Men*. Boston: Houghton Mifflin, 1988.

Balio, Tino. *Grand Design: Hollywood as a Modern Business Enterprise, 1930-1939*. Berkeley: University of California Press, 1993.

Barnouw, Erik. *Documentary: A History of the Non-fiction Film*. New York: Oxford University Press, 1993.

Campbell, Russell. *Cinema Strikes Back: Radical Filmmaking in the United States 1930-1942*. Ann Arbor: UMI, 1982.

Coleman, Arthur. "Hemingway's *The Spanish Earth*." *The Hemingway Review* 2.1 (Fall 82): 64-7.

Curtis, James. *Mind's Eye, Mind's Truth: FSA Photography Reconsidered*. Philadelphia: Temple University Press, 1980.

Davison, Richard Allan. "The Publication of Hemingway's *The Spanish Earth*: An Untold Story." *The Hemingway Review* 7.2 (Spring 88): 122-130.

Donaldson, Scott. *Archibald MacLeish: An American Life*. Lincoln: iUniverse.com, 2001.

Hemingway, Ernest. *The Complete Short Stories of Ernest Hemingway*. [*CSS*] New York: Scribner's, 1987.

---. "Fascism Is Lie." *New Masses* 23.13 (22 June 1937): 4.

---. "Hemingway's Spanish Civil War Dispatches." Ed. William Braasch Watson. *The Hemingway Review* 7.2 (Spring 88): 4-92.

---. *Ernest Hemingway: Selected Letters, 1917-1961*. [*SL*] Ed. Carlos Baker. New York: Scribner's, 1981.

"Hemingway Sees Defeat of Franco." *New York Times* 19 (May 1937): 10

"Humanity Will Not Forgive This!: The Pravda Article." *The Hemingway Review* 7.2 (Spring 88): 114-8.

Ivens, Joris. *The Camera and I*. New York: International Publishers, 1969.

Knott, Toni D., ed. *One Man Alone: Hemingway and To Have and Have Not*. Lanham: University Press of America, 1999.

Kvam, Wayne. "Ernest Hemingway and Hans Kahle." *The Hemingway Review* 2.2 (Spring 83): 18-22.

LaPrade, Douglas E. "The Reception of Hemingway in Spain." *The Hemingway Review* 11 (Summer 92): 42-50.

Ludington, Townsend. "Spain and the Hemingway-Dos Passos Relationship." *American Literature* 60.2 (May 88) 270-3.

Nelson, Cary. "Hemingway, the American left, and the Soviet Union: Some Forgotten Episodes." *The Hemingway Review* 14.1 (Fall 94): 36-45.

Parker, Stephen Jan. "Hemingway's Revival in the Soviet Union: 1955-1962." *American Literature* 35.4 (Jan 64): 485-501.

Raeburn, John. "Hemingway on Stage: The Fifth Column, Politics, and Biography." *The Hemingway Review* 18.1 (Fall 98):

5-16.

Reynolds, Michael. *Hemingway: The 1930s*. New York: Norton, 1998.

Shulman, Jeffrey. "Hemingway's Observations on the Spanish Civil War: Unpublished State Department Reports." *The Hemingway Review* 7.2 (Spring 88): 147-51.

Stoltzfus, Ben. "Hemingway, Malraux and Spain: *For Whom the Bell Tolls* and *L'Espoir*." *Comparative Literature Studies* 36.3 (1999): 179-194.

Stott, William. *Documentary Expression and Thirties America*. Chicago: The University of Chicago Press, 1973.

Susman, Warren. *Culture as History: The Transformation of American Society in the Twentieth Century.* New York: Panthon Books, 1984.

"The War in Spain Makes a Movie with Captions by Ernest Hemingway." *Life* 12 July. (1937): 20-23.

Trachtenberg, Alan. *Reading American Photographs*. New York: Hill and Wang, 1989.

Watson, William Braasch. "Joris Ivens and the Communists: Bringing Hemingway Into the Spanish Civil War." *The Hemingway Review* 10.1 (Fall 90): 2-18.

Waugh, Thomas. "Water, Blood, and War: Documentary Imagery of Spain from the North American Popular Front." *The Spanish Civil War and the Visual Arts*. Ed. Kathaleen M. Vernon. Ithaca: Cornell University Press, 1990. 14-24.

Weber, Ronald. *Hemingway's Art of Non-Fiction*. London: Macmillan, 1990.

Wolfert, Ira. "Hemingway Off to Spain to Write About the War." 28 February 1937, for release on 1 March. NANA Release. HC. JFK.

舌津智之『抒情するアメリカ――モダニズム文学の明滅』（研究社、二〇〇九年）

田代真「『スペインの大地』の詩学――人民＝大衆の誘惑」『ヘミングウェイを横断する――テクストの変貌』（本の友社、一九九九年）二四〇―五六頁塚田幸光「ナルシスティック／シネマティック・ゲルニカ――ヘミングウェイ、イヴェンス、『スペインの大地』」『ヘミングウェイ研究』第八号（二〇〇七年）三三―四八頁
長谷川裕一「ヘミングウェイの『転向』と消費者向け政治雑誌『ケン』――『大衆』作家の『政治学』解読」『ヘミングウェイ研究』第四号（二〇〇三年）二七―四二頁

第5章　ヘミングウェイ、戦争に行く
――ジェンダー、ナショナリズム、『脱出』

私はカメラの眼だ。自分だけに見えるような世界を人にも見えるようにする機械だ。私はこれから先、何処までも人間の不動性から自己を解放する。私は永遠の運動のなかにいる。事物に近づき、そして離れ、その下に腹這いになって進むのだ。それによじ登り、疾駆する馬のたてがみに掴まる。全速力で走りながら、群衆のなかに飛び込む。走る兵士たちを追い越す。私はひっくりかえる。私は飛行機と一緒に高く舞い上がる。空に舞い上がり、落下する事物と一体となって飛び、降下する(1)。

ジガ・ヴェルトフ

1．映画と弾丸――戦時の共犯関係

『ハリウッド、戦争に行く《ハリウッド・ゴーズ・トゥ・ウォー》』。クレイトン・コップスとグレゴリー・ブラック編著による論集のタイトルは、第二次世界大戦下のワシントンとハリウッドとの密接な関係を言い当てている。フランクリン・ローズベルトのメディア戦略とは、映画を一種の「弾丸」として、プロパガンダに利用するイデオロギー戦略であるからだ。一九四二年、ローズベルトが設立した「戦時情報局」（通称ＯＷＩ）とその下部組織「映画事務局」は、プロパガンダ映画の製作・監修・配給に従事し、民主主義擁護の旗印の下で、映像を介した思想統制、言い換えるならナショナリズムの流布と反ファシズムのメディア戦略を展開した。映画とは、軍事戦略の一部であり、国家政策の一翼を担っていたわけだ。

フランク・キャプラやジョン・フォード、ウィリアム・ワイラー、そしてジョージ・スティーヴンス。著名な映画監督も例外なく軍籍となり、技師やカメラマン、俳優に至るまで、およそ四万もの映画人は、正規軍に編入され、国威高揚を促すプロパガンダ映画製作に邁進する（Clair 200, Morella 12）。映画人が「軍人」となる時代。たとえば、喜劇映画『スミス都へ行く』（*Mr.Smith Goes to Washington*, 1939）や『或る夜の出来事』（*It Happened One Night*, 1934）を撮ったキャプラが、ワシントンに招集後、『我々はなぜ戦うか』（*Why We Fight*, 1943-45）シリーズ（全七作）を監修したことに、戦時下の映画人が置かれた状況を見ることができるだろう。20世紀フォックスの帝王ダリル・Ｆ・ザナックによるワシントンへの全面的な協力体制の下で、一人の喜劇作家が、プロパガンダ映画製作に絡め取られるという悲劇。国家戦略に組み込まれた映画人は、この歴史の渦の中で足掻くしかなかったのだ。

メディアと戦争は、共犯関係を切り結び、映画は「弾丸」に、映画人は「軍人」となる。戦時体制下で、映画はどのような製作過程を辿り、如何なる意味を担っていたのだろうか。本章では、戦争とジェンダーの関係から、戦争メロドラマ、ハワード・ホークス監督『脱出』（*To Have and Have Not,* 1944）を考察する。(2) ヘミングウェイ原作『持つと持たぬと』（*To Have and Have Not,* 1937）は、如何に改変され、戦時の「弾丸」となるのだろうか。テクストを介した戦争関与を見ていこう。

2. プロパガンダとワーナー・ブラザーズ――『ド・ゴール物語』

プロパガンダ映画とは何か。その定義は様々だが、「受け手が知りたいことではなく、送り手が知らせたいことだけを伝える一方向のコミュニケーション」であり、「真実の伝達よりはむしろ真実の捏造」（加藤 八六）に主眼を置く映画であることは疑問の余地がない。(3) プロパガンダとは、双方向性を欠き、恣意的なメッセージを伝えるメディア装置である。先に言及したキャプラの『我々はなぜ戦うか』シリーズが好例だろう。従軍した全兵士に見せられ、戦いの大義と目的を植え付けたこれらの映画は、一本のフィルムの八割を既成フィルムから流用し、残り二割をディズニーのアニメーションが担う。ニューズリールや商業映画の戦闘シーンは、枢軸国の非情な虐殺や爆撃シーンへと再編集され【図5―1（次頁）】、アニメーションは抽象的、概念的な善悪のイメージを描き出す【図5―2、図5―3（次頁）】。ドキュメンタリー的で扇情的な映像の洪水は観客を圧倒し、枢軸国の非人道的な振

【図 5-1】オーヴァーラップ（ナチス兵に蹂躙されるアメリカ）

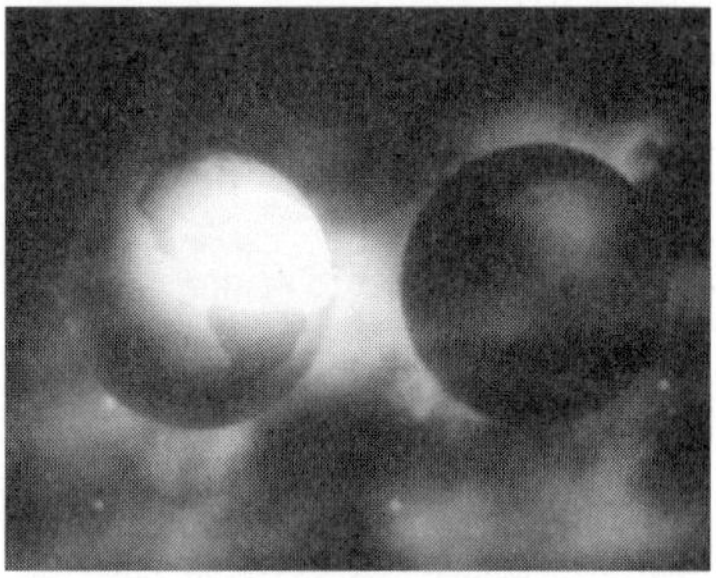

【図 5-2】ディズニー（白い世界と黒い世界、連合国と枢軸国）

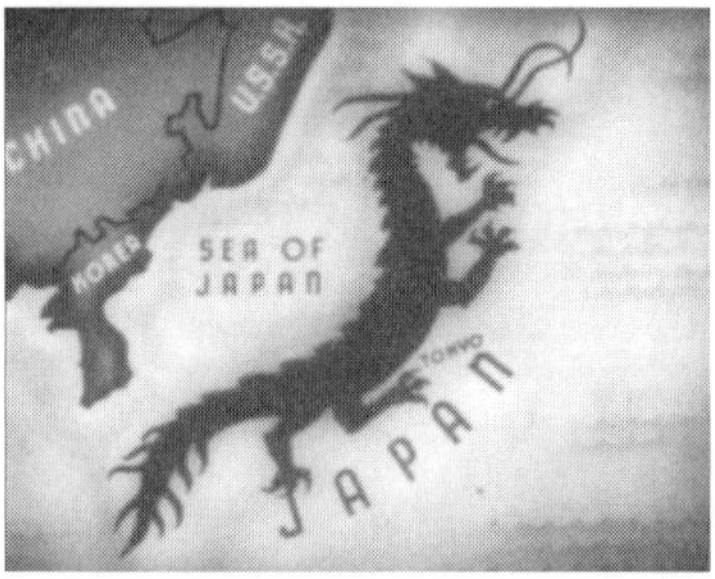

【図 4-3】ディズニー（巨大化する竜／日本）

る舞いが強調され続ける。連合国よ立ち上がれと、映像は語るのだ。一九三〇年代、レニ・リーフェンシュタール映画が成しえた視点編集、つまりヒトラーという固有名詞に収斂する視座と、ナチスを神格化する催眠的フィルム・レトリックを駆使する編集方法が、アメリカによって再利用されるという皮肉。ファシストのメディア装置は、形を変えて継承され、アメリカの「弾丸」となる。映画はワシントンにとって不可欠なプロパガンダ／メディア装置だったのだ。

ハリウッドとワシントンとの依存関係を見よう。「政治」が「映画」を囲い込んだ経緯、特に20世紀フォックスのザナックとキャプラの迷走の軌跡は、戦後半世紀を過ぎた今日、多くの資料から確認することができる。そのひとつは、情報部のエドワード・L・マンソン・ジュニア准将による官製プロパガンダの「覚書」である。終戦直後から調査が開始され、政治と映画との関係を浮き彫りにするこの覚書は、他の六千頁にも及ぶプロパガンダ資料と共に、四〇年もの時を経て公刊される。この資料からは、新兵教育を目的とした陸軍省広報局が、如何に映像のプロパガンダ性に注目していたか、あるいは、何故キャプラが招集され、情報部映画製作課が発足したのかという、戦時体制の裏側を垣間見ることができる。また、終戦と同時に創刊された『ハリウッド・クォータリー』(*Hollywood Quarterly*)も興味深い(4)。「ハリウッド戦争映画一九四二―一九四四年」という特集論文で、戦争映画のパターンや意味が綿密に考察されているからだ。戦後、アメリカが自国のメディア／プロパガンダを総括し、相対化していることは注目すべき事実だが、これらの膨大な資料から見えてくるのは、大戦期の総動員体制とメディア、言い換えればナショナリズムとフィルム・メイキングとの相互依存に他ならない。実際、アメリカ参戦後の三年間で作られた一三一三本の映画において、実に三七四本もの映画が「戦争」に言及していることは、その結びつきの強さを裏付けるだろう。(Jones 1-19)

一九四〇年代、フォックス右傾化の流れは、他のスタジオにおいても看過できない「現実」であった。社長ジャック・ワーナーとローズベルトとの個人的な信頼関係を反映するように、ワーナー・ブラザーズも愛国主義的な戦争映画の製作へと舵を切るからだ(Dardis 121-23)。政治や社会問題に即座に反応し、それを世に問うという左翼的なスタイルのワーナーは、戦争を境に、社風を一変させたと言ってよい。南部の人種差別的風景を克明に描いたマーヴィン・ルロイ監督『仮面の米国』(*I am a Fugitive from a Chain Gang*, 1932)、炭鉱夫の労働争議を描いたマイケル・カーティズ監督『黒い地獄』(*Black Fury*, 1935)、そしてアメリカにおけるナチズムの問題を取り上げたアーチー・L・メイヨ監督

『黒の秘密』(*Black Legion*, 1936)。かつて、知識人やハリウッドの映画作家の賞賛を浴びたワーナーとは、幻だったのだろうか。社会問題に真摯に向き合い、そこに「声」を与え続けた社会派スタジオは、急速に政治へと接近する。たとえば、ハワード・ホークス監督『空軍』(*Air Force*, 1943)、デルマー・デイヴィス監督『目標は東京』(*Destination Tokyo*, 1943)、ロイド・ベーコン監督『北太平洋作戦』(*Action in the North Atlantic*, 1943) など、戦争映画を主軸とするラインナップを見れば、その変化は明らかだろう。左から右へと急旋回するワーナーの「転向」は、戦時体制の圧力を雄弁に語り、キャプラの振る舞いと二重写しとなる。敵味方を二元論で峻別し、自軍の正義のみを強調する戦争映画は、プロパガンダ映画の別名に他ならない。(5) こうして映画は「弾丸」に、スタジオは「兵站」となる。では、四四年の『脱出』へと続く、ワーナーの転向、あるいは変質の決定的瞬間とは一体いつなのだろうか。それは、キャプラが任官し、官製プロパガンダ・プロジェクトが開始された年、別の言い方をすれば、マイケル・カーティズ監督『カサブランカ』(*Casablanca*, 1942)(全米公開は四三年一月) が製作され、『ド・ゴール物語』の脚本が破棄された四二年ではなかったか。

『カサブランカ』と『脱出』が、ハンフリー・ボガード扮する元軍人のレジスタンスを配し、対ナチス、対ヴィシーという共通の政治的枠組みを有していることは周知だろう。(6) 国家の再生とボガードの精神的覚醒とは、共通の意味を担い、彼がレジスタンスとして立ち上がる瞬間に、観客の感情移入の頂点がある。ワーナー製作によるこの二編の映画は、外枠だけを見れば、戦争メロドラマの典型であり、映画が国家のプロパガンダ装置であることを明瞭に映し出している。だが、ここで注目すべきは、この二編を媒介した「消された脚本」の存在である。その脚本とは、ヴィシー政権下のフランスを舞台とし、レジスタンス（対独抵抗）とコラボラシオン（対独協力）の狭間で苦悩する二人の兄弟を描いた『ド・ゴール物語』（*The De Gaulle Story*, 1942）である。[7] ウィリアム・フォークナーによるオリジナル脚本でありながら、フォークナー研究においてもほとんど顧みられることのないこの脚本は、チャーチルとの連合を強化しようと目論んだローズベルトの要請に端を発する。当時、対ナチスの精神的支柱であったド・ゴールは、ロンドンに亡命中。ド・ゴールとレジスタンス「自由フランス」の役割や意義を大衆に認知させることは、対ナチスの情報戦略としても有効であり、連合国内の結束を強めるうえで必須であった。だからこそローズベルトは、ド・ゴールを英雄として、「自由フランス」を擬似十字軍として描くプロパガンダ映画の製作をワーナーに要請したのだ。（Brodsky and Hamblin ix-xxxiii）

映画史の皮肉だろうか。『カサブランカ』と『ド・ゴール物語』には、奇妙な共通点がある。『カサブランカ』の言わずと知れた名場面を想起しよう。ナチス将校たちが「ラインの守り」を歌い、美酒に酔っているとき、ラズロが「ラ・マルセイエーズを弾くんだ！」と叫ぶ場面。フランス国歌は、亡き祖国フランスへの郷愁、そしてナチスへの強烈なプロテストである。映画史上に屹立するこの場面は、興味深いことに『ド・ゴール物語』にも存在する。ヴァージョンによって差異はあるが、『ド・ゴール物語』の国歌斉唱は、『カサブランカ』よりも激しく、扇情的である。ナチス爆撃の最中、主人公たちが、国歌を歌いながら死を選ぶ第二稿。連合国がドイツ軍の軍需工場を爆撃し、燃えさかる火の粉を前に、国歌を歌う第四稿と第五稿（数多の改訂によっても、このシーンが削除されることはなかった）。対独レジスタンスをめぐる逡巡と、時代に翻弄される人々の物語は、「ラ・マルセイエーズ」合唱の場面で交差するのだ。

四二年七月から執筆開始され、一一月に最終改訂を終えた『ド・ゴール物語』に対し、『カサブランカ』は、四二年初頭から脚本化が開始され、八月には撮影を終えている（『カサブランカ』は脚本化と撮影が同時進行であった）。前者は「自由フランス」の検閲とワシントンの介入により、スタッフやキャストすら決まらぬまま闇に葬られ、後者は四二年一一月に先行プレミア、四三年一月にはローズベルトとチャーチルのカサブランカ会談に合わせて全米公開され、傑作としてその名を映画史に刻む（Blotner 1130）。対独レジスタンスをめぐる逡巡と決断、ヴィシーへの愛憎、愛国主義と連帯。これらの主題を共有するこの二編が、「ラ・マルセイエーズ」のクライマックスで共振する瞬間を我々は見逃すべきではない。名場面として人々に記憶される「ラ・マルセイエーズ」の裏側に、歌われなかったフランス国歌が存在する。この事実が物語るのは、四二年のワーナーとローズベルトの政治学の功罪であり、戦時体制の光と闇であろう。ルイス・ダニエル・ブロッキーによって「発見」され、八四年の出版に至るまで、およそ四〇年間も歴史の闇に埋もれ続けた脚本『ド・ゴール物語』は、戦時のイデオロギーの苛烈さを伝え、もう一つの『カサブランカ』となる[8]。

3. 戦争、女性、口紅――広告とジェンダー

男性は前線で戦い、女性は銃後を守る。戦争がジェンダーを規定・固定し、それが愛国主義のヴェー

ルで覆われるとき、大衆はそれに異を唱えるだろうか。答えは否。戦争メロドラマに隠されたナショナリズムは、ドラマが扇情的で愛国主義であればあるほど、大衆に浸透し、彼らの精神を麻痺させ、思考力を奪うだろう。当然のことながら、『カサブランカ』のような戦争メロドラマだけが、戦時体制のイデオロギーを映しているわけではない。「女性映画」が好例だろう。このジャンルでは、戦争が前景化されているとは限らない。だが、戦時体制が要求する父権的枠組みへの回帰、言い換えればステロタイプなジェンダーへの同化は、物語の主題として不可欠な要素だった。括弧付きの自由を享受しながら、その枠の中で振る舞う女性たちは、未婚の母、待つ妻、捨てられた愛人、怯えた若妻、苦悩する母など、性差の統制の枠組みに忠実に収まり、ステロタイプな女性表象となる。このジャンルが描く女性とは、男性の欲望が照射される「空白《タブラ・ラサ》」、あるいはスクリーンではなかったか。女性映画と戦時体制がコインの裏表である限り、ここには苛烈なジェンダー・イデオロギーが潜む。前線と銃後では、男女に求められるジェンダー・ロールは固定化し、それを撹乱する者は、排除されるべき他者、あるいは恐怖と同義となる。

女性映画のコンテクストを見る。その試みは、男性が従軍後の国内、いわば「男がいない世界《ノーマンズ・ランド》」における戦時下のイデオロギーを見ることに他ならない。戦争は如何にジェンダーと切り結び、その痕跡をスクリーンに刻むのか。

ここに興味深い例がある。第二次世界大戦中のタンジー社の口紅の広告である【図5—4、図5—5（次頁）】。女性パイロットの写真には、次のような文章が添えられている【図5—4（次頁）】。

【図 5-4】タンジー社広告
「戦争、女性、口紅」

【図 5-5】タンジー社広告
（口紅と弾丸）

歴史上はじめて、女性の力が戦争で役立っています。数百万にも及ぶ女性たちが、男性と並んで戦い、（国のために）働いているのです。

あなた方は、二つの任務を果たしています。料理、掃除、洗濯といった伝統的な「女の」仕事も続けているのですからね。アメリカの女性は、今でも世界で一番美しく、一番生き生きしています。一番いい服を身につけ、一番教養があって、一番美人なのです。

あなた方の女性らしさの秘訣は、自由で民主主義的なライフスタイルのおかげと言えるでしょう（しかも、あなた方は男性の仕事もこなしているのです）。

もし、この素晴らしい自立した精神—勇気と強さ—のシンボルが必要ならば、わたしは口紅を選びます。口紅は、そのサイズや値段では及びもつかないほど、神秘的で不可欠なものなのです。

女性の口紅は、心の痛みや悲しみを隠し、気分を高めてくれるプライベートな道具です。自信が必要ならば自信、美が必要ならば美を与えてくれるのです。

どんな口紅を使っても、口紅で戦争に勝つことはできません。ですが、口紅は、わたしたちが戦うべき理由を示しているのです。如何なるときでも、女性は、女性らしく、美しくあり続けるという、かけがえのない思いが、そこには込められているのです。[9]

「戦争、女性、口紅《ウォー・ウィメン・アンド・リップスティック》」と題されたこの口紅の広告は、「銃後《ホーム・フロント》」を戦時体制化し、ナショナリズムを喚起させる好例だろう。女性は唇に紅を引き、美しいままで男性の帰りを待つ。このレトリックが示唆するのは、男女関係に仮託され、偽装した戦時体制のジェンダー・イデオロギーである。[10] 男性は女性のイメージを守るために戦い、女性はそのイメージを生きろ、というわけだ。

もちろん、この広告が、銃後を守り、「リベット工ロージー《ロージー・ザ・リベッター》」と化した女性労働者に向けられた販売戦略の一環であることも否定できない。[11]「男性化」した銃後を守る女性イメージは、J・ハワード・ミラーによるポスター《私たちはできる!《ウィ・キャン・ドゥ・イット》》【図5—6（次頁）】やノーマン・ロックウェルが『サタデー・イヴニング・ポスト』紙の表紙に描いた筋骨隆々の女性を想起すればよい【図5—7（次頁）】。ミラーのポスターの女性は、隆起した力こぶを誇示し、ロックウェルが提示した「ロージー」は、巨大なリベット打ち機（機関銃にしか見えない）を膝に置き、ヒトラーの『我が闘争』を踏みつけている。男

【図 5-6】ミラー《私たちはできる！》

【図 5-7】ロックウェル
《リベットエロージー》

性化した女性が手にするのは、口紅ではなく、ファルスの代理としてのリベット打ち機なのだ。そこにはメロドラマの先駆的作品、D・W・グリフィス監督『東への道』（*Way Down East*, 1920）に顕著な、アメリカ映画の根底に流れる守護者《ガーディアン》としての男性、救出《レスキュー》を待つ女性という「健全」なジェンダー・ロールは存在しない。リリアン・ギッシュが流れる川の氷河の上で、駆けつける男性を待っているからこそ、物語は父権的メロドラマとなる。そのような健全さを回復すべく、ロージー化した女性に紅を引かせることは、国家が求めるジェンダー・イメージに女性を包摂し、ナショナリズムに接続する戦略である。そして、ジェンダーの越境を体現するロージーたちへの警鐘でもあるのだ。

　男性化する女性、労働者となる女性。この銃後の現実を直視するのではなく、幻想としての女性像を如何に構築するのか。口紅が弾丸に取って代わるレトリックは、愛国主義を涵養し、戦時体制のイデオロギーを強化する。だからこそ、視覚メディアの覇者たる映画の果たす役割は大きい。実際、一九四三年において、口紅と《メロドラマ》弾丸《ブレット》は、「戦争メロドラマ」という象徴的ジャンルとして君臨した。たとえば、年間興行収入一位は、マイケル・カーティズ監督『ロナルド・レーガンの陸軍中尉』(*This Is the Army*, 1943)、二位は、サム・ウッド監督『誰がために鐘は鳴る』(*For Whom The Bell Tolls*, 1943)、そして五位は『カサブランカ』であった。『誰がために鐘は鳴る』と『カサブランカ』のヒロインは、共にイングリット・バーグマン。戦禍の映像と、紅を引くバーグマンが、観客の視線をさらう。こうして、ヒロインの「唇」は、ナショナリズムとジェンダーの結節点となる。

『誰がために鐘は鳴る』と『カサブランカ』の翌年、バーグマンはジョージ・キューカー監督『ガス燈』(*Gaslight*, 1944)のヒロインを演じる。弾丸が飛び交う「戦争メロドラマ」のヒロインから、夫によって軟禁されるゴシック的「女性映画」のヒロインへ。バーグマンのキャリアから窺い知れるこの二つのジャンルは、まさに時代の表裏であり、双生のジャンルと呼ぶに相応しい。

4. フレーミング・ファム・ファタール
——『脱出』と『ミルドレッド・ピアース』

ここで我々は、『カサブランカ』から『ド・ゴール物語』を経由し、『脱出』に至る「戦争メロドラマ」

の系譜を再考すべきだろう。この三編は、ワーナー製作であり、対ナチス、対ヴィシーという共通のテーマを有する。だが、『ド・ゴール物語』が『カサブランカ』の影であり、その脚本製作と頓挫の経緯が一九四二年の政治学の縮図であったように、『脱出』もまた複数の問題を内包するテクストであった。『脱出』は『カサブランカ』のレプリカ、あるいは単なる続編ではない。両テクストの差異は、まさにそのジェンダー表象の差異にあるのだ。過剰な振る舞いで主人公を惑わす『脱出』のファム・ファタールが、物語の中盤以降、彼の従順なパートナーとなる不可思議さ。一貫性を持たないヒロインの造型は、如何にして同時代の歴史に接続し、イデオロギーを映し出すのか。

ブルース・ケイウェンが指摘するように、『脱出』の脚本製作は困難を極めた。[12] 脚本家ジュールズ・ファーズマンが第二稿までを担当し、そのバトンはフォークナーに引き継がれるが、事は順調に進まない。改訂の度ごとに齟齬が生じた最大の原因とは、ヒロインの造型であった。監督ハワード・ホークスは、ヒロインのマリーに関して、初期段階からある注文を付けていた。ホークスは、ファーズマンに対し、「官能的で、ほとんど男性的ともいえるディートリッヒ・タイプに、(マリーを) 書き換えよ」と述べたことは有名だろう (Hyams 60-68)。マリーは、男性的ジェンダーを付与された主体的で自立的な女性として設定されるはずだったのだ。

ヘミングウェイの原作『持つと持たぬと』(*To Have and Have Not*, 1937) におけるマリーとは、夫のハリーから与えられる経済的、性的な快楽に身を委ね、自らの意志で行動することはない。彼女は、夫が孤高の死へ向かうのを止めることもない。[13] 与えられた人生を盲目的に享受する彼女の姿は、女性映画のヒロインと二重写しになるだろう。ホークスは、このような原作のマリー像を改変させ、積極的に人生に関わるヒロインを作ろうとした。ハリーの内向する自意識に影響を与え、彼を個人主義から連帯へと導く「行動するヒロイン」を構想していたのだ（原作の「主婦」から、男を惑わす「ファム・ファタール」への造型変更である）。実際、ファーズマンの第二稿で、ハリーを鼓舞し、自己主張するマリーの姿は、原作とは全く異なる新たな女性像の可能性を示唆している。マリーのセリフ、「私は完全にたたきのめされるまでハバナを出ていかない」は、象徴的だろう。（Kawin 30）

だが、脚本がフォークナーの最終稿へと書き換えられていく中で、自己主張するマリー像は変更を余儀なくされる。ハリーを鼓舞し、彼を積極的に政治活動やレジスタンスに関与させようとする箇所は削除されるのだ。最終稿に自己主張するマリーは存在しない。脚本は「彼女が」ではなく、「彼が」主体的に行動する物語へ書き換えられてしまう。

マリーは何故、ほとんど別人格へと変更されたのか。あるいは、変更されねばならなかったのか。この疑問を解くカギは、先に示唆したように、前半と後半のマリーの造型の不自然さにある。ファム・ファタールから、従順な女性へ。この極端な変更の必然は、一体何処にあるのだろうか。

ここで我々は、『カサブランカ』と『脱出』の公開時期を振り返る必要があるだろう。四三年一月公開の『カサブランカ』と四四年一一月公開（全米公開は四五年一月）の『脱出』では、四〇年代の枠組みで考える限り、そこに大きな差異があるようには見えない。大戦の総動員体制のもと、ワーナーの政治的配慮を有する戦争メロドラマとして、両テクストは位置づけられるからだ。だが、それらの製作と公開の微妙なズレこそ、注目すべきポイントである。スターリングラード敗北（四三年二月）の一月前とはいえ、ナチスの脅威が残存する四三年一月と、ノルマンディー上陸作戦（四四年六月）

後の四四年一二月公開の『脱出』とでは、「ナチス」の意味が同じレベルであるはずがない。[14]四三年において、対独レジスタンスを描くことは愛国心の鼓舞に直結し、映画はプロパガンダ装置となりうる。一枚岩としての国家、そして国家への忠誠は、「ラ・マルセイエーズ」合唱の場面で強烈なインパクトを残すからだ。これに対し、ナチスの脅威が消失した時期に、いわば『カサブランカ』の別ヴァージョンである『脱出』を製作することには、果たしてどれほどのプロパガンダ効果が期待できるだろうか。そうだとすれば、対ナチス、対ヴィシー表象の背後に隠された別の意図があるのではないか。

ここで、ナチスをめぐる『カサブランカ』と『脱出』の差異を考察する補助線として、両テクストと同時期のワーナー映画、マイケル・カーティズ監督『ミルドレッド・ピアース』(*Mildred Pierce*, 1945)の物語構造とジェンダー表象を見てみよう。このテクストは、『カサブランカ』同様、カーティズ監督によるものであり、フォークナーも脚本に参加しているのだ。

『ミルドレッド・ピアース』は、パラマウント映画、ビリー・ワイルダー監督『深夜の告白』(*Double Indemnity*, 1944)のヒットによって、女性映画として四三年夏に構想されながら、フィルム・ノワールへと変更され、二年もの製作期間を経て、戦後の四五年一〇月に公開された。『深夜の告白』と『ミルドレッド・ピアース』は、共にジェイムズ・ケイン原作であり、女性映画からフィルム・ノワールへの変更も無難にすむはずであったが、結果は、八人ものライターを動員し、完成まで二年をかけるという難産となる(LaValley 9-53, Behlmer 245-61)。では、なぜこのような長期にわたる修正が必要だったのか。

その決定的な原因は、戦中、戦後の政治的配慮にあった。四〇年代前半には、社会に進出する「働く」

女性を推奨し、戦後になると女性は家庭を守るべきだとする時代の要請、言い換えると四五年の終戦を境に、女性は「女」から「母」や「妻」へ、自由を享受する立場から父権の枠内への移行が、イデオロギー的に求められたからだ（Rowbotham 268-79）。『ミルドレッド・ピアース』の構造は、まさにこのような時代の諸力学に符号する。たとえば物語は、前半では主人公ミルドレッドの職業的な自由や経済的成功を描き、後半では、彼女が家庭を顧みないために事業が失敗し、長女が殺人を犯し、最終的に家庭は崩壊するという構造を有する。

これらのことを歴史的に見れば、終戦期、復員する男性たちの職を確保するために、女性が再び家庭に戻ることを余儀なくされた事実と符号するだろう。四六年末までに、女性解雇者の数は、実に二百万以上へと膨れあがったからだ。それは、「一九四〇年代後半から五〇年代にかけて、三〇年代の女性映画のリメイクが流行し、女性たちの母性愛が強調され、子供への愛ゆえに社会的キャリアを断念し家に戻る女達の物語が量産」されたこととも連動するだろう（加藤　一二七）。キャリア女性の失墜の物語は、加藤幹郎が指摘するように、「映画というこの社会的産物は、女性が如何にあるべきかを教育しようとする」（加藤　一五二）からだ。家庭に戻らず、キャリアを追求する女性は「罰」を受ける。時代が要請するジェンダーに戻らない女性は、女でいることも、母、妻でいることもできずに絶望しなければならない。

自由を享受した女性が、再び家庭へ、妻へと戻ること。四〇年代前半の女性映画は、そのような女性の悔恨の物語を再提示することで、父権社会の安定化に寄与するだろう。このイデオロギー上の要請が、ワーナーの戦中、戦後の映画製作の現場にあったことは確かである。急速に保守化する時代

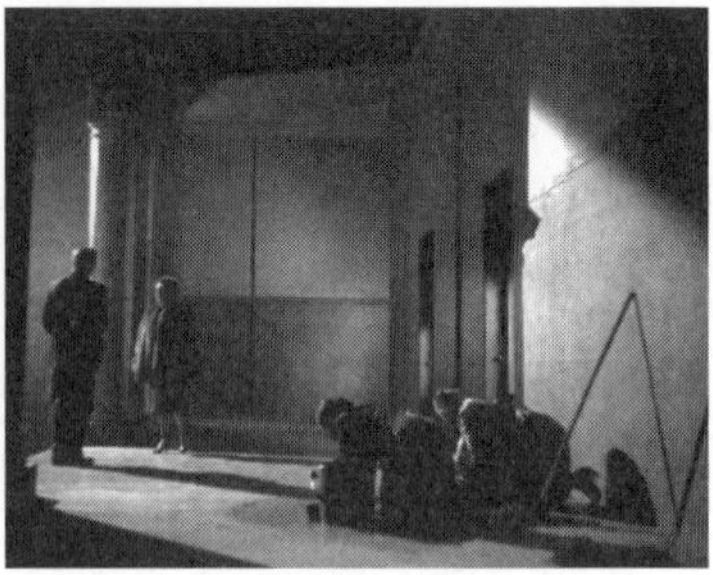

【図 5-8】二人の雑役婦

【図 5-9】父権のフレーム／アーチ

の気運は、はからずも映画製作の現場に浸透し、スクリーンの肌理に映し出されてしまうのだ。たとえば、『ミルドレッド・ピアース』のラストシーン、警察での事情聴取を終えたミルドレッドを待つのは、元夫である。そのショットの手前では、懸命に床を拭く二人の雑役婦。彼らはキャリアを追求したミルドレッドとアイーダの悔恨する姿を暗示する【図5―8】。そして、ミルドレッドが夫と共に戻るのは、そのアーチが象徴する父権の「枠」だろう【図5―9】。

『ミルドレッド・ピアース』と『脱出』の女性表象が奇妙な一致を見せるのは偶然ではない。ジャンルの枠を超えて、両テクストは終戦期のジェンダー・イデオロギーを共有しているのだ。つまりミルドレッドとマリーこそが、大戦期から終戦期にかけて銃後を守る女性に向けられたイデオロギーを直接的に受け止める人物であり、ゆえに物語の前半と後半ではその表象に齟齬が生じてしまう。成功から破滅へと転落するミルドレッドと、妖艶なファム・ファタールから従順な女性へと変貌するマリーの変化は、女性を父権の枠に嵌める（嵌め直す）という点で一致する。『脱出』において注目すべきは、対ナチス表象ではなく、マリーの表象の揺れが、ジェンダーを再び固定化しようとする終戦期のイデオロギーの表出と密接に関係している点にある。

5．帰国のレトリック――ファム・ファタールと医師

『カサブランカ』のイルザが、終始父権の枠内で振る舞うヒロインであったのに対し、『脱出』のマリーは、物語前半で言及される自由奔放な行動を悔恨した後で、父権の枠に回帰する。世界中を旅し、男性たちを惑わせながら、金銭をせしめ取ってきたという告白をした後で、マリーはハリーの望みうる女性となろうとするのだ。罪を告白し、悔恨するという構造は、『ミルドレッド・ピアース』ではフラッシュバックによるミルドレッドの回想という形式を取るが、『脱出』での告白はハリーの部屋の暗闇で行なわれる。ここで注目すべきは、「帰国」というレトリックが使われることである。

女性をどのように父権の枠に回帰／帰国させるのか。物語の前半、マリーに帰国を勧めたのはハリーであり、最終的に彼女は、彼との帰国を受け入れてしまう。加えるならハリーは、この「帰国」のプロセスを通じて、ジェンダー・ロールを再確認し、政治的連帯と生きる意味を見つけるのだ。『脱出』は男性の自己復権の物語であり、それにはジェンダーの固定化が必至である。ゆえに、ファム・ファタールは父権の枠にフレーミングされねばならない。

映画の細部を見ていくと、「マリーとドア」という構図が高頻度で反復されていることが分かる。

【図 5-10】ドアとマリー（ファム・ファタール）

【図 5-11】ドアとマリー（従順な女性）

つまり、ドアという「フレーム内フレーム」（二重のフレーム）によって、彼女が「枠」に嵌められているのだ。これは父権が女性を囲い込む映像レトリックに他ならない。加えて重要なのが、二重のフレーム内におけるマリーの振る舞いである。彼女とハリーの出会いは興味深い。彼女は「ドア」（二重のフレーム）と共に出現し、タバコの火を要求し、妖艶な肢体を見せながら、するりと部屋から出て行くのだ【図5―10】。ここで我々は、ファム・ファタールが二重のフレームに収まるという奇妙さに気づくべきだろう。

観客は映像の継起性に身を委ね、巻き戻しのきかない時間軸を生きる。重要なことは、この継起性の効果が生み出す「同型」のショットを見出すことにある。そのショットは差異を伴って反復され、物語のテーマを隠蔽《イン》／開示《アウト》するのだ。『脱出』において、それは「マリーとドア」のショットであり、マリーはドアを開ける度に、男性に従順な女性となる。先の【図5―10】と【図5―11】の違いは、明白だろう。タバコを吹かして去っていく女から、ワインを片手に微笑む女への変貌は、誰の目にも明らかだ。ワインを拒絶するハリーに対し、彼女は泣き始める――「怒らせよ

【図5-12】ブラインド効果（過去の告白）

【図5-13】変貌するマリー（靴紐を結ぶ）

うと思ってお酒を持っていったのに、墓穴を掘ったみたい。こんなのは初めてよ」。直後、「帰りたい？」と聞く彼に対し、「海さえなければ歩いてでも……」と彼女は答える。

先にも言及したように、マリーが過去を告白するのは、窓際の暗闇であり、ここでも彼女は二重のフレームに収まる【図5―12】。[15] ドアのショットは、窓枠のショットへと接続されるわけだ。リオからトリニダード、マルチニークに流れ着いた過去を告白する彼女の振る舞いは、警察署での反抗的な態度とはコントラストを成す（同じ密室でも、彼女が告白するのは、ハリーと二人だけの暗闇に限定される）。決して平穏ではなかった過去を乗り越え、今なお暴力に屈しない彼女は、告白を聞く限り従順とは無縁に見える。だが、ドアや窓枠による二重のフレームが反復されるたびに、彼女の言動は従順な女性のそれへ変貌を遂げ、彼の身の回りの世話をする擬似的な妻としてさえ振る舞うようになる。【図5―13】が好例である。彼女は彼の靴紐を積極的にほどこうとするのだ（この直後、彼は彼女に自分の周りを回るように指示し、彼女はそれに従う）。ここで我々は一つの疑問に突き当たる。そもそも彼は、如何なる存在であり、彼の言動にはどのような意味が

【図 5-14】医師ハリー 1（銃創を診る）

【図 5-15】医師ハリー 2（弾丸摘出）

あるのだろうか。

ハリーはアメリカ人の釣船船長として紹介されているが、彼には奇妙な能力がある。彼は銃創に詳しく、弾丸を摘出すらできるのだ。たとえば彼は、撃たれた足を上げて横たわるレジスタンス自由フランスのメンバーに対し、「そのままにしていたら、化膿して腐るぞ」と諭し【図5―14】、負傷した別のメンバーに対しては弾丸の摘出手術すら行なう【図5―15】（視覚パターンが反復されている）。なぜハリーは権力に与しないだけでなく、傷の治療法さえ熟知した、いわば医師的な人物として設定されているのだろうか。

医師、あるいは医学的人物像は、ハリウッド・システム内部への精神分析の取り込みが熱心に行なわれた四〇年から五〇年代に頻出する形象であった(16)。ロバート・シオドマク監督『暗い鏡』（*The Dark Mirror*, 1946）を例に取ろう。これは、一卵性双生児という表層においては区別することができない姉妹の犯罪を分析医が見抜くという物語であり、医師は姉妹の内面的真実に到達するためにその症状を解読しながら、治療を施す。医師は物事を見通す「眼」を持つ者として提示されているのだ。メアリ・ドーンは、次のように述べる。

女性の身体は見せ物というよりも、むしろ医学の言説の一要素として位置づけられる。その身体は、症状として読まれる原稿であり、読まれることで、彼女の生い立ちやアイデンティティが明らかにされるのだ。それゆえ、『暗い鏡』のような映画において、女性の主体性を支配し、管理するのは、読者あるいは解釈者としての医師なのである。（Doane 43）

女性はいわば「原稿」であり、医者や精神分析医はその原稿を読む「解釈者」として機能する。四〇年代の女性映画に頻出する「医師」には、すべてを見通す「視力」が与えられているのだ。加えるなら、医師は男性であり、患者は女性であることが多く、まるでジェンダーによる差異化を際だたせるように、医師／男性は、患者／女性の身体に刻印された「症状」を読み取り治療する。この一連の行為は、父権の構築のメタファーであり、「眼」を持つ医者が主体化する一方で、患者は見られる対象でしかない。マリーに過去を語らせることで、彼女の心を治癒する行為は、ある意味でハリーが分析医の役割を担っている証左とも言えるだろう。つまり、彼の部屋とは「診察室」であり、だからこそ、彼女／患者は、ドアを開けるたびにその症状が良くなっているのだ。父権の枠組みに女性をフレーミングする「治療」は、こうして完遂する。だが、『脱出』の場合、事態はもう少し複雑である。ハリーは男性も治療するからだ。

ハリーは女性にとっては精神科医として、男性にとっては銃創を知る外科医として振る舞う。彼が復員兵であることは疑問の余地がない。だが、ここで重要なことは、彼は何故他者を治療できるのかということだろう。彼の治療とは、他者の傷を治すことだけに限定されていない。それは、他者を治癒することで、自らの傷を癒す、逆説的な「自己治療」である。物語の冒頭で、彼が相棒のエディに水をかけるシーンを想起しよう。自身の分身とも言える相棒の眼をさますこと。この行為は、ハリーの今後を予告し、彼が他者を通じて目覚めていくことを暗示する。「傷」を癒す男は、こうして再び「兵士／男性」となる。『脱出』は、ハリーの自己復権の物語であり、兵士／男性としての帰還／帰国の物語なのだ。

フィルム・メイキングとナショナリズムの共犯関係は、一九四〇年代のハリウッドでは希有なことではない。映像メディアがいわば「弾丸」として機能し、映画人ですら「軍人」であった時代において、映画製作は同時代のイデオロギーと無縁ではいられない。スタジオは、政府主導のもとで、戦意高揚や愛国心鼓舞のプロパガンダ映画製作に邁進し、直接的、あるいは間接的に戦争に関与した。当然のことながら、ワーナー・ブラザーズも例外ではなく、『カサブランカ』から『ド・ゴール物語』、そして『脱出』に至る「戦争メロドラマ」が、その時代のイデオロギーを顕著に引き受けているのは明らかである。

『カサブランカ』と『脱出』の相違とは、戦中期と終戦期におけるジェンダー・イデオロギーの相違である。『脱出』において、マリーに過去を告白、悔恨させ、「帰国」に導くのはハリーだが、彼もまた他者を「治療」することで、兵士／男性としてのジェンダー・ロールを受け入れる。マリーの表象の揺れは、ハリーの曖昧なジェンダーの証左であり、二人はジェンダーを再定位することで、本国へ帰還する展望が開けるのだ。ジェンダーの固定化を誘う構造、つまり、ファム・ファタールから従順な女性への変容こそが、『カサブランカ』と『脱出』を峻別する決定的な差異であり、ここに終戦期のイデオロギーが潜むことは確かだろう。『脱出』は、女／マリーを父権の枠に嵌め（直し）、男／ハリーのジェンダーを強化、回復させる物語である。ファム・ファタールをフレーミングするショットから見えてくるのは、固定的ジェンダーへの回帰であり、いわば曖昧なジェンダーからの「脱出」に他ならない。

◉註

（1）冒頭エピグラフで取り上げたジガ・ウェルトフは、一九一八年にレーニンのプロパガンダ部隊となる。大戦を生き残った芸術家の辿る道は、ポール・ヴィリリオが指摘するように、「芸術の最終的な特権としての軍事テクノロジーの作動」、言い換えるなら、映画の「軍事利用」であった。戦争のニュース映画や空撮写真は、「新機軸の見せ物と化し、戦争の延長とその形態的破壊作用として大衆に送り」出されたのだ。メディア・テクノロジーは、戦争を介して、一種の商品として流通したわけだ。（ヴィリリオ　六〇―六一）

（2）『脱出』の公開は、ニューヨークでは四四年一〇月、全米は四五年一月。枢軸国が瓦解する直前である。

（3）里見脩は『姿なき敵』において、プロパガンダを「特定の政治的目的を持って個人あるいは集団の態度と思考に影響を与え、意図した方向へ誘導する組織的、計画的な、説得コミュニケーション行為」と定義している（里美　二三）。「プロパガンダ」はカトリックの布教活動を起源とし、異教徒の改宗と教育がその主眼であった。

（4）官製プロパガンダの覚書についてはデイヴィッド・カルバート、『ハリウッド・クォータリー』に関してはドロシー・ジョーンズを参照されたい。

（5）第二次世界大戦期の一九四〇年代において、プロパガンダ映画と戦争映画を区分することは困難を極める。戦時下であることを前提に論じるならば、その差異は消失するからだ。ナチス／ヒトラーとの戦いを描く「戦争映画」や銃後を描くゴシック的「女性映画」は、共に愛国心を鼓舞し、戦時下における「弾丸」となり、男女のジェンダー・イデオロギーを伝えるからだ。つまり、愛国心の涵養と戦争の大儀の正当化こそ、プロパガンダ映画と戦争映画が果たすべき使命である。実際、ハリウッドの「戦争映画」の分類は、ローズベルト大統領の議会演説をベースにしている。「戦争の核心」「敵の特徴」「連合軍」「労働と生産」「銃後」「軍隊」という六種類の分類が、その下位区分であり、ここでは、前線も銃後も共に「戦争」なのだ。この議論は加藤幹郎を参照されたい。

とはいえ、プロパガンダ映画と戦争映画の差異は、気になるところだろう。たとえば、『我々はなぜ戦うか』シリーズのように、従軍する兵士に向けて作られ、恣意的に編集されたプロパガンダ映画の場合、その政治性は明白である。味方と敵、正義と悪、連合国と枢軸国というコントラストは、「なぜ戦うか」という目的を直裁的に伝えるからだ。そして、サブリミナルにも似た扇情的な映像レトリックは、見る者の判断基準を奪い取る。だがたとえば、サム・ウッド監督『誰がために鐘は鳴る』のような戦争メロドラマはどうだろうか。主人公ジョーダンとマリアのラブロマンスは、言い換えれば、民主主義の擁護者であるアメリカ人男性が、ファシズムに蹂躙されるスペイン人女性を救うことに他ならない。スペインをめぐる政治学は、男女のジェンダーに仮託され、メロドラマのヴェールに覆われている。我々が見るべきは、このようなメロドラマに暗示された政治的メッセージだろう（これをプロパガンダ性と言い換えてもいい）。戦時下のプロパガンダは、メディアに遍在するのだ。

プロパガンダ研究に関してはマーク・ウォレガー、戦争映画の政治性についてはローリングス&オコナーが詳しい。また、ローズベルト時代のメディア・プロパガンダを総括したリチャード・スティールは、戦争とニューディール政策の裏側を知る上で参考になる。さらに、プロパガンダと芸術との関係については、トビー・クラークを参照されたい。

　第二次世界大戦と映画についての総論は、ジャニーン・ベイジンガーが詳しい。また、ハリウッドの戦時協力に関してはコッパス&ブラック、スムーディン&マーティンを参照されたい。また、映画と戦争の多角的な考察は、二人のトマス、トマス・シャッツとトマス・ドハティの論考が重要である。

（6）ヴィシー政権に関するハリウッド的な描き方の好例は、『カサブランカ』だろう。ボガードがバーグマンらを空港から脱出させた後、安堵の息をもらした警察署長がミネラルウォーターを飲もうとする場面がある。そこで署長は、ビンのラベルを見て慌てる。「ヴィシー水」。刹那、彼はそれらをごみ箱に投げつけるのだ。ヴィシー水の拒否は、ヴィシー政権（対独協力政権）への痛烈なプロテストである。

　ヴィシー時代とは、一九四〇年七月、ナチスの侵略による第三共和制の崩壊から、四四年八月のパリ解放までを指す。歴史家のモーリス・アギュロンが「引き裂かれたフランス」と述べ、シモーヌ・ド・ボーヴォワールが、この「四年間は、恐怖と希望、辛抱と怒り、悲嘆と歓喜の再来と妥協の連続だった」（ボーヴォワール　一九九九）と語るように、ヴィシー時代はフランスの人々に強烈な心的外傷を与えた。渡辺和行は「フランスにとって第二次世界大戦は、フランスとドイツの戦争であっただけでなく、フランス人同士の戦争でもあった。レジスタンスに参加したフランス人と、コラボラシオン（対独協力）の道に積極的に関与したフランス人との間の公然とした争いはいうまでもないが、密告と相互監視による隠然たる争いもあった」（渡辺　一二）とヴィシー時代のフランス人のメンタリティを要約する。さらに言えば、敗戦や占領という現実を直視する人々は行動する一方で、そこから眼を背け、耳を塞ぐ人々は、サン＝テグジュペリが言うように「沈黙」するしかないのだ。（サン＝テグジュペリ　一九二）ではこのような時代、フランス映画人たちはどのように、自らの思いを綴ったのだろうか。口火を切ったのは、マルセル・オフュルス監督によるドキュメンタリー映画『悲しみと哀れみ』(*Le chagrin et la pitié*, 1969) である。そして、対独協力の問題は、ルイ・マル監督による『リュシアンの青春』(*Lacombe Lucien*, 1973)、『さよなら子供たち』(*Au revoir, les enfants*, 1978)、トリュフォー監督による『終電車』(*Le Dernier metro*, 1980) などに描かれる。フランス人がヴィシー時代という闇の時代を自ら語り始めるのは、七〇年前後であるというのは興味深い。レジスタンス運動の代名詞ともいえるド・ゴールが他界した七〇年が、ターニングポイントと言えるだろう。

(7) ナチスのフランス侵攻と占領を描いた映画には、マイケル・カーティズ監督『渡洋爆撃隊』(*Passage to Marseille*, 1944)、ルネ・クレマン監督『禁じられた遊び』(*Jeux Interdits*, 1952)、レスリー・ノーマン監督『激戦ダンケルク』(*Dunkirk*, 1958)、アンリ・ヴェルヌイユ監督『ダンケルク』(*Week-End A Zuydcoote*, 1964)、ジャン・ピエール・メルヴィル監督『影の軍隊』(*L'Armee des Ombres*, 1969) などがある。

(8) 『ド・ゴール物語』の悲劇は、「シャルル・ド・ゴール」という歴史上の人物を扱うプロパガンダ故、様々な制約から逃れられなかった点に起因する。ワシントンの「自由フランス」ロビイスト、エイドリアン・ティクシアー、ハリウッドのゴーリスト(ド・ゴール主義者)、ヘンリ・ディアモン・バージャー、そしてワーナー・ブラザーズと本プロジェクトの推進役ロバート・バックナー。ワーナー側と自由フランス側からの修正要求によって、脚本は切り刻まれていくわけだ。

当然のことながら、特定の人物を描くプロパガンダ映画とは、『カサブランカ』に顕著な物語映画とはなり得ない。たとえば、ヒトラーという固有名詞に収斂する視座、いわばリーフェンシュタール的なレトリックこそ、英雄ド・ゴールを描く『ド・ゴール物語』に不可欠の要素である。だが、フォークナーが書いたのは、プロパガンダとは真逆の「物語」だった。彼の主眼は、ド・ゴールではなく、ナチスに陵辱されたフランスで懸命に生きる一般市民にあったからである。結果、修正のヴァージョンを重ねるたびに、テクストからド・ゴールが消え、関係者の怒りを買うことになる。ワーナーと自由フランスの要求は苛烈を極め、その結果、完成したものは統一感を著しく欠いた妥協の産物だった。こうして、『ド・ゴール物語』は、公開どころか、撮影もされず、キャストすら決まらぬままに放置される。製作内部の闘争が、一本の脚本を闇に葬ったわけだ。この詳細については、拙論「フォークナー、戦争に行く――『ド・ゴール物語』の政治学」を参照されたい。

（9）ナルシシズム的な消費を煽る広告は、口紅に限らない。メアリ・A・ドーンは、女性が植え付けられたイメージに関して、次のように述べている――「生産活動における女の新しい役割は、ナルシシズム的消費を執拗に強調することによって隠蔽されていた。女性は、ハンド・ローション、美顔クリーム、マットレス、タンポンといった多くの製品の助けを借りて、自分は仕事場による荒廃から自らの女性性を守るために間断なく戦っているのだと思うようにしむけられていた」。（Doane 28）

（10）生井英考は、女性の戦時協力と消費の関係について多角的に言及している。海軍のＷＡＶＥＳ（女性緊急業務隊）の募集ポスターで描かれる「戦闘機に寄り添う女性」の上部には、「彼女は戦争に貢献しています。あなたもいかが？」の文字が見える。生井は、このポスターの呼びかけが「女性らしい仕事が男らしい戦争機械に寄り添いながら国家に奉仕する姿を印象づけようとしている」と述べ、戦時下の商品レトリックが、ジェンダー・ロールを規定することを論じている。（生井　一五八）

（11）第二次世界大戦における女性労働（女性軍需労働）に関してはモーリーン・ハニーと佐藤千登勢が詳しい。

（12）ヘミングウェイ原作の映像作品研究は、充実したテクスト研究に比べそれほど多くはない。ブルース・ケイウィン、フランク・ローレンス、ジーン・フィリップスを参照されたい。

（13）ヘミングウェイの描く「男らしさ」の基準とは、その振幅が議論の対象ではあるが、ステロタイプな一面を有していたことも否定できない。女性に対し、経済的、性的な満足感を与えること。それは、彼のマチズモを形成する要素であったからだ。原作『持つと持たぬと』のマリーは、ハリーに対して、「こんな男って、他にいないわ。男を知らない女には決して分からない。私は男といろいろ関係したけど、この人と一緒になれて運がよかった。ああ、男さえ可能なら、私は一晩中あれ（性交）をしていたい」（114-15）と思うさまに顕著だろう。原作の出版は三〇年代だが、この時代、作者のマチズモや父権意識は、出版社と編集の意向はあれど開示できる。だが、ヘイズ・コードの影響下において、映画がそのような「性」を公言する女性を描くことはできない（脚本の段階で、ＰＣＡの検閲が入るからだ）。コードの影響下における女性とは、「脱性化」された女性であり、あくまでもこの原則から、女性表象の意味を議論すべきだろう。

（14）一九四三年以降、枢軸国の劣勢は明白である。四三年二月のスターリングラードの敗北から、ナチスの息の根を止めた四四年六月のノルマンディー上陸作戦へと続く敗走は、そのまま日本の敗走と二重写しにもなる（四三年四月の軍神・山本五十六の事故死、神風特別攻撃隊の出陣を決めた四四年一〇月のレイテ沖での戦闘を見ればよい）。だが、キャプラ組が四五年まで官製プロパガンダ映画を作り続けたように、映画製作の現場では、戦況の優勢・劣勢は無関係だろう。愛国主義を煽るステロタイプの映画を作ることで、戦時協力を果たすことに意味があるからだ。重要なことは、プロットやテーマという表層の同質性ではなく、キャラクターの造型やジェンダー表象に注目することで、隠蔽／開示されるイデオロギーを見ることである。

（15）マリーと窓枠のショットには、光と影の縞模様が見える。これらは、「ブラインド効果」と呼ばれるフィルム・ノワールの典型的なイコンである。ブラインドは、マリーが過去を告白する際に、その孤独や苦悩の強度を伝え、精神的な幽閉状態を暗示する。ここで興味深いのは、縞状の影が落ちているのが彼女だけではないことだ。その影はハリーにも伸びている。元軍人である彼もまた、言いしれぬ孤独を生き、世間に背を向けているからだ。

しかしながら、ブラインド効果の表象は一定ではない。たとえば、リドリー・スコット監督『ブレードランナー』（*Blade Runner*, 1982）では、光と影が主人公の苦悩を伝え、絶望的な運命を予告していたことは周知だろう。だが、『脱出』はそのようなパターンを踏襲せず、むしろ逸脱する。ファム・ファタールが従順な女性となり、傷ついた男性を癒すことで、互いが戦時下のジェンダー・ロールに収まり、物語は好転するからだ。

（16）精神分析理論の一般化・大衆化は、第二次世界大戦による欧州の混乱により、アメリカに亡命した多くの医師や知識人に寄与するところが大きい。それに反応したハリウッドは、矢継ぎ早に精神分析的な要素を盛り込んだ映画を製作したのだ。ジャック・ターナー監督『キャット・ピープル』（*Cat People*, 1942）やアルフレッド・ヒッチコック監督『白い恐怖』（*Spellbound*, 1945）、アナトール・リトヴァク監督『蛇の穴』（*The Snake Pit*, 1948）が好例である。医師のアメリカ流入については、アーヴィング・シュナイダーを参照されたい。

◉引用文献

Agulhon, Maurice. *Histoire de France*. Paris: Hachette, 1990.

Basinger, Jeanine. *The World War II Combat Film: Anatomy of a Genre*. Middletown: Wesleyan University Press, 2003.

Behlmer, Ruby. *Inside Warner Bros 1935-1951*. New York: Simon, 1985.

Birdwell, Michael. *Celluloid Soldiers: The Warner Bros. Compaign Against Nazism*. New York: New York University Press, 2000.

Blotner, Joseph. *Faulkner: A Biography*. New York: Random House, 1984.

Brodsky, Louis Daniel and Robert W. Hamblin. "Introduction." *Faulkner: A Comprehensive Guide to the Brodsky Collection. Vol.III: The De Gaulle Story*. Jackson: University Press of Mississippi, 1984. ix-xxxiii.

---, eds. *Faulkner: A Comprehensive Guide to the Brodsky Collection. Vol.III: The De Gaulle Story*. Jackson: University Press of Mississippi, 1984.

Clair, Rene. *Cinema Yesterday and Today*. Toronto: Dover Publications, 1972.

Clark, Toby. *Art and Propaganda in the Twentieth Century: The Political Image in the Age of Mass Culture*. New York: Harry N. Abrams, 1997.

Culbert, David, ed. *Film and Propaganda in America: A Documentary History Vol.I, II, III*. Westport: Greenwood Press,

1990.

Dardis, Tom. *Some Time in the Sun*. New York: Scribner, 1976.

Doane, Mary Ann. *The Desire to Desire: The Woman's Film of the 1940s*. Indianapolis: Indiana University Press, 1987.

Doherty, Thomas. *Projections of War: Hollywood, American Culture, and World War II.* New York: Columbia University Press, 1993.

Hemingway, Ernest. *To Have and Have Not*. New York: Scribner, 1937.

Honey, Maureen. *Creating Rosie, the Riveter: Class, Gender, and Propaganda during World War II.* Amherst: University of Massachusetts Press, 1984.

Hyams, Joe. *Bogart and Bacall: A Love Story*. New York: Warner Books, 1976.

Jones, Dorothy B. "The Hollywood War Film: 1942-1944." *Hollywood Quarterly*. October 1945: 1-19.

Kawin, Bruce F. *Faulkner and Film*. New York: Ungar, 1977.

Koppes, Clayton R. and Gregory D. Black. *Hollywood Goes to War: How Politics, Profits, and Propaganda Shaped World War II Movies*. Berkeley: University of California Press, 1990.

Laurence, Frank M. *Hemingway and the Movies.* Jackson: University Press of Mississippi, 1981.

LaValley, Albert J. "Introduction: A Troublesome Property to Script." *Mildred Pierce*. Ed. Albert J. LaValley. Madison: The University of Wisconsin Press, 1980. 9-53.

Morella, Joe and Edward Z. Epstein and John Griggs, eds. *The Films of World War II.* Secaucus: Citadel, 1973.

Phillips, Gene. *Hemingway and Film*. New York: Unger, 1980.

Rollins, Peter C. and John E. O'Connor, eds. *Why We Fought: America's Wars in Film and History*. Lexington: The University Press of Kentucky, 2008.

Rowbotham, Sheila. *A Century of Women: The History of Women in Britain and the United States in the Twentieth Century.*

Harmondsworth: Penguin, 1997.

Schatz, Thomas. "World War II and the Hollywood "War Film." *Refiguring American Film Genres: History and Theory*. Ed. Nick Browne. Berkeley: University of California Press, 1998. 89-128.

Schneider, Irving. "Image of the Mind: Psychiatry in the Commercial Film." *The American Journal of Psychiatry* 134 (1977): 613-620.

Scott, Ian S. "*Why We Fight and Projections of America*: Frank Capra, Robert Riskin, and the Making of World War II Propaganda." *Why We Fought: America's Wars in Film and History*. Eds. Peter C. Rollins and John E. O'Connor. Lexington: The University Press of Kentucky, 2008. 242-258.

Smoodin, Eric and Ann Martin, eds. *Hollywood Quarterly: Film Culture in Postwar America, 1945-1957*. Berkeley: University of California Press, 2002.

Steele, Richard W. *Propaganda in an Open Society: The Roosevelt Administration and the Media, 1933-1941*. Westport: Greenwood Press, 1985.

Warner, Jack. *My First Hundred Years in Hollywood*. New York: Random House, 1965.

Wollaeger, Mark. *Modernism, Media, and Propaganda: British Narrative from 1900 to 1945*. Princeton: Princeton University Press, 2006.

生井英考『空の帝国——アメリカの20世紀』（講談社、二〇〇六年）

加藤幹郎『映画　視線のポリティックス——古典的ハリウッド映画の戦い』（筑摩書房、一九九六年）

佐藤千登勢『軍需産業と女性労働——第二次世界大戦下の日米比較』（彩流社、二〇〇三年）

里見脩『姿なき敵——プロパガンダの研究』（イプシロン出版企画、二〇〇五年）

シモーヌ・ド・ボーヴォワール『女ざかり　下』朝吹登水子・二宮フサ訳（紀伊國屋書店、一九六三年）

塚田幸光「フォークナー、戦争に行く——『ド・ゴール物語』の政治学」『フォークナー』第10号（松柏社、

二〇〇八年）一〇二－一〇頁
ポール・ヴィリリオ『戦争と映画――知覚の兵站術』石井直志・千葉文夫訳（平凡社、一九九九年）
サン＝テグジュペリ『戦争の記録2――サン＝テグジュペリ著作集10』山崎庸一訳（みすず書房、一九八九年）
渡辺和行『ナチ占領下のフランス――沈黙・抵抗・協力』（講談社選書メチエ、一九九四年）

【補章1】シネマ×ヘミングウェイ①
――サム・ウッド監督『誰がために鐘は鳴る』

病気の症状は、愛の力が変装して表れたものに他ならない。そして、病気とはすべて、愛が別の形をとったものにすぎない。

スーザン・ソンタグ『隠喩としての病』

1. 女性映画のジェンダー――医師と患者

精神を病み、心に傷を持つ女性――奇しくも「マリア」は、一九四〇年前後のフィルムに横溢する。たとえば、カーティス・バーンハート監督『失われた心』(*Possessed*, 1947)において、心的外傷のヒロインは発話能力を失う。傷はときに身体に刻印され、二重の「傷」となるだろう。傷の前景化は、脳腫瘍を描くエドマンド・グールディング監督『愛の勝利』(*Dark Victory*, 1939)や、顔の傷を扱うジョージ・キューカー監督『女の顔』（*A Woman's Face*, 1941）を想起すればいい。キング・ヴィダー監督『森の彼方に』（*Beyond the Forest*, 1949）では、ベティ・デイヴィスが、流産と腹膜炎のため死に至っていたはずだ。ヒロインたちは、精神と身体に刻まれた病理や傷に悩み、絶望する。「女性と病」――両者は互いに結びつき、スクリーンにはその光景が映し出される。さあ、わたしの不幸を味わって、というように。

一九四〇年代、それは女性中心の消費文化が開花した時代だった。第二次世界大戦の影響で欧州市場が凍結し、国内市場を模索した各スタジオは、ある結論を下す。それは、女性をターゲットとした映画を作ることだった。女性スターという存在に加え、映画館というハード面、パンフレットやプレスブックなどのソフト面に至るまで、映画産業は女性観客の趣向を優先させ、一大改革を行なったのだ。[1] 結果、映画のフレームは、ショーウィンドーの別名となる。「見ること」が「買うこと」になる時代、スクリーンとスターの関係は、現在のメディア広告と同様、欲望と消費の密接な関係を映し出すだろう。[2] 女性観客は銀幕のヒロインに自分を重ね、束の間の夢を享受する。文字通り、身も心もヒロインに同化するのだ。こうして女優／スターは時代のアイコンとなり、「女性映画」の時代が到来する。女性映画とは、女性ヒロインを視点人物とし、「女性的」とされる問題を扱った映画ジャンルを指す。[3] 今日的な意味では批判の対象になるが、家庭生活や自己犠牲、妊娠、出産などが描かれ、戦時体制下で、銃後の女性ジェンダーを規定したのだ。母子メロドラマであればエドモンド・グールディング監督『偉大な嘘』（*The Great Lie*, 1941）、ヒロイック・ロマンスであればロバート・スティーヴンソン監督『裏街』（*Back Street*, 1941）、女性ゴシックであればジョージ・キューカー監督『ガス燈』

(*Gaslight*, 1944) を見ればいい。このような女性映画のヴァリエーションの一つが、「女性と病」に他ならない。

「女性と病」を描く女性映画とは何か。ここにはステロタイプな特徴がある。病に苦しむ女性たちは、必ずしも悲劇的な結末を迎えるわけではない。むしろ、男性の「治療」を経て、美しく生まれ変わる場合が大半を占める。好ましくない外見が、男性の治療で「美しく」なり、女性は愛される存在となるのだ。たとえば、ジーン・ネグレスコ監督『ジョニー・ベリンダ』(*Johnny Belinda*, 1948) のように、「治療」とは女性のスペクタクル化と同義だろう。

男性が女性を治療することとは、何を意味するのだろうか。ここにはメタフォリックな診察イメージ、つまり「医師と患者」という形象が潜む。(4) ヘミングウェイ原作の映画に関して言えば、ハワード・ホークスの『脱出』(*To Have and Have Not*, 1944) が好例だろう(本書の第5章)。ブラインドの縞状の光が、寂しげに立つマリーを照らす。この暗がりで、彼女はハリーに対し、過去を告白してはいなかったか。リオからトリニダード、マルチニークに流れついたファム・ファタールは、過去/内面を語り出し、帰国への一歩を踏み出す。ハリーの部屋は「診療室」と化し、そのドアを開けるたび、彼女の症状は「改善」するのだ。医師と患者、あるいはカウンセラーとクライエント。この関係は、『脱出』において、ファム・ファタールから従順な女性へと変貌を遂げるマリーを見れば明らかである。

「傷」や「病」を告白する女性たち。これは四〇年代に頻出する形象であり、「医師と患者」の関係を内包する。女性の身体は、男性/医師が症状を読み取るための「原稿」に他ならない。男性/医師はすべてを見通す「視力/眼」を持ち、その能力は内面的な真実すらも解読する。この視線は、外面を観察・走査する視線であり、フーコーが言う「一瞥《グランス》」に近い（男女関係に応用する場合、一瞥はファリックであり、セクシュアルな意味を持つ）。興味深いことに、四〇年代は、ロバート・シオドマク監督『暗い鏡』（*Dark Mirror*, 1946）やカーティス・バーンハート監督『盗まれた青春』（*A Stolen Life*, 1946）のような「一卵性双生児」の犯罪サスペンスの時代である。こちらもすでに本書で言及しているが、たとえば、『暗い鏡』では、双子の片方が犯罪に荷担し、もう片方はそれをかばう。オリヴィア・デ・ハヴィランドの一人二役により、観客は真実が分からない（外見上、区別できない）。それに対し、並外れた「眼」で真実を見極めるのが分析医である。こうして物語は穏やかに着地し、観客の犯人捜しも無事終了するのだ。このとき、医者／分析医は、観客の「理想的」な代理者であり、物語の聞き手であると気づくだろう。

当然のことながら、『誰がために鐘は鳴る』（*For Whom the Bell Tolls*, 1943）も、このようなジェンダー構造から無縁ではない。四三年、『カサブランカ』に次ぐヒットとなったその裏側には、映画ジャンルが隠蔽《イン》／開示《アウト》する政治学がある。戦争メロドラマというステロタイプなジャンルが、女性映画の要素を内包し、その「暗さ」を身にまとう。実際、『誰がために鐘は鳴る』とは、一体誰のための映画だったのだろうか。それは女性観客しかあり得ない。女性と傷、あるいは病、そして医者と患者。女性映画のヴァリエーションとして多用されたこの医学的モチーフは、『誰がために鐘は鳴る』では緩やかに導入され、観客を誘う。「緩やかに」というのは、この時代が「映画製作倫理規定」が適用される時代であるからだ。レイプというテーマは、たとえそれが再現を伴わないメタファーであれ、コードに抵触してしまう。如何にコードを回避し、物語に不可欠なプロットへと昇華するのか。『誰がために鐘は鳴る』は、この困難な課題に対し、陵辱されるマリアと侵略されるスペインを重ね、彼女の傷を癒す自己犠牲的ヒーローを打ち出すことで、見事なまでにコードをすり抜ける。ロベルト(ロバート・ジョーダン)を民主主義のガーディアン、つまり「救出《レスキュー》」するアメリカに見立てる周到さも重要だろう。一連の『ターザン』シリーズが「女性映画」のサブジャンルだったように、ヒロインの救助は必須のファクターだからである。こうして、切った髪を口に押し込むグロテスクな陵辱イメージは後景に押しやられるのだ。

2. メロドラマの陥穽——顔とクロースアップ

マリアの傷は、如何に癒されるのだろうか。二度の「告白」シーンを見ていこう。「若かったら、あんたからこの娘を奪う。この醜い顔でね」——エル・ソルドの協力を取り付けた帰りに、ピラールはこのように述べる。小説版であれば、マリアに対するピラールの振る舞いは、限りなくレズビアンの欲望に接近するだろう。だが、映画版ではその意味合いも薄められる。問題はこの直後のシーンである。岩場でロベルトとマリアは向き合う。そして彼女は、市長で共和党員だった父の殺された経緯を語り、母の虐殺に触れる。理髪店に連れていかれ、髪を切られ、とそこで、ロベルトが遮る。このシーンでは、一切の再現/フラッシュバックがない。過去はあくまで口頭で語られるに過ぎないのだ。これはたとえば、ピラールがパブロの過去を語る際、過去がフラッシュバックで再現されることと大

【図 H1-1】クロースアップ①（告白するマリア）

【図 H1-2】クロースアップ②（【図 H1-1】のヴァリエーション）

きく異なる。マリアの過去は視覚化されない。とはいえ、二人の過去が戦争の暴力／狂気である点は同根だろう。マリアの過去はファシズムに、ピラールのそれは共和軍の暴力に関連しているからだ。

フラッシュバックの不在に連動するのが、マリアの顔のクロースアップである。フレームの限界まで拡大された「顔」が提示され、同時に過去の語りが始まる【図H1―1】。このような構図が差異を伴い反復するのだ。つまり、ロベルトを見るその刹那、スクリーンには、彼にときめく彼女の「顔」が映るというわけだ。メアリ・ドーンが指摘するように、女性映画のクロースアップと観客の同一化の関係は相補的であり、不可欠である。クロースアップがヒロインと観客の同一化の契機となり、告白がその関係を強化すると言えばいいだろう。告白によってトラウマが相対化され、恋する少女の不安げな顔は、笑顔へと変貌する。こうして、カウンセリングのファーストステップは終了するのだ。

二度目の告白もまた、クロースアップと複雑に絡み合う。それは小説版では「大地が動く」という名シーンであるが、映画版ではカットされている。マリアはプラトニックに癒やされねばな

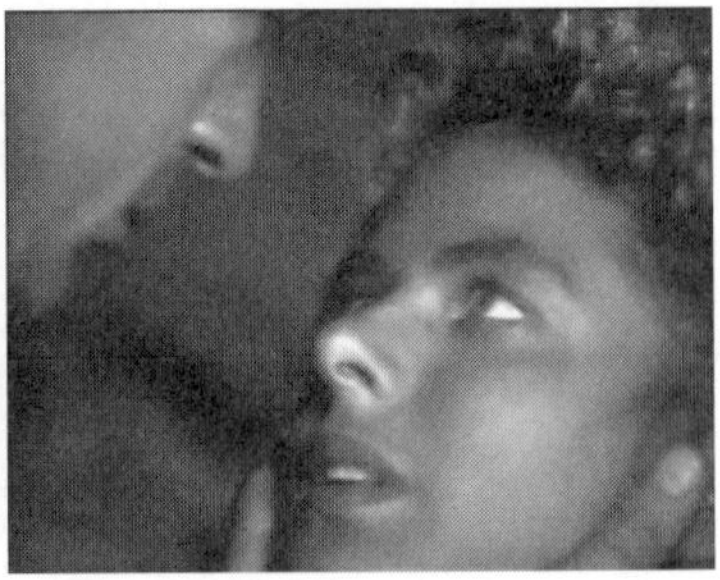

【図 H1-3】ツーショット①（見つめ合う二人）

【図 H1-4】ツーショット②（胸に抱かれるマリア）

らない。当然、それはコードの要請（性交とその暗示の禁止）ではあるが。戦いの前夜、月明かりの下で、マリアは再び告白を始める【図H1―2】。フレームの半分が闇であることで、過去の深刻さが暗示されるだろう。暗がりには恐怖が潜み、彼女の精神に侵食する。髪を口に押し込まれた過去、市長室でのレイプ等が、先の告白よりもリアルに語られるのだ。しかしながら、ここにもフラッシュバックはなく、顔のクロースアップが連続する。語りがエスカレートする程に、二人は見つめ合う【図H1―3】。癒された彼女はロベルトの胸に抱かれる【図H1―4】、再度互いを見る【図H1―5】。この構図は、ラストシーンにおいても同型である。愛を語り、別れを告げるとき、クロースアップが出現する【図H1―6（次頁）】。こうして感情移入と同一化は完遂し、観客はマリアとなるだろう。と、同時に、二人が別れることで、永遠の愛もま

【図 H1-5】ツーショット③（再度互いを見る）

た完遂する。

メロドラマは「泣き顔」を要請する。無き顔のクロースアップと言えばいいだろう。過去を告白し、トラウマを開示するヒロインは、女性観客の同一化を促す。「ヒロインになる」――この一点において、銀幕の住人となった観客は一時の夢を見る。そして、マリアは生きねばならない。ロベルト不在の人生に耐えねばならない。それは戦時下の女性たちが内面化した性差のイデオロギーだろう。傷と病の克服と美しき泣き顔。美しき戦争メロドラマの闇は深い。

【図 H1-6】クロースアップ③（【図 H1-1】【図 H1-2】のヴァリエーション）

◉註
（1）一九四〇年から四五年、第二次世界大戦による男性人口の減少は、女性の労働人口を上昇させる契機となった。既婚女性や子持ちの女性の就労に対しても政府は積極的であり、保育施設の拡大や規制緩和、昇進の期間授与や昇給など、女性の社会進出が促されたのだ。この時代、消費の主役は女性であり、必然的に女性中心の文化が形成されることになる。拙著『シネマとジェンダー』の第1章を参照されたい。
（2）スクリーンの女性ヒロインと女性観客の関係性に関して、メアリ・ドーンはそこにナルシシズム的欲望を見る――「女性観客は自らが商品化されるのを目撃するように促される。さらに女性スターが女性的美しさの理想として提示されている限りにおいて、女性観客は自分自身についての映像／イメージを買うように促される」。(Doane 24)。

またチャールズ・エッカートは、ファッションとハリウッドとの密接な関係と変遷を考察し、「女性映画」の出現が、映画と商品の相補的関係を形成したことについて述べている。女性映画の経済効果と、その重要性の認識、「女を見せる」というスターシステムが、四〇年代のアメリカ社会で如何に支配的であったかは、再考の余地がある。エッカートを参照されたい。

（3）「女性映画」に関する考察としては、アンドレア・ウォルシュ、アネット・クーンの議論が重要である。

（4）医者が患者を治癒し、家庭生活の安定を取り戻す。このプロットの裏側には、男性言説に囲い込まれる女性の姿があり、それは同時代のイデオロギーの別名だろう。『失われた心』や『愛の勝利』などは、「男性の医者が、心的ないし肉体的な病気に苦しむ女性患者を治療する映画」であり、「病理的状態」にある女性は、男性、あるいは父権的イデオロギーに添うように「治癒」される対象となる。(Doane 36)

◉引用文献

Doane, Mary Ann. *The Desire to Desire: The Woman's Film of the 1940s*. Indianapolis: Indiana University Press, 1987.
Eckert, Charles. "The Carole Lombart in Macy's Window." *Quarterly Review of Film Studies* 3 (Winter 1978): 1-21.
Kuhn, Annette. *Women's Pictures: Feminism and Cinema*. London: Verso, 1982.
Walsh, Andrea S. *Women's Film and Female Experience 1940-50*. New York: Praeger, 1984.
塚田幸光『シネマとジェンダー――アメリカ映画の性と戦争』（臨川書店、二〇一〇年）

第6章　マン・オン・ザ・ベッド
——コード、ジェンダー、『殺人者』

黒く塗れ《ペイント・イット・ブラック》。(1)

レイモンド・ダーグナット

1．フィルム・ノワールと『殺人者』

「アメリカ人もまたフィルム・ノワールを作る」。一九四六年、終戦によりハリウッド映画の輸入が再開されたフランスで、ジャン＝ピエール・シャルティエが書いた論文のタイトルは、戦後アメリカにおける新たな映画ジャンルを批評家の側から意識させた好例だろう（Chartier 21-23）。(2) 「フィルム・ノワール」とは、いわば暴力と孤独と退廃に満ちた犯罪映画であり、フリッツ・ラングやビリー・ワイルダーなどの亡命映画作家が抱える内面の桎梏が、主人公の絶望としてスクリーンに投影される心的外傷の物語であり、雨に濡れた都市の暗部を映す光と影のドラマでもある。映画製作・配給・上映の効率化に際し、従来のスタジオ・システムが作り上げたミュージカル映画や戦争映画などのジャンルとは異なり、フィルム・ノワールは、共通の枠組みに収まることを拒む多様性を持つ「ジャンル」なのだ。(3)

ここで注目すべきは、ジョン・ヒューストン監督『マルタの鷹』(*The Maltese Falcon*, 1941)から、オーソン・ウェルズ監督『黒い罠』(*Touch of Evil*, 1958)に至る一連のフィルム・ノワールが製作された時期が、「映画製作倫理規定」(ヘイズ・コード)の時代でもあったことだ。先にも言及したように、この「検閲」システムは、一九三四年から罰則規定とともに厳格に運用され、六八年の完全廃棄、そしてレイティング・システムに移行するまで、段階的に緩和されながらも、スタジオの映画製作を実行支配し、多大な影響を及ぼすハリウッドの「枷」であり続けた。つまり、レイモンド・チャンドラーやジェイムズ・ケインを原作とするハードボイルド的要素を取り入れたフィルム・ノワールは、殺人や暴力や性を直接的に表象できない不自由、あるいは規制の中で作られていたことになる。興味深いことに、ヘミングウェイの短編小説「殺し屋」("The Killers")は、このような時代に繰り返し映画化されているのだ。五六年の旧ソ連、アンドレイ・タルコフスキーによって自主制作されたショート・フィルムを除けば、ハリウッドでは、四六年にロバート・シオドマク監督、六四年にはドン・シーゲル監督が「殺し屋」の映画化を試みている。コードが映画表象を規定する時代に、なぜ「殺し屋」がハリウッドに求められたのだろうか。

シオドマク版では保険調査員が、シーゲル版では殺し屋が、ある男の死に疑問を呈し、男の過去の痕跡を辿りながら、物語を再構成する。原作から逸脱したこれらのアダプテーション/脚色で顕著なことは、「フラッシュバック」による高頻度の過去の再現である。殺される男は、ボクサー（シオドマク版）やレーサー（シーゲル版）であり、彼らは最初、そのマチズモが必要以上に強調される。だが多くの証言者によって、彼らの過去が回想／再現されるたびに、奇妙な変化が起こるのだ。ファム・ファタール（運命の女）との関係性は反転し、彼らは「去勢化」され、弱体化する。フラッシュバックという映画的手法によって、マチズモや暴力という現実は、いわば括弧に入れられた「安全な」物語として提示され、観客から遠ざけられる。つまり、フラッシュバックは男性の去勢化を促し、殺人や暴力に対する「検閲」として機能しているのだ。

本章では、シオドマク版『殺人者』（*The Killers*, 1946）が如何にハリウッドのコードと密接であり、一九四〇年代の性／政治学を映し出しているのかを考察する。フィルム・ノワールを特徴づける「フラッシュバック」は、如何にコードとなり、ジェンダーを規定したのだろうか。あるいは、他のノワールと『殺人者』を峻別する決定的なポイントとは何か。本章では、「ボクサーは何故死を受け入れたのか」という問い、つまりヘミングウェイが小説で暗示するにとどめた謎に対し、シオドマクが映像化し、解釈を与えた理由も合わせて考察したい。当然のことながら、本章の主眼は、ヘミングウェイの原作と映画との比較研究ではない。だが、短編「殺し屋」の氷山の下部に対し、独自の解釈を試みた『殺人者』を映画史の文脈から再定位するとき、ヘミングウェイ研究の余白を埋めることが可能となるはずだ。

2. コード、ジェンダー、双生のジャンル

ハリウッド映画の特徴とは、「検閲《コード》」制度にある。(4) ハリウッドの映画人はコードのリミット内で、括弧付きの表現の自由を享受するしかない。実際、コードが禁じたものは、殺人、強盗、窃盗などの違法行為、姦通や強姦、性的倒錯や異人種混淆などの性・暴力関係、下品で卑猥な事柄や言葉遣いなど多岐にわたる。とりわけ「コード前文」において、「映画とモラル」の関係が繰り返されているのが重要だろう。大衆に浸透し、文化や社会に影響を与える映画は、「道徳的責任」を負っているというわけだ (Doherty 349-50)。そして、映画製作のプロセスでもコードの果たす役割は大きい。映画は脚本の段階で、MPPDA(アメリカ映画製作者配給者協会)の下部組織PCA(映画製作倫理規定管理局)に脚本を提出する。審査後は、一般公開前に再びフィルム・チェックを課せられ、判断を仰ぐという厳しいものだった (Bernstein 1-15, Naremore 96-135)。コードとは、ハリウッドが映画産業の独自性と自立性を保つため、自らに課した「枷」であり「枠」に他ならない。そして「ハリウッドらしさ」とは、スタジオがコードの枠内で製作する同型のパターン映画、「ジャンル映画」の別名である。しかしながら、この枷/枠組みは、それ自体が自律的なものではあり得ず、常に時代のイデオロギーとは無縁ではいられなかったことも事実だ (ハリウッド映画が、コードがある故に、全世界に輸出可能なユニバーサル・コンテンツになったことは別の機会に論じよう)。ここで我々はまず、シオドマク版『殺人者』製作に至るコンテクストを見る必要がある。『殺人者』が公開された一九四六年とは、何より終戦直後の混乱を受けて、スタジオシステムに変化が生じた時代でもあったからだ。

第二次世界大戦の開始とは、ハリウッドの欧州市場の喪失と同義であった。この時期に、20世紀フォックスの欧州市場の九割が凍結したことはその好例だろう。失われた市場を求めて、スタジオがターゲットとしたのは、国内市場だった（Schatz 131-68）。国内消費者とはすなわち「女性」であり、女性観客をターゲットとする消費文化は隆盛を極めた。そして、この消費文化が、銃後のイデオロギーと地続きであったことは言うまでもない。第5章でも言及したように、タンジー社の「戦争、女性、口紅」（"War, Women, and Lipstick"）の広告などは、女性性がナショナリズムに接続された好例である。女性が唇に紅を引き、美しいまま本国で待っていることが、男性が前線で戦う理由を正当化し、守るべきは女性性であることを強烈に印象づけるからだ（Doane 29）。そしてこの女性を中心とした消費文化は、女性を視点人物とする「女性映画」（"woman's film/cinema"）というジャンルを開花させる。女性観客は銀幕で輝く女性ヒロインに感情移入する。それは「女性らしさ」の再構築であり、社会が求めるジェンダー・ロールへの積極的な同化である。ジョン・クロムウェル監督『君去りし後』（*Since You Went Away*, 1944）で強調される銃後（不在の夫と待つ妻という設定）において、妻が述べるセリフは象徴的だろう――「私はすべてを以前のままにしておくわ。過去をそのままにしておくの。帰ってきたあなたを迎える暖かい部屋のようにね」。夫の帰りを待つ妻は、バスローブを抱いて嗚咽する。記憶はフリーズし、妻の存在は、家／家庭と重なるだろう。また、女性映画のヴァリエーションとも言える「戦争メロドラマ」も忘れるべきではない。銃後や母子メロドラマとして強調される女性映画に対し、戦場によって扇情的となるメロドラマもまた、ジェンダーの再固定化に寄与したことは、前章で述べたとおりである。

では、女性映画とフィルム・ノワールの結節点はどこにあるのだろうか。前者は自立的に振る舞う女性主人公を、後者は男性を惑わすファム・ファタールを、共に女性性の解放を示す記号として描いている。(5) だが銃後のイデオロギーは、女性に対して、その時代が求めるジェンダーからの逸脱を許さない。そして、それを攪乱する女性は罰を受け、物語からの退場を余儀なくされるというフォーマットを、この二つのジャンルが前提としている点にある。『殺人者』のファム・ファタール、エヴァ・ガードナーが、結局は妻の座に収まり、その立場に固執し、絶望することは好例だろう。チャールズ・ヴィダー監督『ギルダ』(*Gilda*, 1946) のリタ・ヘイワース同様、ガードナーは妖艶に登場しながら、彼女が物語の終盤で保険調査員に向かって述べる言葉は、「わたしには家族があるの」である。ファム・ファタールは父権の枠から自由ではないのだ。銃後のイデオロギー的視座から眺めるとき、対極的に見えるこの二つのジャンルは、同質の主題を有する双生のジャンルとなる。

コードはジェンダーを枠に嵌める。脱神話化されるファム・ファタールに対し、果たして男性は、安全なポジションにとどまるのだろうか。戦後のジェンダー観が、男女の役割モデルを支配してきた一方で、その役割からの逸脱を促し、亀裂を入れる映画は存在するのだろうか。以下で考察するのは、フィルム・ノワールを特徴付ける「フラッシュバック」のコード／検閲化である。フラッシュバックがコードとなるとき、ジェンダーは如何に描かれ、そこには何が映るのか。

3．フラッシュバックとは何か――『ローラ殺人事件』と『殺人者』

『殺人者』の考察に入る前に、まずヘミングウェイの有名なエピソードに触れておくべきだろう。それは彼が意外にもこの映画に好意的であったというものだ（映画の途中、彼は眠りに落ちていたようだが）。原作とは全く異なる『殺人者』に対し、彼は何故関心を示し、来客がある度に上映していたのだろうか。そして、映画の何が彼を魅了したのだろうか。原作の映画化、あるいは原作では隠されたボクサーの死の「解釈」が、映画では試みられているからだろうか。ここで注目すべきは、ニックが語らなかった氷山の下部を映画が代弁しているからではない。『殺人者』の説話技法、つまりこの映画で使用される「フラッシュバック」とその語りの「距離」であると思われるのだ。保険調査員が過去の断片を集め、それを再構成するという、物語への「距離」の取り方に、ヘミングウェイは自作に共通する「何か」を感じたのではないか。その「何か」こそ、「フラッシュバック」が担うポリティカルな意味ではなかったか。

まず、フィルム・ノワールの映画的特徴から考えてみよう。それは「フラッシュバック」による過去の回想、そして「ヴォイス・オーヴァー」、つまり物語の語り手の「一人称ナレーション」に他ならない。興味深いことに、これらは一連のフィルム・ノワールの始めと終わりに位置する『マルタの鷹』と『黒い罠』の両テクストが、共に採用していない表現形式であり、のちのニコラス・レイなどを見ても、必ずしもすべてのノワール・テクストで使用されてはいない。ではなぜ、フラッシュバックとヴォイス・オーヴァーが、フィルム・ノワールの象徴的な説話技法と見なされるようになったのだろうか。それは、ビリー・ワイルダー監督『深夜の告白』（*Double Indemnity*, 1944）とオットー・プレミンジャー監督『ローラ殺人事件』（*Laura*, 1944）、フリッツ・ラング監督『飾り窓の女』（*The Woman in the Window*, 1945）とエドワード・ドミトリク監督『欲望の果て』（*Murder, My Sweet*, 1945）において、この二つの技法が全面的に使用され、ノワールのトーンを形成したことに起因する。深夜、ディクタフォンに向かって、破綻した犯罪の告白をする保険外交員（『深夜の告白』）、「ローラが死んだ週末は忘れない」と語り始め、自室に刑事を迎え入れる評論家（『ローラ殺人事件』）など、物語はヴォイス・オーヴァーと共に開始され、その語りには過去の映像が重なる。観客は、過去の回想シーンが語り手の過去であると認識し、語り手の過去の告白として、その一連の流れを享受できるのだ。

【図 6-1】ローラの部屋①（肖像を見る刑事）

だが、このヴォイス・オーヴァーの語りとフラッシュバックの映像が、結局は信頼のおけない語りであり映像である点にも注意を向ける必要がある。『ローラ殺人事件』を例に取ろう。ローラ・ハント殺人事件に際し、評論家が刑事にヴォイス・オーヴァーで語り出し、そこに映像が重なることで、物語は開始する。評論家の語り／回想で始まった物語は、事件の全容を見ようとする刑事へとその視座を変えるのだが、最も不可解なのは、物語中盤、捜査に疲れた刑事がローラの部屋で眠りに落ちるシーンである（ローラの肖像画を見ながら眠りに落ちる）【図6―1】。刹那、カメラが刑事にフォーカス、クロースアップする【図6―2】。時間が経過し、彼が目覚めると、そこに死ん

【図6-2】ローラの部屋②（クロースアップ）

【図6-3】ローラの部屋③（ローラの出現）

だはずのローラが現れる【図6―3】。これはどういうことなのだろうか。

一九四〇年代の「フラッシュバック」は、近年のハリウッド映画のような一瞬の閃光、つまり映像イメージや記憶の断片として提示されるものでない。回想する人物、あるいはその顔にカメラが接近し、一瞬カメラは動きを止め、再び接近することで、回想シーンへ移行するという、ぎこちないクロースアップを特徴とするものが多い。人物の顔や上半身へのフォーカスと、過去の回想への移行は連続しており、このフラッシュバックは別の見方をすれば、「夢」のシーンへの移行でもある（『ローラ殺人事件』では、実際に刑事は眠りに落ちる）。『ローラ殺人事件』で刑事の顔がクロースアップされることは、同時に夢への移行を意味し【図6―2】、この後の物語は、すべて刑事の夢としても解釈できるのだ[6]。結果、死んだはずのローラが出現しても不思議ではない【図6―3】。

評論家のヴォイス・オーヴァーで開始された物語は、刑事のフラッシュバック／夢へと移行することで、どちらが真実を語っている物語／映像なのか、観客は判断することができなくなる。

評論家はローラの死から物語を語り始める。だが、刑事の夢ではローラは存命で、評論家は死に至る。刑事の夢を現実として、物語の全体を見れば、物語冒頭の評論家は、自身の死後に物語を語っていることになってしまう。フラッシュバックで提示される過去と現在の時間軸は、ひどく曖昧で信頼性を欠いている。実際、クリスティン・トンプソンも指摘しているように、このようなフラッシュバックや夢を暗示する映像では、過去と現在の時間軸は融解し、明確な境界を失うだろう。主体の欲望の別名である夢／回想においては、何処までが夢で、何処までが夢でないのか、映像レベルでは判断できないからだ（Thompson 162-94）。果たして、ローラは生きているのか、死んでいるのか。すべてが曖昧なまま、物語は整合性とは無縁のエンディングに突入することになる。こうして観客は、宙吊りにされたまま、映画館の暗闇から覚醒しなくてはならないのだ。

ならばヴォイス・オーヴァーとフラッシュバックは、何処まで真実の物語を提示しているのだろうか。『ローラ殺人事件』、『飾り窓の女』、そして『深夜の告白』に関して言えば、その判断は、観客に委ねられている。提示される物語に対し、観客はどのポイントを視座とするかで、多義的な解釈が許されるのだ。フィルム・ノワールの代表的テクストと称されるこの終戦期の映画は、ヴォイス・オーヴァーとフラッシュバックを使うことで、幻想と現実、過去と現在を攪乱し、時間軸を無化することで、犯罪に連動する欲望の表出をリアルなものとして観客に提示する。これを映像の「近さ」ということもできるだろう。物語と時間を枠に嵌めることのできない危うげなフラッシュバックとは、観客の不安を喚起し、恐怖を呼び起こす。観客は何を見ているか、あるいは何を見せられているか、分からなくなるからだ。

では『殺人者』の場合はどうだろうか。この物語は、元ボクサーのスウェード（バート・ランカスター）の謎の死に関心を抱いた保険調査員リアダン（エドモンド・オブライエン）が、過去の痕跡を辿りながら、その死の真相を探る物語と要約できる。しかしながら、調査員はヴォイス・オーヴァーで語ることもなければ、スウェードの内面を想像することもない（調査員はあくまで、他人の語り／フラッシュバックを「集める」だけだ）。フィルム・ノワールの導入に頻出する雨に濡れた道路も、漆黒の闇を照らすヘッドライトも、調査員には無縁である。そして、何より彼は刑事でも探偵でもない（『黒い罠』のように、犯人が他ならぬ刑事本人というトリックも用意されていない）。調査員は一度もヴォイス・オーヴァーやフラッシュバックを使用せず、あくまで彼は、物語の聞き手、物語の蒐集者として設定されているに過ぎない。

調査員は、七人の証言者による計一〇回に及ぶフラッシュバック／回想から、スウェードの過去を集める。最初のフラッシュバックは、ニックの語るスウェードの過去であり、それは死体安置所で行なわれる。ニックの回想は、物語全体を暗示するものではありえず、断片の提示に止まる。我々はここで、奇妙な転換に気づくだろう。『ローラ殺人事件』では評論家がローラを、『深夜の告白』では保険勧誘員ウォルターがフィリスを語ること、つまり、告白する主体は、彼らが愛し、欲望した「女性」を回想し、語っていたのに対し、『殺人者』では、ニックを含む証言者は単なる証言を語っているだけであり、スウェードはその対象でしかない。証言者は、欲望とは無縁の冷静なポジションから、彼らの記憶を語っているだけだ。

リリーのフラッシュバックを見ていこう。彼女は調査員とともに事件を再調査するルビンスキー

【図 6-4】ランプと断絶①（出会い）

【図 6-5】ランプと断絶②（切り返しの不在）

刑事の妻であり、スウェードのかつての恋人である。彼女のフラッシュバックで、スウェードとキティの出会いが語られるのだが、検討すべきは、二人の視線がほとんど交わらないことだ。【図6―4】での出会いのショットを例外とし、このナイトクラブにおいて、二人の視線が交わされることはない。そして、【図6―5】に顕著なように、二人の中央にはランプが配置され、関係性の断絶・切断が暗示されるのだ。キティを見つめるスウェードに対し、彼女の視線はフレームの外に注がれ続ける（そしてそれをリリーが語る）。このような「切り返し《ショット／カウンターショット》」の不在によって、スウェードを通じて物語を見つめようとする観客は、一種の眩暈を覚えるだろう。観客はスウェードとの同一化を果たすことなく、彼が彼女を見ている、というシーンを見せられ続けるからだ。さらにいえば、ツーショットというフレームからも、彼は次第に排除されてしまう。

「切り返し」の不在によって、スウェードの視線は縫合されることなく、カメラは彼とキティとランプを映し続ける。感情移入を疎外するカメラワークは、顔の「クロースアップ」の不在にも顕著である。クロースアップとは、視点人物の欲望の強度を示す映画的記号であり、同一化を容易にする手法である。[7] 切り返しとクロースアップの不在は、暗転する二人の関係性を示唆する。交差しない視線とは、愛の交換の不在、あるいは関係性の断絶の別名だろう。

当然のことながら、これはリリーのフラッシュバックであり、その前提として彼女は調査員にこの過去を語っているわけだから、スウェードの描写にある程度の客観性は必要だろう。だが、かつての恋人が自分以外の女に心を奪われる瞬間を回想するとき、映像が提示するのは視線の交換ではなく、視線の断絶である点を、我々は無視すべきではない。だとすれば、このシーンは、スウェードとファム・ファタール／キティのありふれた出会いとは全く別の主題へと接続されているのではないか。

実際、このシーンの直前に配置された刑事のフラッシュバックは重要である。ボクシングの会場に入った刑事は、数多の観客と共に試合を見る。だが、戦う二人のボクサーの体型、髪型は酷似し、どちらが誰かを見分けることが容易ではない。観客が視線を注ぐのは、ボクサー個人ではなく、ボクシングという試合である。試合を見る観客とは、映画と観客の関係を暗示し、このときリングは欲望が投影される「スクリーン」となるだろう。ボクシングはスペクタクル化され、映画化されているのだ。こうして、我々観客は、スウェードに感情移入する時間を与えられないまま、彼がノックダウンされるスペクタクルを見せられることになる。ルビンスキー夫妻のフラッシュバックは、スウェードへの感情移入を促さない。スウェードは、ボクシングリングのフレームの中で、あるいはフラッシュバックという語りの中で、スペクタクル／見世物として存在するだけだ。

また、スウェードへの感情移入を阻害しているのは、カメラワークに限らない。「オール・アンダソン」、「スウェード」、「ネルソン」、「ピート・ラン」。フラッシュバックから浮かび上がるスウェードの名前は一つではない。彼のアイデンティティの不確かさは、名前からも確認できるのだ。しかしながら調査員は、複数の名前に関して疑問を呈することなく、回想の断片を繋ぎ合わせる。調査員の関心、別の言い方をすれば、物語的・映画的関心は、「スウェードとは何者なのか」や「彼は何故殺されたのか」ではない。また「キティとは一体誰なのか」というようなファム・ファタールへの欲望でもない。彼の関心は、たとえば『深夜の告白』のウォルターが、自身の絶望を観客と共有するように促す語り／告白とは対極となる客観的事実の開示にある。調査員がスウェードの物語に感情移入しないことは、フラッシュバックの均質性と、そのカメラワークに顕著であり、これによって観客は、物語に対して一定の「距離」を与えられることになる。スウェードの物語は、複数のフラッシュバック内で語られるに過ぎない。そして、そのことによって、彼の物語はいわば「安全」な物語として、観客に提示されるのだ。

4．マン・オン・ザ・ベッド——二重のフレームとジェンダー

フラッシュバックとは、映画内の出来事を、観客から隔てるためのハリウッドの「検閲」の一環だった（中村 一五八―六三）。語り手は、ヴォイス・オーヴァーを駆使し、事後説明することで、視覚的に語れない部分を補完する。映画はコードの縛りを逆手に取ることで、言語による新たな表現の可能性

を切り開いたわけだ。[8] 実際、四四年一一月の『ニューヨーク・タイムズ』で、『深夜の告白』は「ハリウッドのシナリオ作法にとっての解放」として称賛されたことは有名な事実だろう（Stanley 1-2）。PCAのシナリオ検閲に関して、暴力や犯罪の直接的な描き方を回避しうるフラッシュバックという手法は、コードの枷に縛られていた当時の映画人にとって、表現の幅を広げ得る希望でもあったからだ。

だが、果たしてフラッシュバックは、モラル遵守が生み出した安全なコードだったのだろうか。再度、『ローラ殺人事件』を想起しよう。フラッシュバックの入れ子構造は、信頼のおけない語りであり、観客の視座を揺るがしていたはずだ。フラッシュバックというフレームに嵌め込むことで、犯罪のリアリティはいつも遮断できるわけではない。むしろ、語りの構造次第では、そのリアリティは強化され、観客を不安に陥れる。信頼のおけない語り、あるいはフラッシュバックとは、コード遵守を装いながら、コードを無効化しているのだ。

『深夜の告白』や『ローラ殺人事件』における語り手のフラッシュバックやヴォイス・オーヴァーの「近さ」、言い換えれば、語り手への同化を促す眩暈を伴う映像レトリックは、『殺人者』では使用されない。スウェードの過去は、複数の登場人物によるフラッシュバックに振り分けられることで、相対化されるのだ。物語を統合する調査員が、複数の証言の聞き手、あるいは客観的事実の蒐集者になることは重要だろう。調査員はボクシングの観客のように、スウェードの物語に対し「距離」を取り、見ているに過ぎないからだ。

だが、ここで興味深いのは、スウェードの暴力や殺人が、複数のフラッシュバックと調査員による相対化された語りによってコード／フレームに嵌められたとき、映像が開示するジェンダー・トラブルである。コードの代弁者である調査員の語りから漏れ出る映像は、戦後の男女に課された役割モデル、あるいは男性主体の価値体系から逸脱する「男性」の姿だろう。スウェードは、その屈強な外見が強調される一方で、精神的弱さもまた描かれ続けるからだ。ベッドに横になるマッチョな男性。この奇妙な表象は、戦後のジェンダー・イデオロギーと明らかに相性が悪い。

そもそも「ベッド」とは、「性」と「病」に印付けられた女性の特権的・批判的トポスではなかったか。絵画、文学、そして映画というあらゆる芸術媒体によって維持、捏造された支配的ジェンダー観が集約するのは、女性とベッドの結びつきに他ならない（「女性とベッド」の視覚芸術、たとえば印象派の女性裸婦を想起すればよい）。夫の帰りを待ち、性を営み、子を育てる「ベッド」が、女性ジェンダーを規定、固定してきたことは言うまでもないだろう（「妻とベッド」のヴァリエーションは、「娼婦とベッド」だろう）。だが、『殺人者』において、ベッドは男性と共に描かれるのだ。

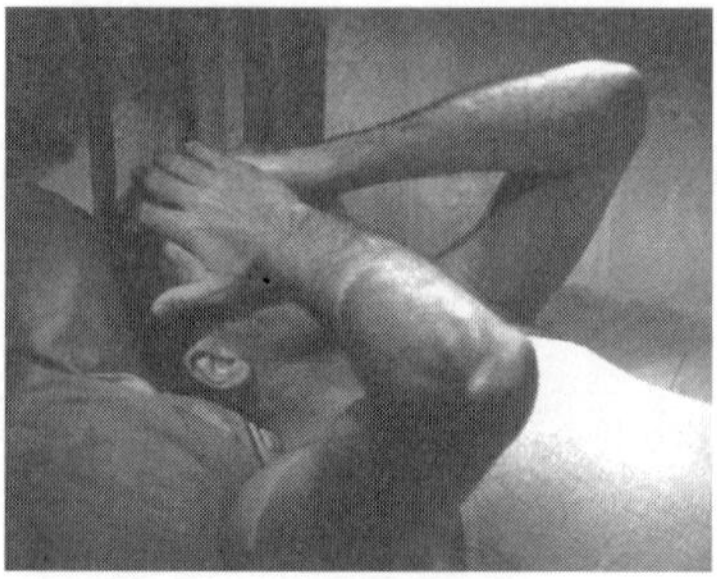
【図6-6】ベッド①（絶望するスウェード）

映画冒頭において、スウェードは怯えている。ベッドに横になり、頭を抱える彼は、迫り来る殺人者からもはや逃れられない。【図6―6】のショットは、映画全体のトーンを決定づけるショットである。第5章で取りあげた『脱出』における「マリーとドア」のショットのように、『殺人者』の「スウェードとベッド」のショットもまた差異を伴い反復する。そして『脱出』同様、フレーム内

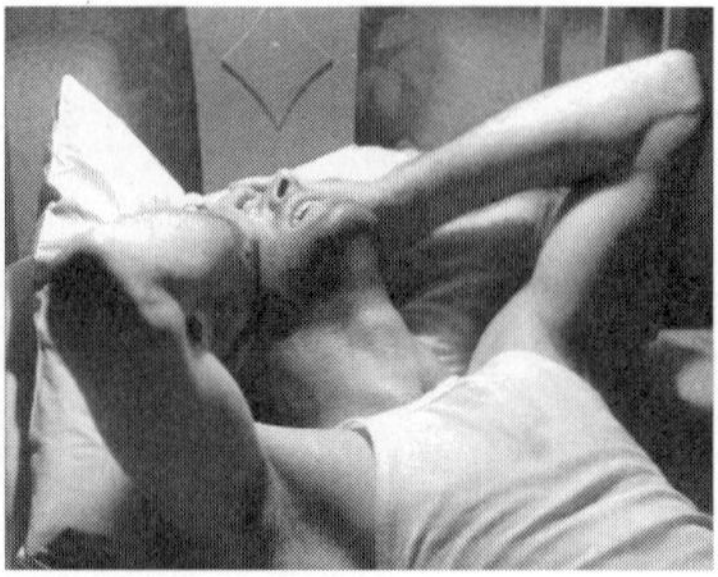

【図6-7】ベッド②（【図6-6】のヴァリエーション）

【図6-8】ベッド③（スウェードとリング）

フレームという「二重のフレーム」を形成し、彼の行動と未来を枠に嵌めるのだ。

ベッドは、スウェードをスペクタクル化しながら転移する。【図6―6】の直後、スウェードは撃たれ、死に至る。シーツからはみ出る手には傷があり、この傷もまたフラッシュバックの中で反復される。死体安置所で調査員が目にするのは手の傷であり、ボクシングの試合後、スウェードの引退を決定づけるのもまたこの傷／怪我だろう。また、【図6―7】は、ホテルの掃除係クイーニーのフラッシュバックで確認できる。キティが自分を裏切ったことを知ったスウェードは、部屋を破壊し、窓を割る。ベッドで絶望する彼は、【図6―6】と同じ構図で、頭を抱える。興味深いことに、この構図はノックダウンされ、リング上で仰向けになるショットに転移する【図6―8】。彼はベッド／マットの上で、悩み、絶望し、気絶するのだ。

複数のフラッシュバックがスウェードの過去をパズルのように繋げ、我々観客は、彼が拳を怪我し、ボクシングを引退し、キティの罪を背負って入獄し、出所後に再び強奪事件を企てる様を知ることになる。これらの情報を伝えるフラッシュバックでも、

【図6-9】ベッド④（スウェードと刑務所）

【図6-10】ベッド⑤（キティを待つスウェード）

ベッドは転移する。【図6―9】の監獄でのショット、キティを待つ【図6―10】のショットというように、彼は主体的に動かず、「待つ」姿が映し出される（死を待ち、カウントテンを待ち、出所を待ち、女を待つ）。さらに言えば、このような一連の語りと表象の反復が、「ボクサー」から暴力性を削ぎ落とし、「待つ男」へと変容させるのだ。それは彼の去勢化プロセスと呼応するだろう（Krutnik 114-24）。フラッシュバックとベッドは、スウェードを二重のフレームに嵌め、彼のマチズモを無効化しているのだ。たとえば、クイーニーのフラッシュバックでは、スウェードは半裸のまま部屋で暴れ狂う野獣でありながら、自殺を仄めかし、ベッドで頭を抱え絶望する【図6―7】。チャールストンのフラッシュバックでは、スウェードは刑務所の中で、星を見ながら、キティのハンカチを握りしめるだけだ【図6―9】。出所後、彼はキティと再会しても目を合わせることすらできない。拳による暴力を誇示していたスウェードだが、強盗計画に関するブリンキーのフラッシュバックでは、拳ではなく銃が、彼のファルスを補完するのだ。

また、スウェードの去勢化のプロセスが、キティの父権の枠への回帰と連動する点にも注意すべきだろう。フラッシュバックによってフレーミングされるのは、彼だけではなく、ファム・ファタールも同様なのだ。先にも述べたが、彼女が帰るのは家族であり、妻の座である。そして彼女は、現金強奪という罪のために、最終的にはその家族をも失い、絶望するしかない。

一九四〇年代、終戦期のフィルム・ノワールは、当然のことながら検閲の影響と無縁ではない。しかしながらそれは、フラッシュバックとヴォイス・オーヴァーを駆使しながら、映像の持つ可能性を提示してみせたことも事実だろう。『深夜の告白』や『ローラ殺人事件』が開示した、観客の想像力を喚起させるフラッシュバックは、その信頼の置けない語りを通じて、コード越境を予告していたからだ。

だが一方で、フラッシュバックというコードによって、映像のリアルを遠ざける『殺人者』が作られたことも忘れるべきではない。『殺人者』では、暴力や犯罪がフラッシュバックによって、安全なノワールとして提示される。それは、終戦期のフィルム・ノワール、当時の呼称で言うならば「殺人メロドラマ」におけるコード受容の一側面を伝えるだろう。

『殺人者』では、観客を幾重にも遠ざけ、スウェードへの感情移入を回避するフラッシュバックを採用し、ベッドという二重のフレームを反復することで、彼の去勢化とファム・ファタールの父権への回帰を同期させる。ファム・ファタールは脱エロス化され妻となるか、物語から退場するしかない。つまり、『殺人者』のフラッシュバックは、ジェンダーの再固定化すら促すのだ。語り手の調査員は、いわば父権の強固さを示す記号であり、戦後のイデオロギーが求めた安定と整合性を実践する存在に他ならない。

語り手がすべてを語り、過去と現在の時間軸を消失した時空で絶望するのか（『深夜の告白』）、あるいは語り手が過去を蒐集し、そこに自身の欲望を反映させず物語から距離を取るのか（『殺人者』）。『殺人者』における調査員の振る舞い、言い換えれば、彼の物語に対する距離感に、少し離れて物事を見るニックの影がちらつく。コード遵守を体現する調査員。それは、短編「殺し屋」がなし得なかった整合性の記号だろう。それに気づいたからこそ、ヘミングウェイは居心地のいい眠りを感じたのかもしれない。

◉註

（1）英語圏に「フィルム・ノワール」というフランス語を導入したのは、レイモンド・ダーグナットである。エピグラフはその論文のタイトルで、ローリング・ストーンズのナンバーを流用している。

（2）ダーグナットに加えて、彼の視座を継承したポール・シュレイダーの「フィルム・ノワールについてのノート」は、ハリウッドのノワール導入に際して、決定的な役割を果たした（Schrader 8-13）。ノワールはジャンルではない。そのトーンやムードこそが、ノワールの定義であるとするシュレイダーの慧眼は鋭い。ノワールとは、ジャンルを越境し、桁外れな芸術性を内包するノンジャンルである。そして、メロドラマが要請する異性愛や父権構築に背を向ける「危機に瀕した男性」表象を通じ、時代が抱えるダークサイド（冷戦や赤狩りの相互監視や密告社会等）がそこに暗示されるのだ。

（3）「フィルム・ノワール」に関して、シルバー＆ウォード、アンドリュー・スパイサー、エディ・ミュラー、フォスター・ハーシュなどの文献を参照されたい。それぞれがノワールの出現とその影響、他のジャンルとの関係性に触れている。

（4）映画と検閲の基本文献については、マシュー・バーンスタイン、グレゴリー・ブラック、アイラ・カーメン、そしてフランシス・クヴァレスを参照にした。検閲に影響を与えた組織として、「全米検閲委員会《ナショナル・ボード・オブ・センサーシップ》」と「良識委員会《リージョン・オブ・ディーセンシー》」の考察は不可欠である。この二つの委員会は、政治と宗教の駆け引きを示す好例だろう。前者は、各州政府の検閲委員会の流れを汲む監視機構であり、宗教的多数派であるプロテスタント市民とその社会全体への寄与を前提としているのに対し、後者はカトリック教会内部から発生し、宗教的非主流派の倫理観を全開する。「モラル／公序良俗」という点から見ても、両者の見解は同じではない。これに対し、宮本陽一郎の指摘は示唆的である。良識委員会の目的とは何か。それは「圧力団体としての活動を通じて、非プロテスタントの少数派（＝カトリック）が文化的な力を獲得しようとする闘争」であったというのだ（宮本 一六四）。ここにおいて、検閲は政治に収斂する。つまり、両者はモラル／公序良俗において共闘するのではなく、前者は政治が文化を包摂する手段として、後者は文化によって政治的・宗教的権力を獲得する契機として、検閲を捉えていたと考えられるだろう。誰が権力を手中に収めるか。検閲とはこのような政治の場に他ならない。

さらに言えば、検閲という政治学は、国内の事情にとどまらない。スタジオシステム、そしてコードの隆盛とは、輸出産業としての映画の問題にダイレクトに結びつくからだ。リア・ジェイコブズが指摘するように、検閲とは映画／商品をグローバル・スタンダードに近づけるためのチェックシステムであった。文化的・政治的な軋轢を回避し、誰もが享受しうるグローバルな商品に近づける。市場への回路を開くと言えばいいだろうか。ジェイコブズにならえば、それが今日的な意味でのコードの再解釈であり、映画と産業との相互交渉ということになる。輸出コンテンツとしての「品質保証」、あるいは、「産業としての映画」の生成には、コードによる管理が不可欠である。このことは、ジョセフ・ブリーンがそのパートナーとして、カトリック系の良識委員会を選んだ事実と符合するだろう。教皇のお墨付きをもらい、宗教的視座から検閲を行なうことは、政府や全米検閲委員会の圧力をかわし、同時にドル箱のお得意先である欧州市場への絶妙な配慮となる。こうして、非主流のカトリック団体と非主流のユダヤ新興産業／映画は、国内外の市場に目配せをしながら、したたかに歩調を合わせることになるのだ。

スタジオ時代の検閲については、前出のジェイコブズと宮本を参照されたい。また、スタジオ時代の映画市場（特にアメリカ映画の市場的影響）については、クリスティン・トンプソン、ジャネット・スタイガーの論考が参考になる。

（5）フィルム・ノワールと女性の関係性については、エリザベス・コーウィーとアン・カプランの議論を参照されたい。

（6）『ローラ殺人事件』において、刑事の夢からの覚醒が疑わしいのは、彼の顔のクロースアップが一度きりである点に起因する。夢からの覚醒なのか、夢への没入なのか分からないからだ。現実と夢との融解は、たとえば『飾り窓の女』においても同様に起こっている。教授は二度夢から覚醒し、現実の時間軸に回帰する。だが、夢で出会った「女性」の記憶からは逃れられない。女性に囚われている教授を見ることで、観客は未だに夢の中にいるような錯覚を起こしてしまうのだ。

（7）女性の顔のクロースアップが持つ意味について、メアリ・ドーンは、「ヴェール」と「欲望」との関係性を考察している。ドーンの『ファム・ファタール』第三章を参照されたい。

（8）中村秀之が指摘するように、フラッシュバックによる「告白」は、懺悔を意味し、「それ自体がすでに償いの一部を構成」している（中村 一六〇）。『深夜の告白』のように、ヴォイス・オーヴァーや、フラッシュバックと現在をクロスカットする構成によって、出来事の核心はすべて視覚的に提示されず、絶妙に曖昧にされ

る。言語によって、事後的に説明される出来事は、「二重三重に観客から隔てられる」というわけだ。(中村一六一)

◉引用文献

Bernstein, Matthew, ed. *Controlling Hollywood: Censorship and Regulation in the Studio Era*. New Brunswick: Rutgers University Press, 1999.

Black, Gregory D. *Hollywood Censored: Morality Codes, Catholics, and the Movies*. Cambridge: Cambridge University Press, 1994.

Carmen, Ira H. *Movies, Censorship and the Law*. Ann Arbor: University of Michigan Press, 1996.

Chartier, Jean-Pierre. "Americans are also Making Noir Films." *Film Noir Reader*2. Ed. Alain Silver and James Ursini. New York: Limelight Editions, 1999. 21-23.

Christopher, Nicholas. *Somewhere in the Night: Film Noir and the American City*. Emeryville: Shoemaker & Hoard, 2006.

Copjec, Joan. *Shades of Noir: A Reader*. London: Verso, 1993.

Couvares, Francis G. ed. *Movie Censorship and American Culture*. Washington: Smithsonian Institution Press, 1996.

Cowie, Elizabeth. "Film Noir and Women." *Shade of Noir*. Ed. Joan Copjec. London: Verso, 1993. 121-165.

Doane, Mary Ann. *Femmes Fatales: Feminism, Film Theory, Psychoanalysis*. New York and London: Routledge, 1991.

---. *The Desire to Desire: The Woman's Film of the 1940s*. Indianapolis: Indiana University Press, 1987.

Doherty, Thomas. *Pre-code Hollywood: Sex, Immorality, and Insurrection in American Cinema 1930-1934*. New York: Columbia University Press, 1999.

Durgnat, Raymond. "Paint It Black." *Film Noir Reader*. Eds. Alain Silver and James Ursini. New York: Limelight, 1996.

37-51.

Hirsch, Foster. *The Dark Side of the Screen: Film Noir*. New York: A. S. Barnes, 1981.

Jacobs, Lea. "Industry Self-Regulation and the Problem of Textual Determination." *Controlling Hollywood: Censorship and Regulation in the Studio Era*. Ed. Matthew Bernstein. New Brunswick: Rutgers University Press, 1999. 87-101.

Kaplan, E. Ann. Ed. *Women in Film Noir*. London: The British Film Institute, 1978.

Krutnik, Frank. *In a Lonely Street: Film Noir, Genre, Masculinity*. New York: Routledge, 1991.

Mosher, Jerry. "Hard Boiled and Soft Bellied: The Fat Heavy in Film Noir." *Screening Genders*. Eds. Krin Gabbard and William Luhr. New Brunswick: Rutgers University Press, 2008. 141-154.

Naremore, James. *More than Night: Film Noir in its Contexts*. Berkeley: University of California Press, 1998.

Rabinowitz, Paula. *Black & White & Noir: America's Pulp Modernism*. New York: Columbia University Press, 2002.

Renov, Michael. *Hollywood's Wartime Woman: A Study of Historical/Ideological Determination*. Ann Arbor: University of Michigan Research Press, 1987.

Schatz, Thomas, ed. *Boom and Bust: American Cinema in the 1940s*. Berkeley: University of California Press, 1997.

Silver, Alain and Elizabeth Ward, eds. *Film Noir: An Encyclopedic Reference to the American Style*. Woodstock: The Overlook Press, 1979.

Spicer, Andrew. *Film Noir*. London: Longman, 2002.

Staiger, Janet. "The Hollywood Mode of Production, 1930-60." *The Classical Hollywood Cinema: Film Style & Mode of Production to 1960*. Eds. David Bordwell, Janet Staiger, Kristin Thompson. New York: Columbia University Press, 1985. 309-338.

Stanley, Fred. "Hollywood Crime and Romance." *New York Times*. November 19, 1944. 1-2.

Tompson, Kristin. *Breaking the Glass Armor: Neoformalist Film Analysis*. Princeton University Press, 1988.

中村秀之『映像／言説の文化社会学――フィルム・ノワールとモダニティ』（岩波書店、二〇〇三年）
宮本陽一郎『モダンの黄昏――帝国主義の改体とポストモダニズムの生成』（研究社、二〇〇二年）

【補章2】シネマ×ヘミングウェイ②
――アンドレイ・タルコフスキー監督『殺人者』

地獄のありさまというのは、両眼でいちどに見てしまうより、地下の小窓から覗き見た方がつかみやすい。

バルベイ・ドールヴィイ

1．メディアの両極――ヘミングウェイ×タルコフスキー

ヘミングウェイの晩年、一九五六年の旧ソヴィエト。フルシチョフがスターリン批判を展開し、硬直化した共産主義体制が内部から瓦解する契機となるこの年、一本の映画が大学の片隅で自主制作された。アンドレイ・タルコフスキーの『殺人者』（*The Killers*, 1956）である。「雪解け」は、政治的な緊張緩和だけを意味しない。それは文化交流・流入の別名でもあるからだ。

五六年以降、文化的鎖国状態にあったソヴィエトに、西側の文化が堰を切ったように雪崩れ込む。映画の検閲が廃止され、ロッセリーニなどの映画が紹介される一方で、多くの文学作品が人々を魅了したのだ。とりわけソヴィエト知識人の心を掴んだのが、ヘミングウェイだったことは重要だろう。五〇年代のソヴィエトで、ヘミングウェイ文学がセンセーションを巻き起こす。アメリカの文化的アイコンとしての彼のポートレイトが、ソヴィエトの家庭に一斉に飾られ出す様をイメージしよう。スターリンのポートレイトからヘミングウェイへ。これはいささか奇妙ではないか。だが、この文化の流入こそが、政治が作ったイデオロギーの壁を突き抜ける力であり、文学の見えざる「力」と言えるのだ。

一般的な事実から確認しよう。前章でも言及しているが、ヘミングウェイの短編小説「殺し屋」は、三度、映画化されている。自主制作のタルコフスキー版を除くと、四六年にロバート・シオドマク、六四年にはドン・シーゲルが、それぞれハリウッドで映画化を試みている。殺人や暴力を直接的に表象、表現できないハリウッドの「枷」、つまり映画製作倫理規定の影響下において、二編の映画が劇場公開されているのだ。原作を再現するのではなく、限りなく別の映画としてである（シオドマク版はフィルム・ノワール、シーゲル版はハードボイルド・アクション映画）。

これら二つの『殺人者』は、「男」の死が物語の中心であり、その理由を探す探偵物語の構造を有している。「男」の死に疑問を呈した「探偵」的主人公が、男の過去を辿り、物語を展開させる。語り手は、シオドマク版では保険調査員、シーゲル版では殺し屋である。一方、殺される「男」は、シオドマク版ではボクサー、シーゲル版ではレーサーである。マッチョな男があっけなく物語から退場するのは、何とも切ない。この「男」とは、原作で言えば「オール・アンダーソン」である。彼は壁に向かって、寝ている元ボクサー。二つの『殺人者』では、原作が暗示するにとどめたボクサーの謎の死の解釈が主眼であり、ニックが語らなかった「氷山の下部」を代弁していると言えるだろう。見方によっては、「原作の再解釈」の好例である。とはいえ、ここで興味深いのは、この二編の間に作られたタルコフスキー版の意味である。当然、ハリウッドとソヴィエトという映画の制作環境の相違は無視できない。だが、何故タルコフスキーは、「ハードボイルド」という見た目のいい「外枠」を借用せず、ハリウッドとは対極の映画を撮ったのだろうか。言い換えるなら、何故「原作の再現」を試みたのだろうか。

一九五六年秋、大学三年のタルコフスキーは、初の自主制作映画の原作として短編「殺し屋」を選ぶ。後年、『惑星ソラリス』(*Солярис*, 1972)、『ノスタルジア』(*Nostalghia*, 1983)、そして『サクリファイス』(*Offret*, 1986) 等、映画史にその名を刻む巨星は、監督の第一歩として、ヘミングウェイを選択したのだ。(1) タルコフスキーとヘミングウェイ。ハリウッドの商業映画を非難し続けた反メディアの映画監督と、メディアの寵児である小説家。この二人の組み合わせはスリリングだろう。雪解けによって、欧米の文化が渦巻くフルシチョフ時代、自由への「窓」とされたのは、ヘミングウェイ文学に限らない。実際、ヘミングウェイ文学と「自由」は、そのメディア・メイドなイメージに反して、相容れるものではないからだ。ここで際立つのは、閉塞した社会が「自由」へと傾斜し、その奔流の中で、あえて自由とは対極のテクストを選んだタルコフスキーの奇妙さだろう。彼は、一九二〇年代のマフィアが跋扈する息苦しさに、スターリン時代の閉塞感と絶望感を見ている。しかしながら、タルコフスキーは「殺し屋」を政治的に利用しようとしたのではなく、その根底に流れる思念、言い換えれば、人間の実存哲学に惹かれたのではないか。

2. 鏡、密室、双子

実際にフィルムを見ていこう。プロットはほぼ原作に依拠している。ニックがアンダーソンの下宿屋でミセス・ベルと話す場面が削除されているのが目立つ差異だろう。バーのカウンター、ジョージの背後の鏡、双子的な殺人者、黒人サムなど、人物や舞台設定など、学生の自主制作とは思えぬ再現度である。当然のことながら、原作の再現とは、表層のアナロジーに他ならない。映画の小説化が(実質的には)不可能なように、小説の映画化も「言語と映像」というメディアの差異を越えることはできない。原作の骨子を如何に汲み取り、映像化するかが、脚色の醍醐味であり、映画作家の力量である。タルコフスキーの『殺人者』のポイントは、「密室」と「鏡」、そして逆説的な「窓」と「扉」にある。「殺人者」は、①「ジョージの店」、②「アンダーソンの部屋」、③「ジョージの店」という三つのシーンから構成されている。すべて「密室」であり、誰かが入ってきて、誰かが出て行くことで、シーンが移行するのが特徴。つまり、扉で始まり、扉で終わるのだ。とりわけ注目すべきは、ジョージの店の「鏡」と「小窓」だろう。このフレームによって、双子的な殺人者は、見た目のアナロジーを越えるのだ。彼らの座る前面には鏡があり、そこに映るのは双子の像《イメージ》。この不気味な鏡像関係は、双子

【図H2-1】小窓と鏡像

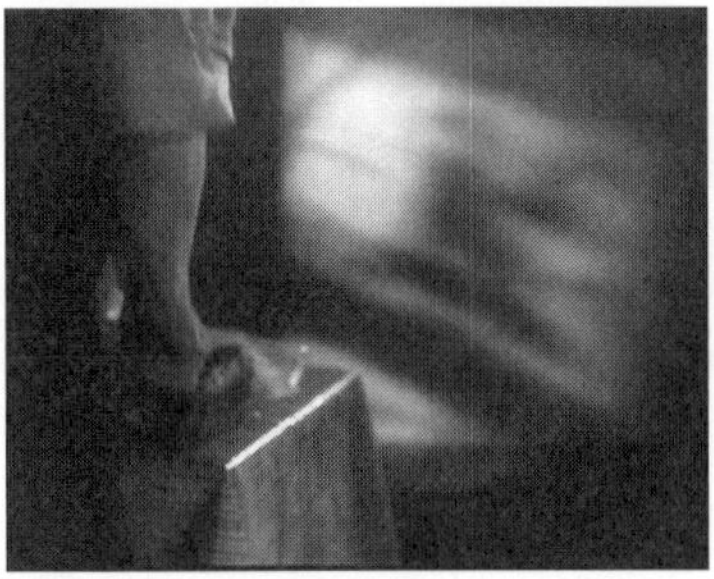

【図H2-2】右手と揺らぐ影

／殺人者の一人がカウンターの奥の調理場に移ることで強化される。彼が調理場の小窓から、店の中を見るショットは戦慄以外の何物でもない。小窓を通じて、二人の殺人者は向かい合うのだ【図H2―1】。そこで、殺人者は「自分」を見る。小窓を「鏡」として、鏡像が出現するのだ。鏡と窓に映る「双子」、あるいは殺人者。乱反射する「鏡」の世界で、殺人者は銃を構え、この空間《ランチルーム》に他者が侵入するのを拒む。これは、ナルシスティックな自我イメージが、閉塞的で排他的であることを伝える好例だろう。当然、このような鏡像関係と閉塞空間とは、自閉した社会のメタファーでもある。

タルコフスキーの天才は、双子的殺人者による鏡像と閉塞空間の創出だけに止まらない。彼らの中間に、ジョージを配している点が重要なのだ。殺人者と鏡／窓の間にいるジョージは、殺人者にとっての「異物」である。逃げ場無しの閉塞感と緊迫感に晒されているのは、まさにジョージであり、縛られているニックや死を待つアンダーソンではない。タルコフスキーは、ジョージに極限を見せている。たとえば、パンを切るジョージは、フレーム全体に彼の身体が映らない。右手だけが配され、その影が揺れて

【図H2-3】ナイフを拾うジョージ

【図H2-4】目を見開くニック

動くのだ【図H2―2】。揺らぐ影は、震える身体と揺れる精神に他ならない。刹那、彼はナイフを落としてしまう。カメラはナイフをすぐに追わない。ナイフを拾うため、彼が屈むと、そこには縛られたニックが映る。床に刺さったナイフを引き抜くジョージの顔には迷いがない【図H2―3】。殺人者にナイフで向かうのか、あるいはその刃を自分に向けるのか。何かを察したニックが目を見開いている【図H2―4】。

タルコフスキーの意志は、戦いを選択するジョージの側にある。閉塞からの脱出は、現場であがくジョージに付与された行為であり、緊張関係と強靭な意志は同期する。興味深いことに、ジョージと対比されるのが、待っているだけのアンダーソンである点だろう。生を放棄するアンダーソンに対し、タルコフスキーは緊張関係を付与しない。ニックが目撃するのは、壁の影と同化したアンダーソンであり、それは同時代の多数が感じたはずの諦観であり、恐怖すらしない生きた死体だろう【図H2―5】。

最後に、ジョージの店を見ていこう。ここにヘミングウェイとタルコフスキーを繋げるもう一つの鍵がある。双子／殺人者という鏡像関係と分身のイメージに関して、我々は『惑星ソラリス』

【図Ｈ２-5】壁とアンダーソン

を想起するはずだ。密室と乱反射する鏡、あるいは窓。タルコフスキーの密室とは、内的世界のメタファーであり、無意識の表出ではなかったか。自我の葛藤や意識の分裂は、そのような密室でメタフォリカルに表象される。哲学的な思考は登場人物に仮託され、映像化されるのだ。もちろん、この密室が閉塞した社会への批判的眼差しと地続きであることは確かだろう。だが、物語の舞台をソヴィエトでなくアメリカとし、さらにオリジナルの脚本でなく「殺し屋」の脚色とすることで、政治／社会批判を相対化していることを忘れるべきではない。ジョージの店は、哲学的な思考の場《トポス》であり、同時代ソヴィエトの政治と社会を代表／表象する場であるのだ。

タルコフスキーは、ヘミングウェイの「殺し屋」にソヴィエトの閉塞感を見る。乱反射する鏡の部屋は、政治的・社会的な緊張関係のメタファーだろう。原作の再現が、図らずも共産主義国家の本質を代弁する。これは幸福な偶然だろうか。ハリウッドとは対極の選択をした俊英が、ヘミングウェイ文学を通じ、才能を開花させる瞬間である。

◉註

（1）タルコフスキーの『殺人者』に関しては、馬場朝子が詳しい。『殺人者』は、アメリカかぶれの青年タルコフスキーの青春時代の総括であり、映画作家としての起点でもある。詩を書き、ラジオドラマに興じ、画家としての側面を有するマルチな映画作家が、ヘミングウェイ・テクストと政治的に繋がっていた事実は看過すべきではない。

◉引用文献

馬場朝子編『タルコフスキー――若き日、亡命、そして死』（青土社、一九九七年）

第7章　カリブ×アメリカ
――『老人と海』と文化の政治学

あの向こうの小屋では、老人が再び眠りに落ちていた。依然として俯伏せのままだ。少年がかたわらに坐って、その寝姿をじっと見守っている。老人はライオンの夢を見ていた。

ヘミングウェイ『老人と海』

1　パパ・ダブルビジョン――アメリカとキューバ

反共と反米が、老人の海／カリブで乱反射する。アメリカとキューバの「国民作家」ヘミングウェイとは何者なのか。そして、『老人と海』(*The Old Man and the Sea*, 1952) とは如何なるテクストか。

一九五二年九月一日、フォトジャーナル誌『ライフ』(*Life*) における『老人と海』の全編一挙掲載。

そして四八時間での完売。アメリカは、老作家の復活に熱狂するのだ――「老いたるヘミングウェイが傑作を書き、チャンピオンシップを奪還した」(*Life* 124)。掲載の予告となる社説(八月二五日号)は読者を煽り、「私たちみんなのパパ」(124)の復活を高らかに宣言する。全米作家会議での演説「ファシズムの嘘」("Fascism Is a Lie," 1937)以来、左傾化した作家がアメリカン・パパとなる皮肉。それはある意味において、再転向と同義だろう。メディアが先導することで、老人の物語は、アメリカン・ナラティヴとなるのだ。この熱狂とは、サンチャゴ/ヘミングウェイの闘いに国民が共感した瞬間に他ならない。

だがキューバでは、奇しくも全く別の「パパ」イメージが形成されていたことを忘れるべきではない。カストロにとって、『老人と海』は、『誰がために鐘は鳴る』(*For Whom the Bell Tolls*, 1940)の政治性の延長であり、反植民地主義革命のメッセージなのだ(宮本 一九八)。ノルベルト・フェンテスが述べるように、「『我々を破滅させることはできても屈服させることはできない』。こうした言葉は集会や行進におけるスローガンだったし、この二〇年間のキューバの歴史を貫くものだった」(フェンテス 三〇〇)。老人の闘い。それは第三世界の闘争を代表/表象し、強烈なメッセージとなる。老人に対するカストロの共感とは「連帯」の別名だろう。ガルフ・ストリームを挟み、相反するパパ/老人が出現する。これは一体どういうことなのだろうか。

『老人と海』、あるいは老人のカリブ。この網状のテクスト/コンテクストは、アメリカとキューバという複層的な関係性のなかで、キメラの如く変化する。冷戦と赤狩り、そしてパクス・アメリカーナの一九五〇年代。繁栄と疑心暗鬼が横溢するこの時代において、文学は如何に政治に接続するのだろうか。本章では、『老人と海』における政治と文化の交差を見る。メディア・イメージとして流通する「マッチョ・ヘミングウェイ」、そして大海原で苦悩する「老人」。このギャップは奇妙ではないか。スペイン内戦を経験し、ファシズムを告白した作家が、冷戦時代に「老人」を描く。ここには一体何が仮託され、如何なる意味が付与されているのだろうか。「老人」が隠蔽《イン》／開示《アウト》する文化の政治学、そして政治の文化学を考察しようと思う。

2　文化の政治学——フォークナー、ヘミングウェイ、『ライフ』

アカデミズムと冷戦。無関係に見える両者は、奇妙にも深く結びつく。その象徴的事件は、ある一冊の本の出版から開始されるのだ。一九四六年四月、マルカム・カウリー編纂『ポータブル・フォークナー』（*The Portable Faulkner*, 1946）の出版[1]。そして、それに対するロバート・ペン・ウォレンの好意的書評。ウィリアム・フォークナー再評価の始まりである。

不遇の作家たちを「救出《レスキュー》」する。そして、彼らを文学史の系譜に接続し、再評価し、名声を与える。これはアカデミズムの仕事であり、作家はそれに身を委ねることしかできない。当時のフォークナーといえば、成功とは全く無縁であった。ハリウッド／ワーナー・ブラザーズのスレイヴ・スクリプターとしての呪詛の日々。それは精神と肉体を摩耗させ、作家の才能を奪い取る——「私の本はさっぱり売れず、絶版状態です。私の生涯の仕事（架空の郡《ヨクナパトゥーファ》の創造）は、たとえまだそれに追加するものがあるにしても、全く生計の足しになりそうにありません」(Blotner 199)。一転、不遇を一蹴するかのようなアカデミズムの態度、そしてフォークナー賛美の世論の高まり。だが、この流れは何やら不自然ではないか。

第二次世界大戦後、アメリカの繁栄は歴史的必然だろう。焦土からの復旧・復興途上の欧州に対し、国内の戦禍を免れたアメリカは、絶対的な経済的優位にあったからだ。大戦を境に、いよいよ欧米の立場は逆転する。そして、軍産複合体と政治の連携により、「帝国」は本格的に動き出すのだ。欧州の周縁から、世界の中心へ。アメリカは旧世界の理念や価値観を継承し、文字通り「新」世界を代表／表象する存在となる。パクス・アメリカーナ、あるいは繁栄と君臨。そこでは、新しき「父」が誕生するだろう。「パパは何でも知っている」——そう、「パパ」とはアメリカの別名ではなかったか。郊外の一戸建て、豊かな暮らし、幸せな家族。強きアメリカ／パパのイメージは、冷戦の不穏さを覆い隠し、その強大な権力をメタフォリカルに逆照射する。政治、経済、軍事の覇権は、疑いようがない。では、文化はどうだろうか。アメリカが次に欲望するのは、他ならぬ「知」、文化の覇権であり、国家の成熟にそれは不可欠なのだ。ヤング・アメリカからマチュアなアメリカへ。「老い」とは成熟の別名だろう。

文化を如何に作り出し、それを政治へと昇華・接続するか。これこそが、国家のセカンド・ターゲットに他ならない。実際、一九五〇年代には、文化の政治化の一環として、「文化的自由のためのアメリカ委員会」(The American Committee for Cultural Freedom: ACCF)や「文化自由会議」(The Congress for Cultural Freedom: CCF)などの政府機関が誕生し(2)、ロックフェラー財団の人文部門が政府と連携を図っている（Schwartz 73）。政財界がこぞって文化構築をバックアップするなかで、財団に協力した知識人の顔ぶれがとりわけ興味深い。アレン・テイトやジョン・クロウ・ランサムなどの新批評／ニュークリティシズム派と、ライオネル・トリリングやアルフレッド・ケイジンなどのニューヨーク左翼系知識人。本来であれば両者は相容れない。しかしながら、この文化的イデオローグたちは、ロックフェラーの名の下で手を結ぶのだ。そして財団は、文芸雑誌に補助金を出し、大学に基金を与え、作家には創作奨励金を出す（その選定は先のイデオローグたちの仕事である）（Schwartz 80）。この巨大な「財布」と政府の後ろ盾のもと、右翼・左翼の知識人が共闘し、国民作家の発見と創出を急ぐことになる。ジョイスやカフカのような独自性を有し、ドストエフスキーに匹敵する世界観を持つ作家。全体主義に抗し、民主主義を擁護し、個人の尊厳を描く物語。東西冷戦のイデオロギー構造に対し、政治色が限りなく薄く、アメリカ的神話に接続する作家とは誰か。ここで白羽の矢が立ったのがウィリアム・フォークナーである。（Schwartz 202）

ロックフェラー財団と国務省、大学と出版業界、そして知識人が、冷戦イデオロギーの渦中で共闘し、国民作家を作り出す。メディアと政治が共犯関係を切り結び、文化は限りなく政治に接近するのだ。ローレンス・H・シュウォーツは、この政治文化の状況を仮説として提示するが、フォックスTVが共和党の政治的・宗教的プロパガンダ機関となる今日から見れば、それは仮説にとどまらない。そして、ここで注目すべきは、アメリカ的神話として文学が召還したのが、人種の差異越境を描くジムとハックの冒険譚『ハックルベリー・フィンの冒険』（*Adventures of Huckleberry Finn*, 1885）であったことだ。『ポータブル・フォークナー』から二年を経て、フォークナーは『墓場への侵入者』（*Intruder in the Dust*, 1948）を世に問う。この物語を駆動するのは、ルーカス・ビーチャムとチック・マリソンという世代と人種の異なるカップリングであり、これはジムとハックのヴァリエーションに他ならない。フォークナーの冷戦対応「商品《コンテンツ》」は、トウェインの文学的遺産を受け継ぎ、その物語世界をヨクナパトゥーファというバルザック的世界に投げ込み、神話へと昇華する。結果、五〇年のノーベル文学賞受賞へとなだれ込む。メルヴィルの『白鯨』（*Moby-Dick*, 1851）から約一世紀、トウェインの『ハック・フィン』から約半世紀を経て、アメリカは文化的成熟《カルチュラル・マチュリティ》を成し遂げるのだ。

フォークナーの非政治的文学が、冷戦構造の中で政治化される時代。それは少なくともアメリカ的神話の誕生の瞬間と言えるかもしれない。だが、この神話と同時期に、「もう一つ」の神話も動き出す。「老人と少年」、もう一つのジムとハックの物語、あるいは、エイハブと白鯨の変奏。とはいえ、ヘミングウェイの場合、事はそう簡単ではない。「ファシズムの嘘」宣言、人民戦線時代のイヴェンス・コネクション、ソヴィエト共産党機関誌『プラウダ』（*Pravda*）への寄稿、共産党系新聞『ニュー・マッセズ』（*New Masses*）や左派系雑誌『ケン』（*Ken*）への接近、そしてキューバとの危うい関係。冷戦の負の遺産、その文化的ダークサイドが、マッカーシズムのマス・ヒステリアに接続していたことは周知だろう。(3) 赤狩りの洗礼とその密告の時代において、ヘミングウェイと共産党との関係は、推定無罪とは言い難い（彼が赤狩りの生け贄とならなかったのは、左翼的右翼作品『誰がために鐘は鳴る』（*For Whom the Bell Tolls*, 1940）の功績だろう）。(4) では、如何にして彼は国民作家へと変貌を遂げるのか。

ロックフェラーと文学、そしてマッカーシズムという流れに呼応し、出版業界が文学の政治化に荷担してきたことは重要である。ジェイムズ・スティール・スミスが述べる『ライフ』の右傾化は、その好例と言える。『スペインの大地』（*The Spanish Earth*, 1937）のショットを掲載し、その左翼的思想を伝えていた三〇年代の『ライフ』誌は、四八年以降、共産主義への警鐘を鳴らすようになるからだ（Smith 36）。たとえば、四八年一月五日号の特集記事は、ジョン・マクパートランドによる「アメリカン・コミュニストの肖像」（"Portrait of an American Communist"）、一月一二日号の社説は「魔女狩りはあるのか」（"Is There a Witch Hunt?"）、一月一九日号の特集記事は、ジョン・ドス・パソスの「マルクス主義の失敗」（"The Failure of Marxism"）である。そして四九年一月一〇日号では、カウリーによるヘミングウェイの特集記事「ミスター・パパの肖像」（"A Portrait of Mister Papa"）が掲載される。ヘミングウェイの生涯を辿るこのエッセイによって、彼とアメリカ／パパのイメージが重なり、その人生は「非政治的」にリライト、リセットされるのだ。[5] 共産主義への危機を煽り、ヘミングウェイを国民作家へと接近させる『ライフ』の戦略は、五二年九月一日号の『老人と海』の一挙掲載でピークを迎えるだろう。宮本陽一郎が指摘するように、この戦略は冷戦イデオロギーの延長であり、「三〇年代の社会的リアリズムを払拭した肯定的な文学」（宮本 一九七）の例証に他ならない。

フォークナーとヘミングウェイ。二人の文学的巨星は、文化の政治化という冷戦の渦中に飲み込まれ、そのテクストはアメリカン・ナラティヴとして神話化される。ジムとハックの物語は、『墓地への侵入者』のルーカスとチック、『老人と海』の老人と少年に変奏、転移し、文化構築という冷戦期アメリカの欲望を映し出すだろう。だが、ここで疑問が残る。何故ヘミングウェイは、敗走する「老人」を描いたのだろうか。新たな世界の「父」としてアメリカ／パパが君臨する時代、少年の精神的な父が老人であるという皮肉。少なくともサンチャゴは、強き父親像とはほど遠く、むしろ彼は古き欧州のメタファーに限りなく近い。そして、狩りへの欲望とその失敗に暗示される不安定なマスキュリニティは、マカジキとの同一化というナルシシズムと相まって、国家的権力の誇示には接続しない。老人は実に絶妙なかたちでアメリカン・イメージを反転させ、その権力の行使も成功しない（老人の暴力もまたスペクタクルでしかない）。「老い」のスペクタクル——これは、老人の神話的世界を覆うカモフラージュではないのか。その神話／寓話のもとでは、カリブへの欲望は、少なくともその水面下に消え、政治色は見えないからだ。

「老い」のテクスト、その氷山の下部には何があるのか。スペクタクルとしての「老人」と弱き「父」は、アメリカという国家の成熟なのか、老いなのか。(6) ここで我々は、テクストとコンテクストの交差を見る必要があるだろう。

3　アメリカン・インヴェイジョン——テクストとコンテクスト

老人の海／カリブとは、如何なる「場所《トポス》」なのか。トランスアトランティックな視座から見ると、カリブの地政学的な重要性は無視できない。欧州と南北アメリカ、文明と野蛮が出会う「場所」。イマニュエル・ウォーラステインが言う「拡大カリブ」（Wallerstein 103）は、南ヴァージニアからブラジル東部に及ぶ。シェイクスピアの『テンペスト』（*The Tempest*, 1612）は興味深い例だろう。地中海コンテクストが大西洋コンテクストに接続し、その先にカリブ、あるいはキャリバンという野蛮があったからだ（カニバリズムの起源の一つは、カリブのカリベ族であることは言うまでもない）。ポカホンタス神話の起源ジェームズタウン、コロンブスが到着した西インド諸島域、そしてロビンソン・クルーソーのプランテーション、ブラジルのバイーアに至る領域（Hulme 4）。「拡大カリブ」は、南北アメリカ大陸を縦断し、大西洋西側の大半を占める。そしてここは、欧州の欲望の残滓、あるいは植民地主義の爪痕が残る「場所」でもある。

当然のことながら、植民地主義的コンテクストは、西欧的ロマンティシズムや原始主義《プリミティヴィズム》と相性がいい。古代文明や原初の森というステロタイプは、未開の地が文明を誘う性的ファンタジーと同義ではなかったか（荒野で手招きする美女という類型を想起すればいい）。誘惑の処女地——それは、植民地に付与されたエロティシズムに他ならない。では、『老人と海』のキューバはどうだろう。ここで重要なのは、老人の住まうキューバ／カリブが、テクストに限りなく希薄であることだ。それどころか、テクストの随所にアメリカが見え隠れする。キューバ不在のテクスト、あるいは偽装したアメリカ。これは一体どういうことなのか。

老人／アメリカが、マカジキ／キューバを欲望する。一方、テクストに散見するのは、アメリカを欲望するキューバであるという矛盾。この反転は、「ディマジオ」の反復によって、テクストに刻印され、キューバの社会と文化に浸透したアメリカの存在を逆照射するだろう。たとえばサメとの闘いの最中、老人はディマジオを幾度となく想起する——「そういえば、大ディマジオは、おれがサメの脳天をやっつけた、あのみごとなやり口を認めてくれるかな？」（*OMS* 103-4）。ローカル誌に掲載される野球記事、そしてディマジオの雄姿。アメリカン・ヒーローが、キューバの小漁村の老人の心を捉える。サメとの格闘においても、老人が行動の規範とするのは、キューバの英雄ではない。

老人はディマジオの個人史を知っている。父は漁師であり、ディマジオは足に障害を抱える。オールをバット代わりに素振りし、バッティングの練習をしていた、という具合に。マカジキとの闘いでも、「大リーグ」のことを考え、「大ディマジオは踵に蹴爪ができたのに、それをこらえて勝負を最後までやりぬく男だ」(68)と思う。実際、第二次世界大戦期から戦後にかけて、ディマジオはアメリカで最も話題に上った人物の一人であった(Melling 6)。だがここで重要なのは、三〇年代から四〇年代にかけて、アメリカ文化がラテンアメリカ諸国に流入していた事実である。老人が船上で「ラジオがない」(105)と思うように、映画、ラジオ番組、ニューズリール、定期刊行物などが大量に流入し、ラテンアメリカ諸国を席巻したのだ(Melling 7)。とりわけ大衆の娯楽であり、視覚文化の覇者である映画が顕著だろう。四八年、キューバで上映された映画の七五パーセントがハリウッド製であり、ラテン系の映画はマイナーな存在に過ぎない(Tunstall 289)。また、印刷ジャンルの存在も侮れない。ラテンアメリカ諸国が輸入したアメリカ書籍は、四九年から六三年にかけて、実に十倍にも膨れあがる。ラテンに溢れる「アメリカ」、あるいはアメリカの文化侵略《アメリカン・インヴェイジョン》。これは、アメリカの反共的文化戦略ではないのか。アメリカの文化と言語が、地場文化を駆逐し、その価値観を植え付ける。文化の側から共産主義を抑圧することが、冷戦期の「戦い」であったのだ。(Wagnleitner 62-3)

アメリカの文化帝国主義が反共政策となる。そして、老人のヒーローがアメリカ人となる。老人のディマジオへの同一化と崇拝は、長い年月を経て形成されたものであり、だからこそマカジキやサメとの格闘中においても想起されることは言うまでもない。老人はアメリカを内面化し、彼はその文化と共に人生を生きてきたのだ（実際、キューバ社会に多数を占める黒人のロールモデルは「白人」であり、政治的他者に他ならない）。ヘミングウェイの視座は、この揺れ、あるいは捻れを、老人とディマジオの関係の延長線上に捉える。老人が内面化したアメリカ的価値観と、物語に希薄なキューバ。これは、同時代のラテンアメリカ諸国の現実だったのだ。

老人の背後にアメリカが見える。「老い」に溶かし込まれたアメリカは、老人の価値観としてテクストの基調となり、この神話世界の違和感、あるいは不純物となる。マカジキのカタチをしたキューバを欲望するアメリカと、アメリカに欲望するキューバと老人。我々は文化と政治が交錯し、依存しあうその関係性を無視すべきではない。そして、トランスアトランティックな想像力は、キューバとアメリカを結び、さらにトライアングルに発展するのだ。それは老人が夢見る「アフリカ」。キューバにアメリカが偏在するように、老人の意識には「アフリカ」が幾度となく現れる。

老人はすぐ眠りにおち、アフリカの夢を見た。彼はまだ少年だった。金色に輝く広々とした砂浜、白い砂浜、あまりに白く照り映えていて眼を痛めそうだ。それから高い岬、そびえ立つ巨大な褐色の山々。老人は、このごろ毎晩のようにこの海岸をさすらう。夢のなかで、磯波のとどろきを聞き、それをわけて漕ぎよせる土人の小舟を見た。いま、こうして眠っているあいだも甲板のタールや船節の匂いをかぎ、朝になると、大陸の微風が送ってくるアフリカの匂いをかいだ。（24-5）

「白い砂浜」と「白い峰」(25)がきらめく。老人が想起するのは、白きアフリカであり、「黒さ」ではない。汚れ無き聖域、あるいは崇高な野蛮。当然のことながら、アフリカは処女地でも無人の地でもない。だが「ロマンティック・サブライム」として、不自然さが隠蔽され、人工的な崇高が出現している点は重要だろう(Cronon 76-80)。そして、老人の記憶の中のライオンは、いわば飼い慣らされたアフリカのメタファーであり、そこに驚異や畏怖はない――「夢はただざまざまな土地のことであり、砂浜のライオンのことであった。ライオンは薄暮のなかで子猫のように戯れている。老人はその姿を愛した。いま、あの少年を愛しているように」。(25)

ここで我々は、キューバがスペイン語圏における最大のスレイヴ・コロニーであったことを想起すべきだろう。一八世紀から一九世紀にかけて、キューバは三角貿易の主軸であり、奴隷市場の拠点であった。ゴールド・コーストやニガー・デルタから新世界へ。キューバにアフリカ黒人が集められ、彼らはアメリカにシステマティックに「輸出」されるのだ(Klein 38)。老人のアフリカは、少なくともこの奴隷貿易と無縁ではない。彼の夢の中では、このビジネスが美化され、グロテスクな現実は捨象される。「白き」アフリカと、飼い慣らされた「ライオン」。老人の意識は、白人の植民地主義者の意識に限りなく近い。

何故「白き」アフリカが、キューバに出現するのか。あるいは、何故少年マノリンが、老人の夢に出てこないのか――「少年は彼の夢のなかに姿を現さない」(25)。だが老人の意識は、執拗に少年を求める――「あの子がついていてくれたらなあ」(48)。老人と少年、そして老人とアフリカ。両者の関係が指し示すのは、白人アメリカ人と彼に寄り添う影、有色人種の共犯関係に他ならない。このとき、マノリンはアフリカ的「黒さ」に接近するだろう。老人との関係において、マノリンは黒くなければならない。そしてこの好例は、「キリマンジャロの雪」("The Snows of Kilimanjaro," 1938)を見ればいい。

第3章でも言及したように、アフリカ人たちは、現地の従者として白人に付き従う。「キリマンジャロの雪」の終盤、ハリーの脚を治療するために、飛行機が到着する。爆音が聞こえ、旋回する機影に対し、少年たちは駆けだしてゆくのだ(CSS 55)。ハリーが幻視する風景に映る「黒い」影。それは、ハリーを「旦那様《ブワナ》」と呼び、彼を主人として存立させる白人の「黒い」分身だろう。三〇年代の人種イデオロギーにおいて、両者は共犯関係を切り結ぶ。その「黒さ」とは、人種イデオロギーの例証であり、残滓と呼ぶにふさわしい。当然のことながら、『老人と海』の老人と少年の関係においても、そのような人種意識は継続する。「白い」老人に寄り添う「黒き」少年。ハリーと老人の再出発と、そのイデオロギーを支える「黒さ」は不可分なのだ。老人はこの意味において、限りなく「白く」なければならない。キリマンジャロの頂とカリブの大海原が示す神話的世界とは、ホワイト・アメリカの価値観と同義だろう。だがハリーと老人の白き欲望とは、実現しないという点において、逆説的なのだ。

4 反転する狩り——「老い」のスペクタクル

老人とは、ホワイト・アメリカを体現するのだろうか。少なくとも、彼の身体は満身創痍に映る。痩せ衰えた身体。顔には深い皺が刻まれ、皮膚病による斑点が浮かぶ。そして、両の掌には畝状の傷。ここにあるのは、成熟ではなく、老いだろう。もちろん、ヘミングウェイ・ヒーローにおいて、傷は内面的な価値であり、男らしさの記号であることは言うまでもない。だが、そのマチズモは、フレデリックやロバート・ジョーダンに顕著なように「若さ」と表裏の関係にある。傷は「若さ」であり、「老い」ではないのだ。ではここにおいて、「老い」は如何なる意味を持ちうるだろうか。我々は、テクストが示す「反転」の構図を見る必要がある。

冒頭のテラス軒、そこで語り手は、サメ工場のエピソードを語る。

そこ(サメ工場)では、サメは綺瀧で吊りあげられると、肝臓をえぐりとられ、ヒレを切り落とされ、皮を剥がれたあげく、塩漬けにするために切り刻まれるのである。(11)

サメ解体の記述は、サメによるマカジキ解体を予告するだろう。狩る者と狩られる者という加虐と被虐の関係は、冒頭から予告され、物語の基調となるからだ。狩りの反転の構図は、この後、船上でのマグロやシイラの解体風景となって反復する——「彼は片膝で魚をおさえ背の線にそって頭から尻尾にかけ、赤黒い肉にナイフの刃を入れる。つぎに、そのくさび形の肉きれを、背にすれすれのとこ

ろから横腹にかけて、つぎつぎと削いでいく。六つの切り身ができた」。（57）

シイラの解体では、さらにグロテスクだ。

彼はその頭にナイフの刃を突き刺し、ともから引きずり出した。それを片足でおさえ、肛門から下顎の先にかけて、さっとナイフを走らせる。それからナイフを下におき、右手で腸を掴み出して中をきれいにし、鰓を抜き取る。胃がばかに重くて、手から滑り落ちそうだ。彼はそれを裂いてみた。中からトビウオが二匹出てきた。（78）

自然の摂理において、加虐と被虐は反転する。そして、ヘミングウェイのテクストでは、奪う者は必ずしも強者ではない。『アフリカの緑の丘』（*Green Hills of Africa*, 1935）に顕著なように、「狩り」の成功は決して強調されないからだ。サイやクズーを仕留めても、仲間の獲物には及ばず、水牛は手負いのまま取り逃がす。マスキュリニティを誇示する「狩り」において、成功ではなく「失敗」を描くという矛盾。ヘミングウェイの描く狩りという暴力は、反転の機会を有し、強さへと接続しない。『老人と海』におけるサメ、マグロ、シイラの解体は、マカジキに同一化した老人のメタフォリックな解体へとなだれ込む。それは、マゾヒスティック／ナルシスティックな欲望と無縁ではない。

老人はサメに恐怖し、魅了される――「海中のどんな魚も、速さということでは、これにかなわない。のみならず、顎以外は一点非の打ち所のない美しさだ」（100）。老人とマカジキとの格闘が、いわば鏡像とのセクシュアルな融合であるのに対し、サメは彼らを食らう〈外部／他者〉と言うべきか（だが、老人はそのサメにも欲望している点は重要だろう）。鏡像としてのマカジキ――それは、記憶の中に現れる若き日の自分、あるいは「若さ」そのもの。サメは、それを食らい、「老い」をスペクタクルとして開示する。

「半分しかない」と彼は声に出して言った。「お前はもう半分になっちまった。遠出したのが悪かったんだ。俺は、俺とお前と、二人とも台無しにしてしまった。けれどな、俺たちはサメを沢山殺したじゃないか。お前と俺とでさ」。（115）

加虐と被虐の反転、そして狩りの失敗。老人の手の傷は、船上で切り刻まれる魚の身体に転移し、さらにマカジキの残骸に接続する。「老い」と「傷」のスペクタクル。老人の奮闘は、脆弱なマスキュリニティの誇示となるだろう。ここにファリックな父は存在しない。老人に仮託、照射される老いたアメリカがあるだけだ。

老人のアメリカ。その皮肉な響きは、大海原のスクリーンに欲望を照射する老人の記憶とも切り結ぶ。腕相撲勝負のエピソードが好例だろう（68-9）。老人はマカジキとの格闘の向こう側に、ありし日の黒人との勝負を幻視する――「勝負は日曜の朝に始まり、月曜の朝に終わった」（69）。これは強きアメリカへの警鐘と皮肉なのか。現実と幻想は融解し、彼は勝利の記憶に酔いしれる。だが、ここで提示されるのは、栄光ではなく、「老い」のスペクタクルに他ならない。彼はナルシス的イメージを幻視し、読者はそこに老いを見る。(7)

老人の海とは何か。当然、その海とは、トランスアトランティックな欲望が渦巻くカリブであり、ここに冷戦期の政治学を読むことは容易い。キューバ不在のテクスト、あるいは偽装したアメリカ。ヘミングウェイが描く老人の神話とは、アメリカの政治学に接続し、その帝国主義的欲望を煽る。だが、帝国の傲慢は、「狩り」という行為において二重化するのだ。加虐と被虐、支配と被支配の反転。それは、強きアメリカではなく、脆弱な国家身体のメタファーとなる。「老人」とは、ヤング・アメリカの裏返された鏡像であり、病めるアメリカを代表／表象するだろう。老人のテクストとコンテクストから見えるアメリカは、必ずしも肯定的には描かれていないのだ。メディアは、この意味において、『老人と海』を誤読していたと言っていい（あるいは、ヘミングウェイがそれを見越して、「老い」を描いたと言うべきか）。

身動きの取れない小舟／密室で格闘する老人。ここにはさらなる意味が潜む。自由と民主主義を標榜するアメリカとは、果たしてオープン・スペースな国家なのか。大海原とは密室の別名ではないのか。老人は迫り来るサメが見えていない。海面下の何も把握できないのだ。老人とサメの格闘とは、密室のアメリカにおける暴力を暗示し、その不気味さを伝えるだろう。開かれた密室、そして老いのスペクタクル。ヘミングウェイの寓話は、冷戦時代の政治学を映し出すのだ。

◉註

（1）カウリーは何故「南部」に焦点を当てたのか。南部はフォークナーの世界観を代表／表象する「場所」であることは言うまでもない。だが、南部に焦点を当てることで、カウリーは自身の過去と思想に蓋をしたことを見逃すべきではないだろう。共産党シンパとしての過去を隠すため、彼はフォークナーと南部を執拗に結びつけ、南部知識人との連携を模索したのだ。『ポータブル・フォークナー』に対する批判は、マイケル・ミルゲイトが詳しい。

伝記的なことを言えば、フォークナーが南部で物語を紡いだというのは少々語弊がある。一九三〇年代のMGM、四〇年代のワーナーブラザーズとの契約が象徴するように、彼の主戦場はハリウッドであり、南部（オックスフォード）に住み、小説執筆で生計を立てていたとは言い難い。四〇年代、彼は小説家としては完全に埋没しており、ヘミングウェイやフィッツジェラルドのように、一般的に認知されていなかったことは、カウリーには好都合であった。そこに新しい解釈や思想を付与しやすく、評価もリライトできるからである。

（2）一九五〇年、「文化自由会議」は反共主義の名のもとに創設され、三五ヵ国にオフィスを持ち、アメリカの文化や芸術の宣伝に寄与した。ＣＩＡからの潤沢な資金提供によって、アメリカの反共的文化戦略の一翼を担ったことは重要だろう。詳しくは、フランシス・サンダースを参照されたい。

（3）赤狩りの恐怖、それは現代の魔女狩りに等しい。一九四五年一月、非米活動委員会は下院の常設委員会となり、ＦＢＩと連携し、権限を強化する。異端審問はまず映画関係者から開始された。四七年一〇月、一九名が非米活動委員会の聴聞会に出頭する。だが、実際には、一一名で第一次審問は終了。そして、外国人扱いのブレヒトを除く一〇名が「ハリウッド・テン」となる。ここから、「魔女狩り」はその猛威をふるうことになる。

四八年一〇月、ヘミングウェイはフォッサルタを再訪し、その後、ヴェニスを訪れる。ここでアドリアーナ・イヴァンチックと出会い、濃密な「父娘」関係を経て、彼は創作のエネルギーを得る。『河を渡って木立の中へ』（*Across the River and into the Tree*, 1950）と『老人と海』。老大佐と老人の告白の物語において、ヘミングウェイは神話へと接近する。だがこれらのテクストの同時代は、マーカーシー旋風が吹き荒れ、マッカラン法（国内治安法）によって、思想と言論の自由が抑圧された時代であった。『老人と海』が出版された五二年は、非米活動委員会の喚問を拒否したチャップリンが事実上の国外追放となっている（この前年の五一年には、第二回の公聴会が開催され、三二四人の映画関係者がハリウッドを追われている）。共産主義への恐怖と疑心暗鬼の時代に、老人の神話が生まれる。この事実を無視しては、『老人と海』のコンテクストは見えてこない。エリック・ベントリー、ヒルトン・クレイマー、陸井三郎を参照されたい。

（4）ニューディール時代の文化思想は、社会主義的国家プロジェクトを偽装しながら、聖書的意味を付与されることで、右寄りのナラティヴとなる。その好例は、スタインベックの『怒りの葡萄』（*The Grapes of Wrath*, 1939）だろう。ジョード家の旅路とは、乳と蜜の流れるカナン／カリフォルニアを目指す旅。この疑似「出エジプト記」では、大恐慌の現実は、聖書的ナラティヴに覆い隠され、神話化されるのだ。この『怒りの葡萄』と同じく、ヘミングウェイの『誰がために鐘は鳴る』もまた、奇妙にも赤狩りをすり抜け、国民文学となった好例である。民主主義のアメリカ／ジョーダンが、途上国スペイン／マリアを救う、反ファシズム共闘の物語。左翼的思想がメロドラマを偽装し、民主主義擁護のナラティヴと渾然一体となることで、左翼的「右翼文学」となるのだ。

（5）「ミスター・パパの肖像」が強調するのは、ヘミングウェイがボクシング、ハンティング、フィッシングに興じるマッチョな作家である点だけではない。彼が「みんなの父になろうとしている」とカウリーが書いている点に注目すべきだろう。（*Life* 87）

では、「みんなの父」（"everybody's father"）とは何者であり、何を象徴しているのだろうか。興味深いのは、この記事が同時代のイデオロギーと密接なことである。それはページ全部を使った二種類の広告にヒントがある。一つ目は、「よりよい生活のために」（"for Better Living"）という見出しの「ナショナル・ホームズ」の広告（92）。ヘミングウェイをナショナル・パパへと昇華する記事に挿入された「家」と「家庭」の広告は、「パパは何でも知っている」時代に求められる強さや安定の象徴となる。本来、ヘミングウェイと定住する「家」は相容れない。だが、広告に仮託されたメッセージはその過去を打ち消し、国家という「家」が強調される。二つ目は、「息子を誇りに思う」（"I'm so proud of my boy!"）という見出しの「米国陸軍・空軍」の広告である(95)。軍服姿の息子の写真を誇らしげに掲げる母親が紙面全体を覆う。そして、見出しの下には、母の子に対するメッセージが添えられている。彼の入隊を誇りに思うこと。軍隊での経験は除隊後にも役に立ち、人生の道標となること。母子の笑みは、「家族」の絆の強さだけでなく、「国家」という身体の充実度を象徴する。「家」と「家族」、そして「軍隊」。ヘミングウェイが「パパ」となり、広告に不在の「父」を代表／表象することで、冷戦期の「家族」が生成されるのだ。右寄りへと旋回した『ライフ』は、「ミスター・パパの肖像」とナショナルな「広告」を通じて、冷戦時代の国家身体、あるいは家族イメージを作り上げる。これはメディア戦略の好例だろう。

（6）パクス・アメリカーナの弱き「父」。この逆説的関係は、同時代の演劇・映画においても確認できる。アーサー・ミラーの家族劇『橋からの眺め』（*A View from the Bridge*, 1955）とニコラス・レイ監督『理由なき反抗』（*Rebel Without Cause*, 1955）が好例だろう。前者では、主人公エディの姪キャサリンに対する過剰な愛情と関心が、近親相姦的な欲望へと変容し、嫉妬から殺人に至る家族の悲劇を描く。一方後者では、ミラーに呼応するように、娘の性的魅力に抗しきれない父親が描かれる。身内への（近親相姦的）欲望とは何か。それは鏡像に対するナルシス的欲望ではないか（これはサンチャゴとマカジキの関係の変奏と言えるだろう）。そして、エディの「密告」（『橋からの眺め』）やエプロンを着けた父親（『理由なき反抗』）に象徴されるスペクタクルは、父権の剥奪に接続し、アメリカ／パパのイメージを打ち砕く。弱き「父」のスペクタクル。『老

【図7-1】現在の老人（船上）

【図7-2】若き日の老人（腕相撲）

人と海』の老人とこれらの父親は、その脆弱さにおいて、共通点を有する。

（7）ジョン・スタージェス監督『老人と海』（*The Old Man and the Sea*, 1958）は、「老い」のスペクタクルを小説以上に前景化する。腕相撲勝負のシークエンスがやはり興味深い。まず、老人の現在と過去を繋ぐ二つのショットを見よう。

【図7—1】と【図7—2】の連続ショットは、現在と過去を繋げ、同型の構図とイメージを提示する。老人はマカジキとの格闘の向こう側に、ありし日の黒人との腕相撲勝負を幻視する。現在と過去は融解し、彼は勝利の記憶に酔いしれる。しかしながら、ここで提示されるのは、「老い」のスペクタクルでしかない。

映画版は、小説の再現に止まるのだろうか。スタジオという密室／海で、小説のプロットの再現に腐心した結果、図らずも同時代のマッカーシー的密室の恐怖とイデオロギーが再現されてしまう。張りぼてを使ったスタジオ撮影の不幸は、同時代アメリカをメタフォリカルに映し出す皮肉な「幸運」となるのだ。

◉引用文献

Bentley, Eric. *Thirty Years of Treason: Excerpts from Hearing before the House Committee on Un-American Activities, 1938-1968*. New York: Viking, 1971.

Blotner, Joseph L., ed. *Selected Letters of William Faulkner*. New York: Random House, 1977.

Cowley, Malcolm. "A Portrait of Mister Papa." *Life* 26.1 (1949): 86-101.

Cronon, William. *The Trouble with Wilderness; or, Getting Back to the Wrong Nature*. New York: W.W.Norton, 1995.

Dos Passos, John. "The Failure of Marxism." *Life* 24.3 (1948): 96-108.

Editorial note to "From Ernest Hemmjningway to the Editors of *Life*." *Life* 33.4 (1952): 124.

Faulkner, William. *Intruder in the Dust*. New York: Random House, 1948.

Hemingway, Ernest. *Green Hills of Africa*. New York: Scribner's, 1987.

---. *The Complete Short Stories of Ernest Hemingway: The Finca Vigia Edition.*[*CSS*] New York: Simon & Schuster, 1987.

---. *The Old Man and the Sea.*[*OMS*] New York: Scribner's, 1980.

Hulme, Peter. *Colonial Encounters: Europe and the Native Caribbean 1492-1797*. New York: Routledge, 1986.

Editorial note to "Is There a Witch Hunt?" *Life* 24.2 (1948): 26.

Klein, Herbert S. *The Atlantic Slave Trade*. Cambridge: Cambridge University Press, 1999.

Kramer, Hilton. *The Twilight of the Intellectuals: Culture and Politics in the Era of the Cold War.* Chicago: Ivan R. Dee, 1999.

Lynn, Kenneth S. *Hemingway*. Cambridge: Harvard University Press, 1987.

McPartland, John. "Portrait of an American Communist." *Life* 24.1 (1948): 75-82.

Melling, Philip. "Cultural Imperialism, Afro-Cuban Religion, and Santiago's Failure in Hemingway's *The Old Man and the Sea*." *The Hemingway Review* 26.1 (Fall 2006): 6-24.

Millgate, Michael. "Defining Moment: *The Portable Faulkner* Revisited." *Faulkner at 100: Retrospect and Prospect*. Eds. Donald M. Kartiganer & Ann J. Abadie. Jackson: University Press of Mississippi, 2000. 26-44.

Moddelmog, Debra A. *Reading Desire: In Pursuit of Ernest Hemingway*. Ithaca: Cornell University Press, 1999.

Saunders, Frances Stonor. *The Cultural Cold War: The CIA and the World of Arts and Letters*. New York: The New Press, 2000.

Schwartz, Lawrence H. *Creating Faulkner's Reputation*. Knoxville: University of Tennessee Press, 1988.

Smith, James Steel. "Life looks at Literature." *The American Scholar* 27.1 (1956-7): 23-42.

Sylvester, Bickford. "The Cuban Context of *The Old Man and the Sea*." *The Cambridge Companion to Ernest Hemingway*. Ed. Scott Donaldson. Cambridge: Cambridge University Press, 1996. 243-268.

Tunstall, Jeremy. *The Media are American: Anglo-American Media in the World*. London: Constable, 1978.

Wagnleitner, Reinhold. "Propagating the American Dream: Cultural Politics as Means of Integration." *American Studies International* 24.1 (April 1986): 60-84.

Wallerstein, Immanuel. *The Modern World-System II: Mercantilism and the Consolidation of the European World-Economy 1600-1750*. New York: Academic Press, 1980.

ノルベルト・フェンテス『ヘミングウェイ——キューバの日々』宮下嶺夫訳（晶文社、一九八八年）

宮本陽一郎「老人とカリブの海——冷戦、植民地主義、そして二つの解釈共同体」『ヘミングウェイを横断する』（本の友社、一九九九年）一九〇—二一一頁

陸井三郎『ハリウッドとマッカーシズム』（社会思想社、一九九六年）

【補章３】シネマ×ヘミングウェイ③
――アレクサンドル・ペトロフ監督『老人と海』

わかんない。
チェブラーシカ

1. ガラスペインティング・アニメーション

油絵が動く！　印象派のタッチを思わせる画像が、生命を得たかのように躍動を始める。淡い色調と不鮮明な輪郭。人物は光に包まれ、その暖かさを享受する。ルノアールを彷彿とさせるタッチ。あるいは、自然の息づかいを大胆に表現し、力強さと躍動感溢れる海と空は、ゴッホ風と言えばいいだろうか。アレクサンドル・ペトロフのアニメーションは、動く印象派絵画そのものだろう。ヘミングウェイとアニメーション。奇妙な繋がりに思うかもしれない。だが、一九九九年の米国アカデミー賞で、ペトロフの『老人と海』（*The Old Man and the Sea*, 1999）が短編アニメーション賞を受賞し、この動く油絵版『老人と海』が、世界の注目を浴びたことは無視すべきではない。

アレクサンドル・ペトロフ。一九五七年、ロシアに生まれたこの鬼才は、『話の話』(*Tale of Tales*, 1979)、『霧の中のハリネズミ』(*Hedgehog in the Fog*, 1975) 等で知られるユーリー・ノルシュテインに師事する。[1] ペトロフは、『雄牛』(*The Cow*, 1989)、『おかしな人間の夢』(*The Dream of a Ridiculous Man*, 1992)、『マーメイド』(*Mermaid*, 1997) とコンスタントに短編作品を発表し、世界各国のアニメーションフェスティバルを席巻する。そして、初の商業映画(IMAX作品)、『老人と海』を作るのだ。オスカーを手にしたペトロフに対する関心の高まりは、ジブリ美術館の動きからも確認できるだろう。宮崎駿・高畑勲両監督と親交のあるノルシュテインを経由して、ペトロフは『春のめざめ』(*My Love*, 2006) を撮り、ジブリ美術館がそれを配給したからだ。一九世紀のロシア、革命直前の不穏な貴族社会が、思春期の少年と少女の淡い物語を通じて映し出される。不安定な政情や社会は、二人の女性に恋をする少年の揺れる心に仮託され、思春期特有の聖と性に対する「めざめ」が描かれるのだ。動くルノアール。この不思議なタッチと夢想的世界は、ジブリ・アニメーションの世界観と相性がいい。

ペトロフの手法は、ガラスペインティングと呼ばれるものだ。透明のアクリル板に油絵の具で絵を描く。この「絵」を動かすには、変化する部分をほんの少しだけ書き変え、書き加え、絵に変化をつけねばならない。下から光を当てたガラス板が、撮影台に置かれる。このガラス板は透明なキャンバス。ペトロフは指を筆に見立て、その指/筆で、ガラス板に油絵の具を撫でる。一枚書き、撮影し、さらにその絵を動かすために、先の絵に修正を加えた次の一枚を書く。アニメーターが描く大量のセル画をイメージすればいいだろう。ペトロフは、このセル画に相当する絵をたった一人で、それも油

【図H3-1】視線の移動①（上空を見上げる老人）

【図H3-2】視線の移動②（上空の鷲）

絵の具で描くのだ。最初の絵は、次の絵のために加筆・修正される故、通常のセル画のようにオリジナルが手元に残ることはない。一枚一枚撮影された数万にも及ぶ刹那の油絵は、卓越した画力と記憶力、そして桁違いの忍耐力によって可能となる脅威の芸術である。オリジナル画が不在のアニメーションは、刹那の芸術だからこそ、唯一無二のアニメーションとなり、不滅の生を得る。

ペトロフの『老人と海』は、多くの点で、ヘミングウェイの原作に依拠している。カジキとの格闘と鮫との死闘、そして老人のキリスト教的精神世界。血と暴力という、思考と回想という「静」が、唐突に交差する。「静」から「動」と、「動」への移行を見よう。静寂から一転、加速する映像は、映画特有のスピード感であり、その飛翔感は、ジブリとペトロフを繋げる接点とも言える。老人が空を眺めると【図H3—1】、そこには鷲が羽ばたく【図H3—2】。視座は鷲に譲渡され、鷲は老人を見下ろす【図H3—3（次頁）】。直後、獲物を見つけた鷲は、海にダイブ。老人の視座と思考は、鷲に仮託され、その嘴は海中を射抜く。鷲によるこの狩りは、後の老人の「狩り」のデモンストレーションだろう。驚異的な速度で、観客を海中へと引きずり込む映像は、今後の展

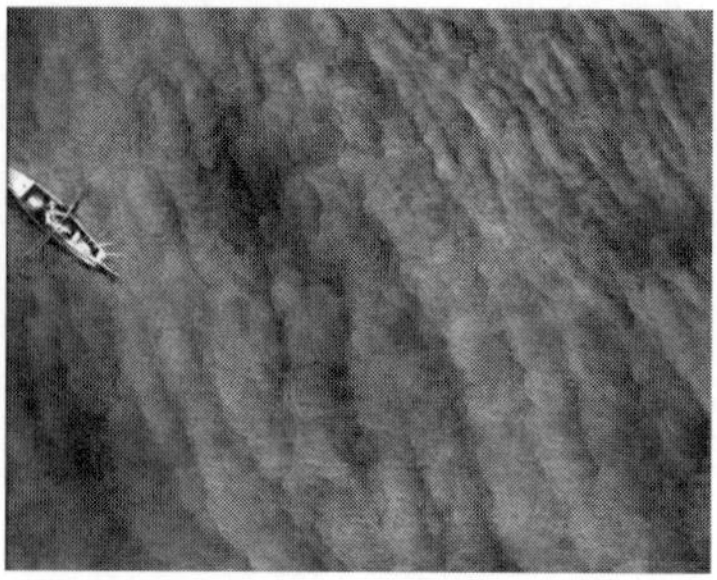

【図H3-3】鷲の俯瞰ショット

【図H3-4】ディゾルヴ（ライオンと少年）

開を予告・暗示し、アクティブな狩りと船上で静止する老人という対称性を際立たせる。

アニメーション特有の場面転換も興味深い。融解《ディゾルヴ》する映像は、ショットとショットを緩やかに繋げ、その関連性を強調するからだ。たとえば、冒頭のライオンの夢を見よう。若き日の船乗りである老人のショットからライオンのショットへの移行は、途切れることなく、映像が融解する。ライオンに自分を重ねる老人の心情は、重なり合う映像によって表現され【図H3―4】、言語で説明されることはない。映像が語る、というわけだ。映画／アニメーションが持つ映像言語は、ハードボイルド・スタイルに通底し、観客は映像の「氷山の下部」を読まねばならない。

2. 十字の形象と聖痕

ペトロフがヘミングウェイの原作の主題を丁寧に抽出していることは、キリスト教的な形象の多さから確認できる。先の【図H3―4】のマスト、そして翼を広げた鷲【図H3―2】、オール

【図H3-5】老人と聖痕

【図H3-6】十字の形象①（カジキ）

で船をこぐ老人を見る鷲の俯瞰ショット【図H３—３】など、「十字」の形象は、至るところに出現する。原作では、老人の両掌に「綱を操って大魚を捕らえるときにできた深い傷」がある。キリスト的聖痕《スティグマ》、架刑の釘跡の暗示である。だがアニメーションでは、この聖痕は強調されず、マストを肩に老人が坂道を登る原作のクライマックス（ゴルゴタの丘を登るキリストを暗示）も用意されていない。一方、【図H３—５】のように、ラストシーンで、「うつ伏せに、腕をまっすぐに伸ばし、掌を上に向けて」いる老人は、原作の再現だろう。それは磔後のキリストが、大地に横たわる姿である。

多くのショットに出現する十字の形象は、老人とキリストとを緩やかに結びつける。そもそも、【図H３—６】に顕著なように、カジキマグロの形象は、限りなく十字に近い。その側を泳ぐ老人の「意識」は、この十字に寄り添い、離れることはない。彼は聖なるものと共にいる、というわけだ。

だが、この十字の形象が、生と聖だけを暗示せず、死に接続されていることも忘れるべきではないだろう。原作『老人と海』が、老人の死出の旅を描きながら、生態系、あるいは自然と人間との

【図H3-7】十字の形象②（海中の骨）

【図H3-8】十字の形象③（船の残骸とカジキの骨）

関係を思考しているように、アニメーションもまた生と聖、そして死を約二〇分の映像に凝縮させる。この繋がりは、映像の予示作用として描かれている。オープニングの鷲の狩りが、直後の老人の狩りを予告したように、ラストシーンのカジキの死骸にも布石がある。カジキとの死闘の最中、老人は魚を食べる。老人が海中に投げ捨てた魚の骨は、小さな十字架にも見える【図H3―7】。海中に沈みゆく、十字の骨は、モラルを意識の底にしまい込み、狩りという暴力に身を委ねる老人の決意を反映するだろう。そして、このショットは、ラストシーンのカジキの残骸【図H3―8】に接続する。映像の予示作用は、差異を伴う反復であり、主題の意味を強化する。「食」に関する生態系表象は、魚を食べる老人からカジキを食べる鮫へと反復・変容し、ここにヘミングウェイ特有のキリスト教的形象が加わる。【図H3―8】のカジキと船が、十字の形象であることを確認しよう。死骸と十字。これを見ているのは、次の世代を担う子供たち。死と聖と生が、一枚の絵／フレームの中に同時に提示されているのだ。

ペトロフの『老人と海』において、老人はマスト（十字架）を担がない。そして、その前を横切る「猫」も描かれない。さらに、物語を異化し、神話的・宗教的な海を相対化する「旅行者」も登場しない。カジキや鮫との格闘は、老人の夢、幻影なのか。ハンモックでまどろむ老人から始まる物語は、ベッドで泥のように眠る終盤へと繋がる。終わりは始まりに戻り、物語は円を描く。神話的な老人の海は、原作のように相対化されることなく、神話的相貌をとどめるのだ。ラストシーンは、老人の小屋からかけ出す少年。その向こうには神話の海が広がる。老人から少年へ、その精神が譲渡された瞬間だろう。

猫のいない『老人と海』。あるいは、動く油絵が生み出すもう一つの『老人と海』。ヘミングウェイとアニメーションが交差し、国境を越える。これはもう一つの「文学」だろう。

◉註

（1）ロシア・アニメーションは、アヴァンギャルドからチェブラーシカに至るまで奥が深い。多様なスタイルやキャラクターを生み出す文化的土壌が、ペトロフに与えた影響は計り知れない。ノルシュテインまでの影響関係については、井上徹の論考を参照されたい。

◉引用文献

井上徹『ロシア・アニメ――アヴァンギャルドからノルシュテインまで』（東洋書店、二〇〇五年）

第8章　ライティング・ブラインドネス
——「視」の逃走／闘争

人間は、詩人同様、生まれるといきなり「事の最中に《イン・メディアス・レース》」突入し、死ぬときも「事の半ばで《イン・メディアス・レーブス》」死ぬ。そしてその短い一生を意味づけるために、人生と死とに意味を与えるような、虚構による始めと終りとの調和を必要とする。人間が想い描く〈終末〉は、人間のどうしようもなく中間時的な関心のありようを反映しているであろう。

カーモード『終りの意識』

1. メディア、盲目、「終り」の意識

チック・タック。時計の音をイメージしよう。かつてフランク・カーモードは、『終りの意識』(*The Sense of an Ending*, 1966) において、「終り」が全体に意味と持続を与えると述べた――「我々が関係し合った二つの音の二番目の音をタックと呼ぶ事実は、我々が虚構を用いて、終りをして時間構造に体制と形式を与えることを可能ならしめている証拠である」(カーモード 五九)。時計の音、チック (始り) とタック (終り) の間にある虚無。それを埋めるため、人はチック・タックと数え、そこに「有意義な持続」を見出し、生の時間を統合するというのだ。(六〇)

タックからチックを思考する。あるいは、終りから始りを見つめ、そこに生起する「生」の時間を捉える。チック・タックによって形式を与えられ、「有意義な持続」をはらんだ時間とは、いわばカイロスと同義だろう。この時間が生み出すプロットの好例として、カーモードが『ユリシーズ』(*Ulysses*, 1922) を挙げるのもうなずける (六〇)。たった一日の濃密な「今」の物語を描く。つまりダブリン・パノラマが、人生を代表/表象する「持続」となるからだ。しかしながら、「終り」とはその根源的な意味において、「死」の別名であることは言うまでもない。そう、チック・タックのメタファーとは、プロットのレベルにとどまらない。タックからの思考――それは「死」に新たな意味を与え、「終り」からの生を再考する契機となる。ここで我々は、ある作家を想起すべきだろう。幾度となく「死」を乗り越え、「終り」から生を見つめた作家ヘミングウェイ。第一世界大戦での負傷、数多の事故や怪我、そして複数の病。彼の欠損した身体は、生と死がせめぎ合うアリーナなのか。マッチョなメディ

ア・イメージと真逆の身体。そのバランスの悪さは、彼の人生そのものだろう。

終りの意識。それは、闘牛士が感じる生／死の恍惚か、あるいは、カリブの海を彷徨う老人の叫びか。ヘミングウェイが描く主人公たちが、生と死の狭間を生き、「終り」を意識していることは明白である。だがここで我々は、ある疑問を抱くべきだろう。ヘミングウェイは、その晩年、終り／タックをどのように描いたのだろう、と。一九六〇年、神経衰弱と鬱状態、そして繰り返される電気ショック。言葉が奪われ、記憶が切断される。一九六一年七月、ショットガンによる壮絶な「終り」。メディアの寵児である彼が、そのイメージとのギャップに喘ぎ、ついには虚像／実像を撃つことで決着をつける。伝記的な側面が過剰に強調される一方で、彼の「終り」の意識とテクストとの関係は、曖昧なままなのだ。

本章では、ヘミングウェイの最晩年、一九五七年に発表された二つの「盲目《ブラインドネス》」の物語、「盲導犬としてではなく」（"Get a Seeing-Eyed Dog"）と「世慣れた男」（"A Man of the World"）に焦点を当てる。終りの意識は、如何に「盲目」に接続し、「眼」の主題に影響を与えるのか。戦争と芸術、あるいはファシズム／モダニズムの時代、眼差しで世界に触れようとした作家が、最後の短編で盲目を描く。この変貌は何を意味するのだろうか。そして、メディア・メイドなイメージを生きた作家は、如何にして虚像と実像に折り合いをつけ、それをテクストに刻むのか。メディアと盲目。最晩年の彼の「声」に耳を傾けようと思う。

2.「眼」のモダニズム——戦争、キュビズム、フィルム

「20th CENTURY FOX」と「サーチライト」。ハリウッド大手スタジオ、20世紀フォックスのロゴは馴染みだろう。闇夜に浮かび上がる「20」のデザイン。その周囲を光のラインが交差する。サーチライトは、何かを探し出すかのように、暗闇にまばゆい光を投げかけるのだ。当然のことながら、このロゴは、スタジオの自己主張だけを意味しない。そもそも何故、サーチライトは暗闇を照らすのだろうか。興味深いことに、それは夜間飛行する敵の戦闘機を照らす「眼／光」であり、メタフォリカルな「(光による) 攻撃」でもある。サーチライトと爆撃、そして戦争と映画。空の戦争の始まりは、光の投影《プロジェクション》、あるいは「映画」の始まりとなる。

第一次世界大戦において、上空の「眼」を獲得することは、戦略上の優位性と同義であった。ポール・ヴィリリオの指摘は示唆的だ——「距離、奥行、三次元世界。数年の戦争の間に、空間は、力動的攻撃、大がかりな操作のための作戦の場となった」(ヴィリリオ 七八)。「空」を戦略のステージとした戦争は、前線と後方の連動、あるいはその混在状態を生み出し、戦争を「立体化」する。(1) 第一次世界大戦における航空機の導入は周知の事実だが、それらの役割は、爆弾投擲など現実的・実践的な攻撃を可能にするだけではない。「空撮」は、着弾観測、地形や戦況の把握・確認に不可欠であり、戦場を立体的・戦略的に捉える視座を与えたのだ。つまり、空撮テクノロジーとは、写真・映像テクノロジーの別名であり、ここにおいて軍事と芸術は、奇妙な相互依存の関係を成立させるだろう。(2)

戦争のテクノロジーは、人間の知覚と空間認識を変え、それは芸術に如何なる影響を及ぼすのだ

ろうか。「はじめに」でも言及したように、ガートルード・スタインの発言は興味深い。上空から見える戦場が、芸術的なラインを描く。それはまさに「キュビズムの構図」（Stein 11）であり、立体的な視座がもたらす、新しい「知覚」の発現だろう。戦場とキュビズムの相関性とは、平面から立体へと移行した戦争形態の変化を如実に物語るのだ。

　では、キュビズム的視点とは何だろうか。ここで注目したいのは、キュビズムと戦争を特徴づける「多視点」と「不均質な空間」のルーツ、セザンヌの絵画的実験と「眼」との関係性である。[3] 何を見るか、あるいは如何に見るか。画面中央のリンゴを強調するため、中央左のリンゴ、上方のオレンジ、右の果実、下方のテーブルクロスという四つの視点を描く《リンゴの籠のある静物》（*The Basket of Apples*, 1890-94）は好例だろう【図8—1】。セザンヌのスタイルとは、三次元の空間を如何に捉えるか、に尽きる。画家が抱くその錯覚に対し、セザンヌは立体と平面という概念の再考を促すのだ。キャンバスに不均質な空間を出現させ、欲望の対象を手前に配置する。見たいもの、書きたいものは、後景にあるはずがない。キャンバスに欲望の視線を刻むとき、サント＝ヴィクトワール山は眼前にあるはずだ（《サント＝ヴィクトワール山》（*Mont Sainte-Victoire*, 1887）【図8—2（次頁）】。フォルム／フレーム、あるいは空間認識の変容。セザンヌのスタイルとは、クロースアップの絵画的実践に他ならない。[4]

【図8-1】セザンヌ《リンゴの籠のある静物》

　当然のことながら、セザンヌのスタイルがキュビズムへと継

【図8-2】セザンヌ
《サント＝ヴィクトワール山》

【図8-3】ツーショット
（拡大鏡を持つ少年と祖母）

承され、二〇世紀のテクノロジーに接続されるとき、「眼」の技法、あるいは空間認識は、よりシネマティックとなる。実際、セザンヌの実践は、写真のフォーカス、あるいは映画のクロースアップと同義であり、映像の世紀の開始を印象づけるだろう。(5) ジョージ・A・スミスの『おばあちゃんの拡大鏡』（*Grandma's Reading Glass*, 1900）はその好例である。孫が祖母の拡大鏡を使い、ペットの鳥や猫を見る。固定カメラのツーショットから【図8―3】、主観ショットによるクロースアップと部分の強調【図8―4】。二分にも満たない初期映画の映像は、「眼」を媒介に欲望を手前に引き寄せる。

そして、ここに文学との関連を見出すとき、「視線のリレー」は看過すべきではない。これはスクリーンの主人公と観客の視線を重ね、同一化を促す「視点編集」の別名であり、〈主人公―カメラ―観客〉のリニアな結合を促す映画の基本的な技法である。一九〇八年、D・W・グリフィスの『赤い膚の男と子供』（*The Red Man and the Child*, 1908）において、この技法が最初に使われたことは周知だろう。主人公に感情移入した観客は、その意識を分かち合い、物語の住人となる。言い換えれば、観客が主人公と

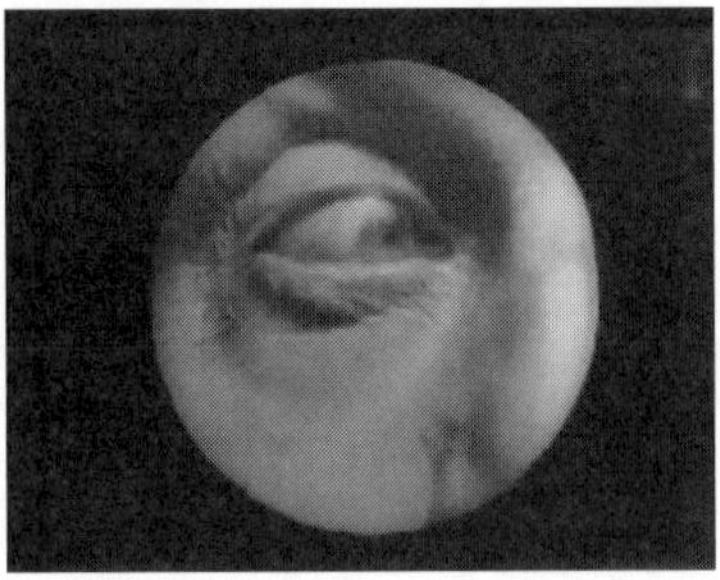
【図8-4】クロースアップ
（ヴィネット・マスクの中の眼）

旅を続ける限り、視線のリレーが途切れることはない。主人公の一人称の視座は、ときに三人称となり、観客をエンドロールまで導くのだ。このグリフィス的な「視」の体験とは、同一化／感情移入の別名であり、物語はこの技法なしには成立しない。逆に言えば、主人公の「死」は、観客の「視」を奪い、象徴的な「死」となる。モダニズムの黎明期に現れたシネマティックな視の技法は、主人公と観客を強固に繋げ、物語を安全に体験、消費するスタイルへと変貌する。そして、同時代メディア、とりわけ文学のスタイルに影響を与えたのだ。

読者は主人公の視座に寄り添い、物語を旅する。ヘミングウェイの視線／視点への執着は、「大きな二つの心臓のある川」（"Big Two-Hearted River," 1925）に顕著である。(6) ニックは戦場から帰還し、北ミシガンのシーニーの町に戻る。そこは「線路と焼けた野原」であり、彼はただひたすらその光景を見る。

ニックは、焼き尽くされた丘陵を眺めた。そこには街の住民たちの家が転々と散らばっているだろう、と思っていたのに。彼は線路を歩いて、川にかかる橋に行ってみた。川はまぎれもなく、そこにあった。その流れが丸太の橋桁にぶつかって渦巻いていた。茶色の川面は澄んでいて、そこには小石だらけの川底の色が映っている。ニックはそれを見下ろす。ヒレを震わせながら、流れの中で止まっている鱒に目を凝らす。見ていると、彼らはさっと鋭く向きを変える。そして、早い流れの中で再び止まる。ニックは長いあいだ、彼らに見入っていた。（CSS 163）

焼け野原となり、シーニーの町は変わり果てている。だが、川は変わらずそこにある。変化と不変の共存。その対照的な風景をニックは、ひたすら見るのだ（実際、"see"や"watch"という視覚表現の多さは圧倒的である）。彼の視座は、読者の視座に接続され、そのリレーされた視座を通じて、風景が立体的に立ち現れる。彼／読者は、橋の上から淵を見下ろし、線路沿いの道を歩き、小高い丘陵に導かれる。彼／読者の同一化は、視線のリレーを通じて果たされ、シネマティックな世界がそこに広がるのだ(7)。

読者はニックと同化し、物語を眺める。だがここで重要なのは、ヘミングウェイの語りが変化する点である。三人称から一人称へ。カール・フィッケンも指摘するように、それは従来の「人称」の変化だけでは説明できない語りであり（Ficken 93-112）、映像的な視線のリレーに限りなく近い。再び「大きな二つの心臓のある川」の第二部の中盤、ニックが鱒を取り逃がす場面を見よう。

あの鱒の歯なら、針に残っているリーダーを噛み切れるはずだ（とニックは知っていた）（"Nick knew the trout's teeth would cut through the snell of the hook."）。針はその顎の中に埋まってしまうだろう。あの鱒は怒っているに違いない。あの大きさになれば、絶対に怒っているはずだ。それが鱒というものだ。あの鱒は針にしっかりとかかっていた。岩のようにしっかりと。（ニックは）

しばらくは自分も岩になったような気がした（He(Nick) felt like a rock, too."）。それから彼は歩き出した。実際、なんて大きな鱒だったんだろう。ああ、あんなに大きな鱒がいるなんて、聞いたこともない（"he(trout) was the biggest one I(Nick) ever heard of."）。（177　下線部は引用者）

三人称から一人称の語りへの変化。「ニック」で開始する客観的記述は、いつしか彼の内面の「声」を表出させるのだ。小笠原亜衣は、このようなカメラのズーム的「私語り《アイ・ナラティヴ》」によって、読者がニックの内面に踏み込む様に言及している（小笠原　五二―三）。実際、これは「語り」に対するクロースアップであり、映画技法の小説への応用だろう。ヘミングウェイは三人称から一人称への変化を通じて、ニックの「声」を表出させたが、同時代のモダニスト、たとえばフォークナーもまた「三人称の一人称」化や「一人称の三人称」化という文体の人称変化を通じて、意識や思考の変化を描いているのは興味深い事例だろう(8)。

「大きな二つの心臓のある川」、あるいは『われらの時代に』（*In Our Time*, 1925）は、視線のリレーを通じて読者を誘い、断片の集積を通じて、全体を表象する。そして、キュビズム的視線／視点を全開し、モンタージュ的な断片から、物語を統合するのだ。これはドス・パソスの「カメラ・アイ」やエイゼンシュタインの「モンタージュ」と呼応し、テクノロジー経由の「眼」が、文体に影響を与えた好例だろう。ヘミングウェイの視座は、キュビズム的な立体の平面化に加えて、映画的な平面の立体化に接続している。眼差しで世界を触れる技術は、同時代メディアと密接であり、そのイメージを生きた彼にとって、必要不可欠だったのだ。

3．「眼」と身体——メディアと晩年のアフリカ

「陸・海・空」の物語——ヘミングウェイの晩年を象徴するこれらの物語は、断片のみが開示され、多くは未完のまま、氷山の下部に沈む。書かない一九四〇年代、そして書けない五〇年代。一九六一年の猟銃自殺に至る彼の晩年とは、短編「殺し屋」の動かない／動けないボクサーと重なるだろう。モダニズムの寵児として、世界を見つめた作家の晩年は、その斬新なスタイルとは無縁である。怪我と病の日々。精神が摩耗し、身体が朽ちる。死の予感の中で、彼は何を書こうとしたのか。

ヘミングウェイの人生が、怪我と病気の連続だったことは周知だろう。彼の身体は、「死」に限りなく接近していたと言っていい。ジェフリー・マイヤーズや新関芳生による病気・怪我のリストから、主なものだけを辿っても、それは膨大なものになる（Meyers "Appendix," 新関 二一四―二三）。たとえば、一九歳、イタリアのフォッサルタでの機関銃掃射による負傷。二三歳、湯沸かし器爆発により負傷。二八歳、インポテンツと炭疽。二九歳、天窓落下による負傷、肝臓とそけい部の負傷。三一歳、パンチバックによる負傷、落馬、自動車事故等々。さながら怪我と病気の百科事典であり、短い紙面ですべてを記載することは不可能である。しかしながら、事故や大病のイメージが強い反面、彼のカルテが、実は「視覚障害」から始まっていることは重要だろう。彼は生まれつき「左眼」に欠陥があったのだ。

ヘミングウェイの視覚障害は、小学校時代の弱視から開始する。二八歳で眼球に傷を受け、三九歳

でも左眼球を負傷。四五歳では、自動車事故による頭部負傷から、視覚障害と言語障害を煩う。四九歳では、眼が腫れ、丹毒から失明危機に陥る。五五歳では、セスナ落下と炎上事故で、脳や内臓を損傷し、視覚障害に苦しむ。もちろんこれは、リストの一部に過ぎない。だが、「眼」の欠陥があったからこそ、事故に遭うという悪循環は否定できないだろう。眼に障害のある作家が、「眼」で世界を捉え、それをテクストに刻む。ここで我々は、奇妙な縁、そして文学的な繋がりを感じないわけにはいかない。一六歳で左眼を失明したラフカディオ・ハーンが、眼の障害の果てに、ブードゥー的なゴーストや日本的なムジナを見ていたことはその好例だろう。見えない眼は、一体何を「見ていた」のだろう、と。ヘミングウェイと眼への執着。ここには如何なる意味が潜むのだろうか。

ヘミングウェイの身体カルテにおいて、ターニング・ポイントは何処にあるのか。もちろん、これは議論の分かれるところである。だが、あえて取り上げるとすれば、一九五四年、五五歳のときに体験したアフリカでの飛行機事故と言えるだろう。ここで注目すべきは、身体に致命的な損傷を与えた二度の飛行機事故それ自体よりも、彼がまるで死への旅路に向かうようにアフリカ再訪を行なったその振る舞いである。

一九三三年のアフリカ体験から二〇年が過ぎている。老年にさしかかったヘミングウェイは、『ルック』の資金援助のもとで、アフリカ再訪を決意する。ニューヨークからル・アーヴル、パンプローナ、そしてマドリッド。なかなかアフリカに向かわない。それはまるで若き日の思い出を辿る旅路なのか。スペイン再訪も叶い、闘牛三昧の末、一度パリに戻ってから、ケニアのモンバサに向かう。ナイロビの南にあるサレンガイ川やキマナ湿地帯にキャンプを構えるも、干ばつで大地は赤茶け、埃が舞い、かつて緑のカーペットだったその土地は一変しているのだ。変わりゆく大地との再会。これはまるで、ニックのミシガン再訪の再現ではないか。

かつて、「死」の執行者として、獲物に対しライフルを構え、「撃つ《シュート》」美学に酔いしれた作家は、今やカメラすら構えず、静かに大地の静謐さに身を委ねる。(9) リアルなアフリカを見るのではない。それはむしろ記憶への遡行だろう。この追憶の旅が皮肉なのは、ケニア近郊から動こうとしないヘミングウェイに対し、妻のメアリーが、アフリカを見ようとすることだろう(このエピソードは、のちに「クリスマスの贈り物」("Christmas Gift") という短編で描かれる)。果たせるかな、追憶の旅は、一転して「死」の旅となる。夫婦はセスナによる小旅行を敢行し、アフリカ・パノラマを体験する。グレート・リフト・ヴァレー、ンゴロンゴロ・クレーター、セレンゲティ平原。ベルギー領コンゴの中央部では、万年雪を輝かせる「月の山」、ルヴェンゾリ山群を見る。だがこの直後、プロペラが電線の餌食となり墜落。さらに、救助後に飛行機での移動を余儀なくされるも、離陸直後に機は炎上。機内からの脱出で負傷し、回復不可能な傷を負うことになる。しかしながら、彼はメディア・イメージを崩さない。『ライフ』の記事を見よう。

「パパ」二度までも再起——不屈の作家、死亡記事を免れる。

下の写真で不機嫌な顔を見せている紳士は、事実に基づくフィクションを書いてきた作家だが、ここではまるでフィクションのような事実を語っている。彼はアーネスト・ヘミングウェイ。妻とのアフリカ旅行中、二度までも瀕死の事故に会いながら、脱出した顛末を語るのだ。彼らの乗る飛行機は墜落を報じられ、世界中の新聞がこの作家の死亡記事を準備した。だが、ヘミングウェイは腕の捻挫、妻は肋骨のヒビだけで済み、ボートをヒッチハイクして別の飛行機に乗り込んだ。果たせるかな、この飛行機は、離陸時に傾き炎上する。結果、車でエンテベに辿り着いた「パパ」ヘミングウェイは言う。「どうか、本を売るためにこんなことをやったなどと思わないでくれ」。（*Life* 41）

全身打撲、左眼の一時失明、脊椎障害、肝臓・脾臓・腎臓破裂。動かない／動けないボクサーは、スペクタクルを演じる。だが、それは実像ではなく、虚像でしかない。

ヘミングウェイの変化とは、身体の負傷に起因するのだろうか。あるいは、「老い」の結果として、その才能の枯渇を指摘すべきなのか。確かに、この事故の直後は、死後出版される『夜明けの真実』（*True at First Light*, 1999）の一部「アフリカ日記」（“African Journal,” 1971-2）と『移動祝祭日』（*A Moveable Feast*, 1964）の一部が断片的に書かれているに過ぎない（『移動祝祭日』の執筆は、一九五七年秋から六〇年春）。だが、ここで興味深いのは、ヘミングウェイが何かを察したように『アトランティック』（*Atlantic Monthly*）に「二編の暗闇の物語」（“Two Tales of Darkness”）を発表したことである。「盲導犬としてではなく」と「世慣れた男」。「眼」に執着した作家による「盲目」の物語である。

4. ライティング・ブラインドネス——暗闇の物語

アフリカでの事故は、ヘミングウェイの身体に強烈なダメージを与える。当然、精神への影響は避けられない。何より深刻だったのは、ノーベル賞受賞後、加速度的に視力と聴力が低下したことだろう（五五年には左耳の聴覚を完全に失う）。「眼」と「耳」の喪失。その最中、彼は奇跡的に二編の物語を書き終える。ここで重要なことは、盲目／暗闇が、「書く」契機になっている点である。つまり、世界に触れるスタイルが、変化したと言うべきか。

「盲導犬としてではなく」は、ヴェネチアでの療養体験がベースであり、夫婦の絆が物語の焦点である。病床の夫フィリップに対し、妻は限りなくやさしい。興味深いのは、記憶への遡行がしきりに促されることだろう。


「それからおれたち、何をしたんだったかな?」彼は聞いた。

彼女は話してくれた。

「そこのところが、とても不思議なんだ。ぜんぜん思い出せない」

「じゃあ、サファリに出かけたときのことは覚えてる?」（CSS 487）

フィリップは「何も思い出せない」のではない。それを妻に伝えないだけだ。彼の記憶は断片的にアフリカの風景を捉え、彼を誘う——「女たちが水瓶を頭にのせて、水を汲みに海岸まで降りて……」

（487）。視覚障害、記憶障害によって、視覚化されない現実がある一方、記憶の風景を旅するという矛盾。眼を記憶が補完し、その風景は別の感覚にも影響を与える。「歩調の違い」や「窓を叩く雨の音」、「ブナの薪が暖炉で燃えているときの匂い」など、視覚以外の感覚は研ぎ澄まされる（488）。グラスを握るとき、「彼女が手を添えてくれるのを感じた」（488）と言うほどに。

ここで我々は、フィリップの台詞に戦慄を覚えるだろう。彼は突然「言葉が見える」と言うからだ。

「ここにこられて、俺たちはとても幸運なんだ。何もかも、とても鮮明に思い出すことができる。触知できるくらいだから。この『触知』って言葉も、いずれは禁句にしなくちゃね。でも、本当に素晴らしいよ。雨の音が耳に入れば、雨に打たれている石畳や運河や潟を脳裡に描くことができる。風の強さで木々の枝がどうしなうかも思い描くことができる。教会や鐘楼が光の強弱によってどう見えるかも、脳裡に描くことができるし。（中略）俺はゆっくりと文章を作ることができる。それを口にすると、俺には言葉が見えるんだ。不適切な言葉なら不適切に聞こえるし、それを何度も頭の中で推敲して、正しい言葉を見つけ出すことができる。いろいろな意味で、ここにやってきたのは最高だったな」。（488-89）

記憶への遡行は、追憶の旅の別名だろう。フィリップは記憶に言葉を与え、風景としてそれを再現する。視覚を失ったことで、彼は別種の光を得たのだろうか――「闇は単なる闇にすぎない。しかも、これは本物の闇とも違う。頭の中では、俺はとてもよく見えるし、その頭は日毎によくなっている」。

(489)盲目《ブラインドネス》が、「書くこと《ライティング》」の契機となる。「盲導犬としてではなく」において、フィリップは死出の旅の風景を見ているのではない。そうではなく、「記憶を見る」ことが、「書くこと／生きること」に接続している点が重要なのだ。少なくとも若き日のヘミングウェイにこのような思考はない。たとえば、死の間際、記憶の風景を幻視する「キリマンジャロの雪」(“The Snows of Kilimanjaro,” 1936)のハリーは、絶望の果て、暗闇に飲み込まれていなかったか。パリ、コンスタンチノープル、オーストリア、イタリア、ワイオミング、ミシガン。ハリーが見る風景とは、人生を辿り直す追憶の旅。眠るように盲目の状態になる彼は、救助の飛行機が着陸する風景を幻視しながら、「視」を奪われ、「死」へと接近する。当然のことながら、ここに「書く／生きる」という能動的行為は存在しない。フィリップとハリーの違いは明白だろう。

ヘミングウェイがかつて「視覚の特権化」を語った事例は枚挙に暇がない。一九五二年の手紙が好例だろう――「何よりも優れているのは、『知っていること』より『目にすること』です」(*SL* 780)。「見ること」は「書くこと」であり、「生きること」。この逆は、「死」に他ならない。だが、「盲導犬としてではなく」において、ヘミングウェイは暗闇を受け入れ、そこに生を見る――「二人で力を合わせれば、何もかも上手くいく」(491)。では、この思考と視座の変化は何を意味するのだろうか。もう一つの暗闇の物語「世慣れた男」を見ていこう。

物語は「音」から始まる――「その盲目の男は、酒場にあるすべてのスロットマシーンの音を聞き分けられた」(492)。ブラインディと呼ばれる盲目の男と皆が集まる酒場。ここが物語の舞台であり、そこで彼が盲目になった理由が語られる。「敗れざる男」（"The Undefeated," 1925）の主題に通じ、コード・ヒーローのパロディ的存在のブラインディは、「盲導犬としてではなく」のフィリップ同様、盲目の状態にありながら、物が見える。

> 「よっしゃ」ブラインディは言った。彼は手を前にのばして、グラスを見つけた。我々三人、それぞれの前に正確にグラスをかかげて、彼は言った。（495）

ヘミングウェイはここで、「正確に」（"accurately"）と書く。盲目の男が、「正確に」グラスを掲げるのだ。ジョン・レナードが指摘するように、ブラインディは、手を使って物を見る。[10]ファルスの代理である「眼」ではなく、手が「眼」となる物語。これはフランクが、ウィリー・ソーヤーの顔の損傷に言及している点でも明らかである――「『あいつがどういう顔になっているか、あんた、分かってるんじゃないか』。フランクが言った。『一度、あいつに近寄って、顔を手で撫でまわしたんだから』」。（495）

ブラインディの過去は、フランクとの会話でしか語られない。三人称の語りから過去を述べるのではなく、一人称のセリフの中だけに、その過去の表出はとどめ置かれるのだ。その聴衆は酒場の客である。視点人物のトムは、聞き手に過ぎない。たとえば、ブラインディが盲目になった原因について、ウィリーとの喧嘩は次のように述べられる――「二人で殴り合ったり、膝蹴りをくらわしたり、目に指を突っ込んだり、噛みついたりしてね。ブラッキーの目玉の一つが、頬に垂れさがっているのをおれは見たよ」（494）。トム／読者は、過去を聞かされ、その光景を想像力で再構成することを迫られる。

現実の光景よりも、想像力の方がリアルではないか。目がくり抜かれるエピソードは、恐怖を喚起するに十分だ。

ブラインディとは何者なのか。あるいは、彼は何を代表／表象しているのか。エディプスよろしく、目をくり抜かれた彼は、世慣れた男として連日酒場で豪儀に振る舞う。一方、彼の目を奪ったウィリーは、顔に受けた傷のため、いわば社会から去勢された生き方を余儀なくされるのだ。ブラインディの窪んだ眼窩は、不在のファルス。眼球が不在であることで、逆説的にその力を増大させる。彼はその「強烈な臭い」（492）に象徴されるように、圧倒的な存在感を周囲の人間に与えるのだ。トム／語り手ですらも、「私は彼をまもとに見るのが苦手だが、その日はつい目を奪われて、じっくりと見ていた」と語る（493）。ここで盲目は、弱者や死の記号とはならない。

ソーヤーとブラインディは、あらゆる意味において鏡像関係であることは言うまでもない。ロバート・フレミングが述べるように、相似形を成す二つの酒場、「パイロット」と「インデックス」とは、実在の二つの「頂」の名前に由来し、二人の関係を代表／表象するだろう（Fleming 7-8）。モンタナのLT牧場付近に実在する「ツインピークス」は、旅人のランドマーク。どちらがどちらか分からなくなる危うさを秘めた頂だったのだ。「世慣れた男」の二人は、「眼」によって結びつけられた双子であり、「自分の顔が見えない男（ブラインディ）」と「見れない男（ウィリー）」であるように、二人は相互依存的であり、共犯関係を切り結ぶ。ウィリーが、物語の時間に現れず、回想の中だけに出現する人物であり、二人が同時に存在しないところも示唆的だろう。

さらに言えば、顔に傷を持つウィリーが、従来のヘミングウェイ・コードに連なる人物であることだ。傷を持つ男とは、物語を駆動するヒーローではなかったか。だが、ヘミングウェイの最晩年、「眼」は「生」に接続するとは限らない。ウィリーは「眼」を持つが故に、物語からの退場を余儀なくされてしまう。いや、そもそも彼は回想でしか登場しないのだから、退場すらできないと言うべきか。盲目の男の出現によって、従来のスタイルは修正を迫られるのだ。

5．「無《ナダ》」からの逃走／闘争

「暗闇の物語」――それは、倒壊する精神と身体の狭間で、ヘミングウェイが書き終えることのできた奇跡の物語である。視覚と聴覚の喪失。迫り来る「老い」と「死」。これは、ある老人を描いた短編へと、我々の連想を誘うだろう。「清潔で、とても明るいところ」(“A Clean, Well-Lighted Place,” 1933)。この短編において、若きヘミングウェイが書いた老人は、晩年の「盲目」に対し、何を示唆するのか。

清潔でとても明るいカフェ。耳の聞こえない老人は、静かにブランデーをすすっている。彼は死にきれず、酒に身を任せている――「『先週、あの人は自殺を図ったんだ』ウェイターの一人が言った。『どうしてだい？』『絶望したのさ』」(288)。老人は目が見える。だが、実際には何も見ていないし、光の中で究極の孤独を体現しているようだ。老人は何も語らず、何も見ない。だが、ここで注目すべきは彼ではない。若いウェイターが、自分を蝕む「無《ナダ》」に思いを巡らす瞬間こそが重要なのだ。

自分は何を恐れているんだろう。不安とか恐怖じゃない。それは無《ナダ》というやつなんだ。よく知ってる。この世はすべて無《ナダ》であって、人間もまた無《ナダ》なんだ。要するにそれだけのことだから、光がありさえすればいい。それと、ある種の清潔さと秩序が。無《ナダ》の中で生きながらそれと気づかない者もいるが、おれは気づいている、そうすべては無《ナダ》かつ無《ナダ》にして無《ナダ》、かつ無《ナダ》なのだと。(291)

これを戦争の虚無や、現代人の孤独と言うことは容易い。ゴヤの版画《戦争の惨禍》(*The Disasters of War*, 1812-15)から着想を得たと思われるこの箇所は、若きヘミングウェイの思考のリミットだった。この「無《ナダ》」から逃れるために、彼はテクノロジカルな「眼」を駆使し、戦場に赴き、そのリアルに触れたはずだ。世界を眺め、体験・体感し、「無《ナダ》」を文字で埋めること。「見ること」は「書くこと」であり、それはヘミングウェイという作家の存在意義だったのだ。だからこそウェイターは、自身の無力に恐怖し、老人に自身を重ねてしまう。そして、「無《ナダ》」に対して抵抗するのだ。

視覚を特権化する作家が、最晩年に盲目の男を描く。「世慣れた男」のブラインディのように、盲目は逆説的に「生」に接続し、「書く」契機となる。あるいは、こう言うことができるだろう。「キリマンジャロの雪」のハリーが書けなかった物語は、「盲導犬としてではなく」のフィリップへとバトンが渡されるのだ、と。ここで、ヘミングウェイの「眼差し」は、記憶への遡行というスタイルに変換したかに見える。墜落事故の後、一九五七年からその翌年にかけて、彼が『移動祝祭日』(*A*

Moveable Feast, 1964）と『エデンの園』（*The Garden of Eden*, 1986）の執筆を通じて、若き日々の回想と追憶を描き、書くことへの情熱を取り戻していたことは看過すべきではない。二つの暗闇の物語は、『移動祝祭日』と『エデンの園』という双子的テクストへと繋がり、それは刹那のきらめきとなる。

当然のことながら、記憶を書くことは、かりそめの生であり、崩壊する身体と精神への抵抗に過ぎない。そして、記憶すらも見えなくなるとき、彼は本当の「無《ナダ》」を見たと言えるだろう。六一年、度重なる電気ショック療法によって、記憶・言語障害が悪化した彼は、もはや自分を「撃つ」ことしかできない。「見ること」をめぐる逃走／闘争は、こうして幕を閉じるのだ。

●註

（1）顔の見えない戦争が芸術にインスピレーションを与えたように、近代戦が新たな「知覚」を生み出したことは疑いようがない。だが、そのような知覚の獲得は、「殺」に対する知覚の麻痺へと反転する。テーヴ・グロスマンの指摘は有益だろう――「兵士であれ戦士であれ、いまでは敵をまとめて殺せるようになった。〈敵〉には女子供も含まれるのだが、姿も見ずに殺せるようになったのだ。負傷者や瀕死者の悲鳴は、厄災をもたらした者の耳に届かなくなった。何百人と惨殺しても、血の一滴も目にすることはない」。（グロスマン 一八二）

（2）映画とは軍事技術によって発展したメディア・テクノロジーである。軽く運搬生が高いフィルムは、記録メディアとして圧倒的に優位であった。また、多数の観客をスクリーンに注視させ、メッセージを享受させるという点において、極めて効率のいい情報操作装置であった。暗闇の中、明滅するスクリーンを凝視する観客は、双方向性を欠いたメッセージを享受する。映画とプロパガンダの親和性に関しては、加藤幹郎『映画――視線のポリティクス』、ピーター・B・ハーイ『帝国の銀幕』、ジークフリート・クラカウアー『カリガリからヒトラーへ』を参照されたい。

（3）ヘミングウェイがセザンヌの技法に執心したことは有名だろう。たとえば、「大きな二つの心臓のある川」の削除された最終部（九頁のタイプ原稿（#275））が重要である。後年、これは「書くということ」（"On Writing," 1972）と題され、『ニック・アダムス物語』（*The Nick Adams Stories*, 1972）に収録される。セザンヌに言及する箇所を見よう――「彼はセザンヌが絵を描くように文章を書きたいと思った。セザンヌはあらゆる秘訣を使った仕事を始めた。すべてをぶち壊して、本物を造り上げたのだ。それは大変なことだ。彼こそ最も偉大な奴だ。永遠に最も偉大だ。それは信仰じみた崇拝ではない。彼、ニックはセザンヌが絵画でそれを表現したように、故郷を書きたかった」。(239)

またヘミングウェイは、「大きな二つの心臓のある川」に関して、ガートルード・スタインに宛てた手紙（一九二四年八月十五日付）でも「セザンヌのように故郷を書こうとしている」と述べている。(*SL* 122)

（4）遠近法的なスタイルを無視し、欲望の対象を一気に引き寄せる。この試みは、同時代の視覚テクノロジーと相性がいい。これらは写真のフォーカス、映画のクロースアップと同義であり、「視」を増幅させるテクノロジーであるからだ。世紀末転換期から第一次世界大戦にかけて、戦争を経由して飛躍的進化を遂げるテクノロジーは、セザンヌからキュビズムへと継承される絵画に影響を与え、さらに映画ジャンルに連動する。ヘミングウェイの生きた時代とは、まさにテクノロジーと芸術が交差し、「視」のあり方に変革をもたらした時代と言えるだろう。

（5）ジョージ・A・スミスの『おばあちゃんの拡大鏡』において、映画は初の主観ショットのクロースアップを手に入れる。セザンヌからキュビズムへと継承される多視点と映画の視点／カメラワークとのアナロジーに

ついては、ワイリー・サイファーを参照されたい。(Sypher 263-77)

(6) 当然のことながら、視線のリレーは「インディアン・キャンプ」("Indian Camp," 1924) でも確認できる。ニックの視線に同化した読者は、湖を進み、森を抜け、インディアン居留区に辿り着き、生と死の瞬間を目撃する――「台所の戸口に立ったニックの目には、ランプ片手の父親がインディアンの頭をこちらに向けた際、すべてがはっきり見えていたからだ」(*CSS* 69)。読者はニックの視座に寄り添い、物語を旅する。小説というジャンルの誕生以来、物語を駆動する主人公は、世紀末転換期の「視」のテクノロジーを内面化することで、よりシネマティックな特色を帯びるだろう。風景／物語を見る。そして、それが書くことになる。若きヘミングウェイは「視」に自覚的なのだ。

(7) ヘミングウェイの「視」への執着は、ノンフィクションでも顕著である。『アフリカの緑の丘』(*Green Hills of Africa*, 1935) を見よう。ここでは、「見ること」が、より「書くこと」に接近する。

> 水牛が自分の土地で草を食っているところを眺め、丘を越えて象がやってくれば、木の枝をばりばりへし折りながら進むその姿をじっくりと眺め、しかも必要がないから撃つことも考えない。落葉の中にねそべって、クズーが草を食うのを眺め、いま車のうしろに積んであるのより立派な頭が見つかりでもしない限り、やはり撃つことは差し控える。そして、腹を撃ってしまった雄セーブルを一日中追い回したりするかわりに、岩陰に寝そべって、丘の斜面にいるセーブルの群を眺める。つくづくと、彼らの姿が永遠に心の中に焼き付くまで、つくづくと眺めくらすのだ。(282)

水牛を眺め、象やクズー、セーブルを見る。読者は、語り手／ヘミングウェイの視座に同化し、アフリカ・パノラマを体験するのだ。ガイドがサファリを案内するように、語り手は読者を物語に誘う。

加えるなら、このようなスタイルは、リアリズムのみに収斂しない点である。眼前に広がる風景は、ときに記憶の中のノスタルジックな風景に接続する――「ウイスキーのせいで、想いはワイオミングに飛んでいた」(60)。このとき、アフリカは「アメリカ」と二重写しとなる。語り手／ヘミングウェイは、アフリカにアメリカを幻視し、記憶の中のミシガンを旅する。シネマティックな「視」は、ノスタルジックな「幻視」となるのだ――「『いまどんな気持ちだか、分かるかい』私は言った。『ちょうど子供のころ、スタージョン川とピジョン川のさきの、コケモモの生えた野原に、まだ誰も魚釣りをしたことのない川があるという話を聞いた時のような気分なんだ』」。(210)

(8) たとえば、平石貴樹による『八月の光』(*Light in August*, 1932) 論を参照されたい。

(9) 一九三〇年代、サファリにおけるヘミングウェイの「眼」は、「狩り《ハンティング》」に接続する。見る《シーイング》、撃つ《シューティング》、書く《ライティング》。銃やライフルによって補完された「眼」は、「見ること」と「狩る／撃つこと」を結びつける。そのようなファリックな視座は、「男らしさ」を再確認する狩猟によって強化され、マッチョ・ヘミングウェイの偶像を形成するのだ。このような関係は、鱒釣りでも、クズー狩りでも適用可能であり、そこには支配・被支配の関係が暗示される。トーマス・ストレイチャズ、ロバート・トログドンが詳しい。

興味深いのは、「大きな二つの心臓のある川」において、ニックが想起するのが「撃つ」風景であることだ。ホプキンスは、ニックに二二口径のコルト自動小銃を、ビルにはカメラを与える。「撃つ」道具を手放したホプキンスの辿る道は明白だろう。「眼」を手放した人間は、「死」に向かうのだ。

(10) ジョン・レナードは、二つの短編「世慣れた男」と「清潔で、とても明るいところ」における「老人」の視座に注目する。本章に視点を与えてくれた論考の一つである。

●引用文献

Burwell, Rose Marie. *Hemingway: The Postwar Years and the Posthumous Novels.* Cambridge: Cambridge University Press,

1996.

Ficken, Carl. "Point of View in the Nick Adams Stories." *The Short Stories of Ernest Hemingway: Critical Essays*. Ed. Jackson J. Benson. Durham: Duke University Press, 1975. 93-112.

Fleming, Robert E.. "Dismantling the Code: Hemingway's 'A Man of the World.'" *The Hemingway Review* 11.2 (Spring 1992): 6-10.

Hemingway, Ernest. *Green Hills of Africa*. New York: Scribner's, 1987.

---. "On Writing." *The Nick Adams Stories*. New York: Scribner's, 1972. 233-41.

---. *Selected Letters, 1917-1961*. [*SL*] Ed. Carlos Baker. New York: Scribner's, 1986.

---. *The Complete Short Stories of Ernest Hemingway: The Finca Vigia Edition.* [*CSS*] New York: Simon & Schuster, 1987.

---. *The Nick Adams Stories*. New York: Scribner's, 1972.

Leonard, John. "'A Man of the World' and 'A Clean, Well-Lighted Place': Hemingway's Unified View of Old Age." *The Hemingway Review* 13.2 (Spring 1994): 62-73.

"Papa Pops Up Again." *Life*. 34.2 (1954): 41-3.

Meyers, Jeffrey. *Hemingway: A Biography.* New York: Harper, 1985.

Stein, Gertrude. *Picasso.* New York: Dover Publications, 1984.

Strychacz, Thomas. "Trophy-Hunting as a Trope of Manhood in Ernest Hemingway's *Green Hills of Africa*." *The Hemingway Review* 13.1 (Fall 1993): 36-47.

Sypher, Wylie. *Rococo to Cubism in Art and Literature*. New York: Vintage, 1960.

Svoboda, Frederic. "Landscape Real and Imagined: 'Big Two-Hearted River.'" *The Hemingway Review* 16.1 (Fall 1996): 33-42.

Trogdon, Robert W. "'Forms of Combat': Hemingway, the Critics, and *Green Hills of Africa*." *The Hemingway Review* 15.2.

(Spring 1996): 1-14.
小笠原亜衣「ヘミングウェイ・メカニーク――『神のしぐさ』とニューヨーク・ダダを起点に」『アーネスト・ヘミングウェイ――21世紀から読む作家の地平』（臨川書店、二〇一一年）三八―五七頁
加藤幹郎『映画　視線のポリティクス――古典的ハリウッド映画の戦い』（筑摩書房、一九九六年）
ジークフリート・クラカウアー『カリガリからヒトラーへ　ドイツ映画１９１８―１９３３における集団心理の構造分析』丸尾定訳（みすず書房、一九九五年）
新関芳生「ヘミングウェイ年譜――病気、怪我とテクスト」『ユリイカ』（青土社、一九九九年）二一四―二三頁
デーヴ・グロスマン『戦争における「人殺し」の心理学』安原和見訳（筑摩書房、二〇〇四年）
ピーター・B・ハーイ『帝国の銀幕――十五年戦争と日本映画』（名古屋大学出版会、一九九五年）
平石貴樹『小説における作者のふるまい――フォークナー的方法の研究』（松柏社、二〇〇三年）
フランク・カーモード『終りの意識――虚構理論の研究』岡本靖正訳（国文社、一九九一年）
ポール・ヴィリリオ『戦争と映画――知覚の兵站術』石井直志・千葉文夫訳（平凡社、一九九九年）

【補章4】 シネマ×ヘミングウェイ④
――フィリップ・カウフマン監督
『私が愛したヘミングウェイ』

私の人生は、他の誰か(アーネスト)の人生の脚註ではない。

マーサ・ゲルホーン

1.二人の「ヘミングウェイ」――マーサとアーネスト

カーロス・ベイカーは書く――「マーサの才能は、しばしばアーネストの天才と争った」。一九三六年一二月、キー・ウエスト。アーネストは行きつけのバー「スロッピー・ジョー」で、マーサ・ゲルホーンと出会う。これがどのようなものであったのかは想像の域を出ない。だが、フィリップ・カウフマン監督『私が愛したヘミングウェイ』(*Hemingway & Gellhorn*, 2012)は、その瞬間の激しさを、二人の視線の応酬（切り返しショット）で捉える。それは後の愛憎劇、「才能」と「天才」の争いを予告するだろう。

『私が愛したヘミングウェイ』は、ヘミングウェイの三番目の妻マーサ・ゲルホーンの物語である。オープニングにおいて、年老いたマーサ（ニコール・キッドマン）は、アーネスト（クライヴ・オーウェン）との日々を回想する。それは「性」の出会いである、と。キー・ウエストでの出会いから、激動のスペイン、フィンカ・ヒビア等々。カメラを見据え、タバコを燻らし、饒舌に語る老婦人。その眼光はハンターのように鋭い、あるいは野獣の眼光と言うべきか。アーネストとマーサの関係とは如何に。それは極めて動物的であり、直情的である。

マーサが生きた二〇世紀とは、戦争の世紀であり、暴力とメディアの時代の別名だろう。「戦場」は、スペイン内戦や第二次世界大戦だけではない。ビルマ、シンガポール、中東、中央アメリカ、ヴェトナム、アフリカ、ボスニア。彼女が取材した「戦場」は限りない。(1)奇しくも彼女のジャーナリスト人生において、アーネストが寄り添ったのは最初の数年でしかない。あるいはこう言い換えてもいいだろう。『誰がために鐘は鳴る』（*For Whom the Bell Tolls*, 1940）以降、ほとんど何も書けなくなったアーネストに代わり、戦場の「現在《いま》」を見続けたのは、他ならぬマーサである、と。彼女は一九九八年に亡くなるまで、生涯現役のジャーナリストであり続けた。その苛烈な行動力は、アーネストが書いたかもしれない戦場を、自ら代表／表象する行為だったのかもしれない。実際、マーサはダッハウ強制収容所やヴェトナム戦争を取材し、女性ジャーナリストの先駆者というだけでなく、「女ヘミングウェイ」としての人生を生きた、と言っても過言ではない。(2)

2. 愛の風景――ツーショットとクロスカッティング

『私が愛したヘミングウェイ』の前半は、スペイン内戦とドキュメンタリー映画『スペインの大地』(*The Spanish Earth*, 1937)製作のプロセスをなぞる。アーネストは『NANA通信』、マーサは『コリヤーズ』(*Collier's*)の特派員として、マドリッドに入り、ホテル・フロリダに滞在する。そして、ヨリス・イヴェンス監督ら映画クルーに同行し、戦場を体験するのだ。第4章で言及したように、伝記的に言えば、一九三七年三月二二日から四月一三日まで、アーネストは戦場での映画撮影に同行し、スペインの現実を見続ける。このスペイン体験は、フィルム(『スペインの大地』)、ジャーナル(『NANA通信』)、ノヴェル(「蝶々と戦車」等)に接続する複合的な視座をアーネストにもたらしたことは周知だろう。『私の愛したヘミングウェイ』では、その伝記的事実を踏まえて、アナロジカルなショットを意図的に多用している点が興味深い。つまり、もう一つの『スペインの大地』を撮ろうというわけだ。

『私の愛したヘミングウェイ』の画面がカラーからモノクロに変わるとき、それは『スペインの大地』のアナロジカル・ショットが出現する瞬間である。たとえば、軍隊の行軍シーンの後に配置された農作業の風景はどうだろう。兵士の行軍は、農民の行列や作業風景に置換され、双眼鏡や銃は農民のクワと相関関係を成す。『スペインの大地』のシークエンスは、『私の愛したヘミングウェイ』にもそのまま導入され、ほとんど同一のショットが準備される。【図H4―1(次頁)】と【図H4―2(次頁)】

【図H4-1】アナロジカル・ショット①
『スペインの大地』

【図H4-2】アナロジカル・ショット②
『私の愛したヘミングウェイ』

を見ても分かるように、『スペインの大地』のショットの反復は明らかだろう。その風景の中に、アーネストとマーサが合成的に配置されるのだ【図H4—3】。

　アーネストとマーサの基本ショットは、ツーショットである。二人が同じフレームに収まると、性交【図H4—4】やキスシーン【図H4—5】へと移行し、その激しさを物語る。フレームとは愛の「場所」なのか。そこは誰にも邪魔されない「性／聖域」。たとえば、二人が結ばれるシーンは象徴的である。ホテル・フロリダの外では爆撃が続く。逃げる二人の前方が吹き飛び、部屋から出られない。極限状況の最中、アーネストはマーサを抱きしめ、キスをする。突き放し、抱き寄せるマーサ。爆撃音が鳴り響き、爆風が襲う中で、二人は性交へと突入する。それはまさに極限状態での「生／性」だろう。

　カウフマンの演出の凄さは、アーネストとマーサの関係を単純な男女の図式に当てはめないことだろう。ツーショットは、男女の甘い関係だけを代表／表象しない。それは動物的な快楽、あるいは主導権を巡る争いのトポスへと変化する。そしてツーショットからクロスカッティングへの移行、言い換えれば、二人が同

【図H4-4】ツーショット①「ベッド」

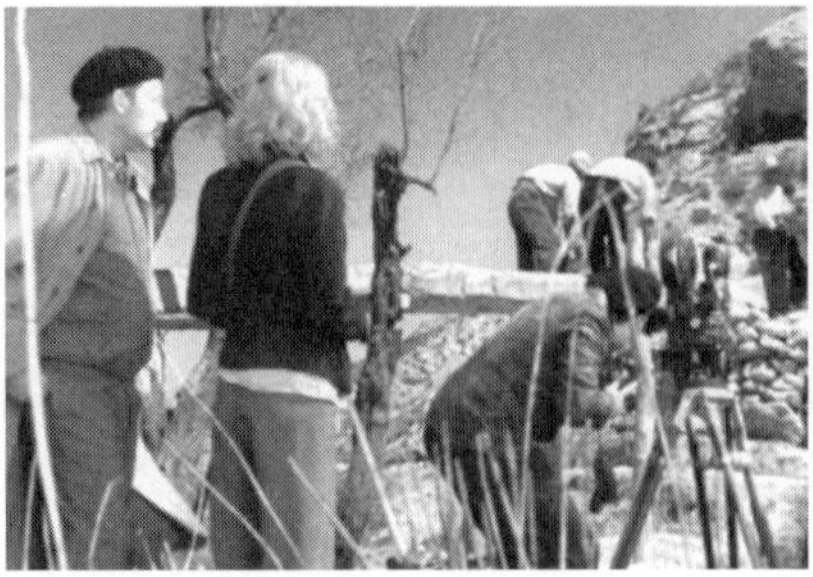
【図H4-3】アナロジカル・ショット③
（アーネストとマーサ）

【図H4- 5】ツーショット②「テーブル」

一のフレームに収まらない演出への移行は、愛の反転を暗示する。関係性の破綻は、映画的技法によって示されるのだ。たとえば、フィンランドやノルマンディーへと旅立つマーサと、フィンカ・ビヒアで彼女を待つアーネストのクロスカッティングは、そのカットが多ければ多いほど、交われないアーネストのフラストレーションを全開する。行動する女と待つ男。それは、反転したアーネストとポーリーンの関係ではなかったか（アーネストは旅し、ポーリーンは待つ）。カウフマンは、伝記的側面を辿りながら、アーネストのジェンダー・トラブル、あるいは彼の脆弱なマスキュリニティを暴く。実際、「作家とジェンダー」という主題は、カウフマンの独断場だろう。彼は、『ヘンリー&ジューン／私が愛した男と女』（*Henry&June*, 1990）ではヘンリー・ミラーとアナイス・ニン、『クイルズ』（*Quills*, 2000）ではマルキ・ド・サド

【図H4-6】眼①（双眼鏡とスピーカー）

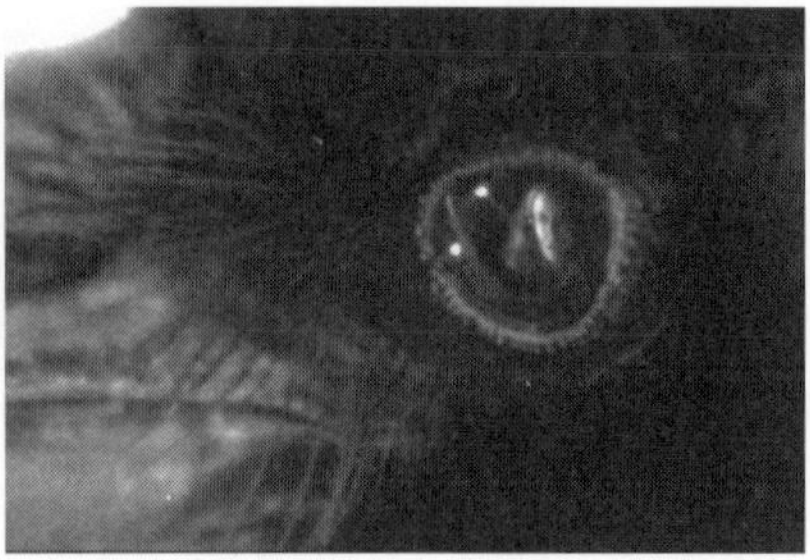

【図H4-7】眼②（カラスの眼とマーサ）

の晩年を描き、クィアな映画的解釈を付与しているからだ。

カウフマンの特徴的なショットは、ツーショットだけではない。以下の【図H4―6】から【図H4―9】は一例に過ぎないが、『私の愛したヘミングウェイ』にはメタフォリカルな「眼」が溢れる。『スペインの大地』に横溢したイヴェンスのカメラアイは、『私の愛したヘミングウェイ』に転移し、数多の「眼」へと変奏する。複数の「眼」が切り取るスペイン、あるいは「戦場」。イヴェンスの「カメラ」はいつしか、マーサの「眼」となり、それは世界に向けられた眼差しとなる（【図H4―9】のように、マーサは窓／カメラを通じて世界を見る）。ここで重要なのは、彼女の「眼」に、いつしかアーネストが映らなくなっている点である。彼女が愛する／見るのは、激動する世界であり、戦場が奪う命であり、物言わぬ死者である。あるいは、それに対峙する自分自身という存在かもしれない【図H4―10】。

マーサのジャーナリスト人生において、アーネストはそのきっかけに過ぎない。だが、彼女の生涯を見ると、どうしてもそこに彼の影が見えてしまう。彼女が何故戦場に身を投じ、安定を求めなかったのか。あるいは、「見る」ことと「書く」ことを生

【図H4-9】眼④（窓とマーサ）

【図H4-8】眼③（複数の眼）

【図H4-10】オーバーラップ（死者とマーサ）

涯貫いたのか。[3] 膨大なジャーナル記事や書籍から見えてくるのは、彼女を変えた一人の作家への逆接的な愛だろう。彼女は極限状態での「生／性」を求め続けた。それは、彼がスペインに忘れてきた「情熱」の別名に他ならない。その熱量にもう一度触れるため、言い換えるなら圧倒的なオーラを放ち、タイプライターに向かう彼の姿を追うため、だろうか。

「書き続けろ！」奇しくもアーネストが放ったセリフは、マーサに継承されることになる。タイプする彼の幻影は、女性ジャーナリストのスティグマか、救いの神なのか。もう一人の「ヘミングウェイ」に興味は尽きない。

◉註

（1）一九三〇年代、マーサとアーネストの主戦場はスペイン内戦であった。当然のことながら、二人は『NANA通信』と『コリヤーズ』の特派員として、内戦を取材し、ジャーナルを書くのだが、彼らの視座は海外にだけ向いていたわけではない。アーネストが『ライフ』（一九三七年七月一二日号）で、ドキュメンタリー映画『スペインの大地』の特集記事にキャプションを付け、反ファシズムを糾弾したように、マーサは大恐慌の現状に対して、多くのレポートを書いている。ニューディール時代のアメリカに対し、二人は異なる視座でアプローチしているのだ。マーサの恐慌レポートは、『私が見た困難』（*The Trouble I've Seen.* 1936）を参照されたい。

（2）マーサ・ゲルホーンの人生に関しては、カール・ロリソンとキャロライン・ムーアヘッドによる伝記が詳しい。マーサは数多の戦場を駆け巡った女性ジャーナリストの先駆であり、その功績は計り知れない。彼女の行動力は明らかにアーネストを凌ぎ、活動期間も圧倒的である。ここで興味深いのは、彼女の仕事が、アーネストが書いたかもしれない戦場を代表／表象していることだろう。何故、何が、彼女を世界中の戦場へと導いたのか。それはかつて愛したもう一人のヘミングウェイに対する愛憎劇の結果であり、失われた半身を求める行為だったのかもしれない。

（3）カウフマンの「眼」の演出が興味深いのは、晩年、見ることを諦め、盲目の物語を書いたアーネストに対し、生涯「眼」の作家であり続けたマーサを描いた点だろう。彼女は戦場を体験し、自身が見たリアルな世界を書くことに執着した。だが、晩年のアーネストは、寓話的な『老人と海』や最晩年の短編に象徴されるように、戦場のリアル、世界のリアルとは無縁である。その差異に対し、カウフマンは鋭敏に反応し、マーサの仕事と信念を評価している点は看過すべきではない。

◉引用文献

Gellhorn, Martha. *The Trouble I've Seen: Four Stories from the Great Depression.* London: Eland, 1936.
Moorehead, Caroline. *Gellhorn: A Twentieth-Century Life.* New York: Henry Holt and Company, 2003.
Rollyson, Carl. *Nothing Ever Happens to the Brave: The Story of Martha Gellhorn.* New York: St. Martin's Press, 1990.

おわりに　ヘミングウェイ・アンド・ビヨンド

私は彼に初めて会ったその時から愛を感じた。私は彼を愛してやまなかった。
マレーネ・ディートリッヒ

ヘミングウェイへのプラトニックな愛を語ったマレーネ・ディートリッヒ。そして、映画化された『誰がために鐘は鳴る』(*For Whom the Bell Tolls*, 1943)を契機に、長い交友関係を結んだゲーリー・クーパーやイングリッド・バーグマン。ハリウッドセレブとヘミングウェイとの関係は深い。時代を象徴する銀幕のスターと、メディアの寵児たるアクティブな作家。彼らがプライベートで急接近するのに、さしたる理由は必要ないだろう。カリスマたちの邂逅。それはメディアを彩り、人々の欲望を煽る。しかしながら、メディアが作り上げたヘミングウェイ・イメージに反し、彼と映画の関係は、実はそれほど単純ではない。

現代文学の主要作家――フィッツジェラルド、フォークナー、ウェスト、ハックスリー、エイジー

——らは、生活と引き替えに、その才能をハリウッドに差し出したことで知られている。作家性を全く発揮できない「スタジオシステム」において、映画製作の取り替えのきく「部品／スクリプター」として酷使された彼らにとって、ハリウッドとは悲劇と同義だった。脚本が無残にも切り刻まれ、クレジットもされず、消耗品として精神を摩耗する呪詛の日々。作家の墓場としてのハリウッドは、経済性が最優先されるビジネスの場であり、フィッツジェラルドの未完の長編小説『ラスト・タイクーン』（*The Love of the Last Tycoon*, 1941）のモンロー・スターのようなプロデューサーが舵を切る特殊な空間だったからだ。フォークナーが自らを「モーションピクチャー・ドクター」と自嘲気味に語ったことは有名だが、実際、彼はドクターですらない。スタジオの奴隷に近い低賃金で酷使され、アルコールに逃避する墜ちた作家の姿は、たとえば、ジョエル・コーエン監督『バートン・フィンク』（*Barton Fink*, 1991）でパロディ化されている（一九四〇年代のフォークナーといえば、ワーナーと週給三〇〇ドルの契約で、糊口を凌いでいたことはあまりにも有名だろう）。映画製作の裏側には、数多の作家の妥協と欲望と絶望がある。

だが、この巨大なメディア・システムに対し、ヘミングウェイはベストセラーを提供し、映画の興行収入に貢献できる数少ない作家であった。つまり、先の作家たちとは真逆のポジションにいたことになる（ヘミングウェイはスクリプト・ライターの仕事に否定的ですらあった）。映画化権一五万ドル、制作費三〇〇万ドルの大ヒット作『誰がために鐘は鳴る』に限らず、映画化、テレビドラマ化される作品の多さを見れば、それが如何に希有なことかが理解できるだろう。だが果たして、それは幸福な人生を意味するのだろうか。

メディア・イメージを生きる。ヘミングウェイの人生とは、その困難の軌跡に他ならない。本書では、従来のヘミングウェイ文学研究に限定せず、フィルム、フォトグラフ、アート、ジャーナルなど、同時代のメディアとの交差を軸に論じてきた。そして、キャノンとされるテクストではなく、周縁的なテクストとコンテクストから、ヘミングウェイとメディアの関係を逆照射することを試みた。

本書は、日本ヘミングウェイ協会全国大会シンポジウム「ヘミングウェイの政治性と思想」（二〇〇六年）を執筆の契機とする。スペイン内戦とヘミングウェイの関係について、従来とは異なるアプローチを如何に試みるか。それは、ヘミングウェイが不案内だった当時の自分にとって、最大の挑戦／試練だったように思う。一九三七年、第二回全米作家会議において、「ファシズムの嘘」を宣言したヘミングウェイは、以後、積極的に政治に関与し、共産党系新聞『ニュー・マッセズ』や左派系雑誌『ケン』に接近し、短編小説「密告」や「分水嶺の下で」などのスペイン内戦に関する短編群を書き上げる。結果、長編小説『誰がために鐘は鳴る』へと結実するというコンテクストに対し、自分は何を言うことができるのか。そのときに試みたのは、小説に執着しないことと、メディアの同時性を見ることだった。つまり、本書の第4章でも言及したように、ヘミングウェイのスペイン体験とは、ドキュメンタリー映画『スペインの大地』を共同で製作した共産主義者ヨリス・イヴェンスとの思想的邂逅であり、映画製作と同時進行で書き上げた『NANA通信』のジャーナル記事であり、ロバート・キャパの写真と『スペインの大地』を同時掲載した『ライフ』に関与することであった（ここにマーサ・ゲルホーンとの蜜月やローズベルトのニューディールとの関わりを加えてもいい）。そして、ファシズムとモダニズムの交差、あるいは戦争と芸術の接続に対し、ヘミングウェイが如何なるスタンスを取っていたのかを考察することだった。小説以外の周縁的な要素に眼を向け、積極的にメディアを繋げ、広義の文学・文化研究を試みること。このシンポジウムを契機に、自分の研究スタイルは確実に変化し、クロスメディアを意識する特異なものになったと思う。果たしてそれは、どの程度功を奏しているかは分からない。だが、少なくともヘミングウェイ研究、あるいは文化研究を更新しているはずだ。

本書の各章には、初出論文が存在する。本書を書くにあたり、大幅な改訂を行なっているので、原型を留めていないものも多い。また、一覧からは除外しているが、学会等での発表原稿も一部援用している。

はじめに「シネマ・アンド・ウォー——ヘミングウェイとメディアの性／政治学」『ヘミングウェイ研究』第一二号（二〇一一年）三一—四六頁

第1章「クロスメディア・ヘミングウェイ——ニューズリール、ギリシア・トルコ戦争、『スミルナの桟橋にて』」『ヘミングウェイ研究』第一八号（二〇一七年）六三—七二頁

第2章「睾丸と鼻——ヘミングウェイ・ポエトリーと老いの身体論」、高野泰志編『ヘミングウェ

イと老い』（松籟社、二〇一三年）一三九―六〇頁
「フリークス・アメリカ――ヘミングウェイ、ロン・チャニー、身体欠損」、関西学院大学法学部外国語研究室『外国語外国文化研究』XVII（二〇一七年）一―二三頁
第3章「エレファント・イン・ザ・ズー――ヘミングウェイとターザンの『アフリカ』」、山下昇編『メディアと文学が表象するアメリカ』（英宝社、二〇〇九年）二二四―四六頁
第4章「ナルシスティック／シネマティック・ゲルニカ――ヘミングウェイ、イヴェンス、『スペインの大地』」『ヘミングウェイ研究』第八号（二〇〇七年）三三―四八頁
「ゲルニカ×アメリカ――ヘミングウェイ、イヴェンス、クロスメディア・スペイン」、杉野健太郎編『交錯する映画――アニメ・映画・文学』（ミネルヴァ書房、二〇一三年）、二〇一―二七頁
第5章「フレーミング・ファム・ファタール――『脱出』におけるナショナリズムとジェンダー」『ヘミングウェイ研究』第六号（二〇〇五年）七五―八五頁
『シネマとジェンダー――アメリカ映画の性と戦争』第二章第一節（二〇一〇年、臨川書店）六八―八九頁

【補章1】「シネマ×ヘミングウェイ(7)――サム・ウッド監督『誰が為に鐘は鳴る』」、ヘミングウェイ協会『NEWSLETTER』第六〇号（二〇一一年）五―七頁

第6章「コードとジェンダー――シオドマク版『殺人者』を見る」『ヘミングウェイ研究』第七号（二〇〇六年）六五―七五頁

『シネマとジェンダー――アメリカ映画の性と戦争』第二章第二節（二〇一〇年、臨川書店）八九―一〇三頁

【補章2】「シネマ×ヘミングウェイ(2)――アンドレイ・タルコフスキー監督『殺人者』」、ヘミングウェイ協会『NEWSLETTER』第五四号（二〇〇九年）四―六頁

第7章「『老い』と／の政治学――冷戦、カリブ、『老人と海』」、金澤哲編『アメリカ文学における『老い』の政治学』（松籟社、二〇一二年）一五五―七五頁

【補章3】「シネマ×ヘミングウェイ(3)――アレクサンドル・ペトロフ監督『老人と海』」、ヘミングウェイ協会『NEWSLETTER』第五五号（二〇〇九年）二―四頁

第8章「ライティング・ブラインドネス――ヘミングウェイと「老い」の詩学」、ヘミングウェ

イ協会編『アーネスト・ヘミングウェイ――21世紀から読む作家の地平』(二〇一一年、臨川書店)三一八―三三二頁

【補章4】「シネマ×ヘミングウェイ(14)――フィリップ・カウフマン監督『私が愛したヘミングウェイ』」、ヘミングウェイ協会『NEWSLETTER』第六九号(二〇一五年)一〇―一二頁

本書は、ヘミングウェイとクロスメディア研究の始まりに過ぎない。モダニズムとファシズムの身体・政治・文化的交差、戦間期と冷戦の思想、『ライフ』や『ケン』などのジャーナル研究、映画の政治学等々、文学キャノン以外の余白は限りない。可能な限り足掻いてみる。それが今後の目標である。

本書の出版は、関西学院大学研究叢書の出版助成に基づいている。貴重な機会を頂けたことに心から感謝したい。また、本書の出版を承諾して下さり、度重なる遅延にも目をつぶり、完璧なバックアップをして下さった小鳥遊書房の高梨治氏に深く感謝し、この場を借りて厚く御礼を申し上げたい。氏が大学院の同窓であった奇跡を本当に嬉しく思う。

最後に、いつも支えてくれている家族に感謝し、今後も精進したいと思う。

二〇二〇年三月　西宮にて

塚田幸光

索引

※「ヘミングウェイ」「映画」「写真」「絵画・版画・イラスト」「小説・詩編・エッセイ」「人物」「重要事項」の項目に分け、それぞれ五十音順にして作品は作家（監督）ごとにまとめた。
人物（作家）、作品名、事項には原語を付してある。

＊「ヘミングウェイ」の項目は、ほぼどの頁にも頻出するため頁数は割愛している。作品については、小説、詩編、雑誌に分類してある。

◉ヘミングウェイ、アーネスト（Ernest Hemingway）＊

【小説とノンフィクション】

【詩編】

【雑誌と記事】（ヘミングウェイが寄稿したもの）

◉映画（人物は監督）

◉写真

◉絵画・版画・イラスト

◉小説・詩編・エッセイ（ヘミングウェイ以外）

◉重要人物

◉重要項目

【著者】

塚田幸光

（つかだ　ゆきひろ）

1971 年茨城県生まれ。立教大学大学院文学研究科博士後期課程満期退学。ハーバード大学ライシャワー日本研究所客員研究員、サウスイースト・ミズーリ州立大学フォークナー研究所研究員（BioKyowa Award）、韓国済州大学校特別研究員、防衛大学校准教授などを歴任。現在、関西学院大学法学部・大学院言語コミュニケーシン文化研究科教授。博士（関西学院大学）。専門は映画学、表象文化論、アメリ文学。

著書に『シネマとジェンダー　アメリカ映画の性と戦争』（臨川書店、2010 年）、編著に『映画とジェンダー／エスニシティ』（ミネルヴァ書房、2019 年）、『映画とテクノロジー』（ミネルヴァ書房、2015 年）、『映画の身体論』（ミネルヴァ書房、2011 年）、『アーネスト・ヘミングウェイ　21 世紀から読む作家の地平』（臨川書店、2011 年）、共著に『ヒッピー世代の先覚者たち　対抗文化とアメリカの伝統』（小鳥遊書房、2019 年）、『スタインベックとともに　没後五十年記念論集』（大阪教育図書、2019 年）、『アメリカン・モダニズムと大衆文学』（金星堂、2019 年）、『アメリカ映画のイデオロギー　視覚と娯楽の政治学』（論創社、2016 年）、『冷戦とアメリカ　覇権国家の文化装置』（臨川書店、2014 年）など多数。